John Banville

DIE SEE

John Banville

DIE SEE

Roman

Aus dem Englischen von Christa Schuenke

Büchergilde Gutenberg

Lizenzausgabe für die Büchergilde Gutenberg,
Frankfurt am Main, Wien, Zürich
www.buechergilde.de
Mit freundlicher Genehmigung
des Verlags Kiepenheuer & Witsch, Köln

Titel der Originalausgabe: *The Sea*
Aus dem Englischen von Christa Schuenke

Gesetzt aus der Bembo
Satz: Pinkuin Satz und Datentechnik, Berlin
Druck und Bindung: GGP Media GmbH, Pößneck
Printed in Germany 2007
ISBN 978-3-7632-5798-0

Für Colm, Douglas, Ellen, Alice

I

Sie sind gegangen, die Götter, am Tag dieser eigentümlichen Flut. Den ganzen Morgen, unterm milchigen Himmel, war das Wasser der Bucht immer weiter angeschwollen, zu unerhörter Höhe, und die kleinen Wellen krochen über den ausgedörrten Sand, der seit Jahren nicht mehr durchnässt worden war, außer vom Regen, bis an die Dünen krochen sie und leckten ihnen die Füße. Der rostige Koloss des Frachters, der vor langer Zeit, länger, als wir alle uns zurückerinnern können, am anderen Ende der Bucht gestrandet war, glaubte wohl gar, es wäre ihm vergönnt, noch einmal auszulaufen. Ich sollte nie mehr schwimmen gehen nach diesem Tag. Die Seevögel wimmerten und stießen herab, als hätten sie die Nerven verloren beim Anblick dieser riesigen Schale voll blasenartig sich blähenden, bleiblauen, böse glitzernden Wassers. Unnatürlich weiß sahen sie aus an diesem Tag, die Vögel. Am Ufer hinterließen die Wellen eine Spitzenborte von schmutzig gelbem Schaum. Kein Segel verschandelte den hohen Horizont. Ich sollte nie mehr schwimmen gehen, nein, nie mehr wieder.

Gerade schritt einer über mein Grab.

Irgendeiner.

Die Villa heißt *Zu den Zedern*, wie eh und je. Links davon blickt immer noch diese struppige, affenbraune, nach Teer stinkende Baumgruppe mit ihren gespenstisch ineinander verstrickten Stämmen über den ungepflegten Rasen hinweg auf das große Bogenfenster des einstigen Wohnzimmers, das Miss Vavasour im Vermieterinnenjargon freilich die *Lounge* zu nennen beliebt. Auf der anderen Seite befindet sich die Haustür und davor das ölfleckige Kieskarree hinter dem noch immer grün gestrichenen Eisentor, dessen Gestänge allerdings der Rost so weit zerfressen hat, dass davon nichts mehr übrig ist als nur ein leise zitterndes Filigran. Staunend registriere ich, wie wenig sich verändert hat in diesen mehr als fünfzig Jahren, die ins Land gegangen sind, seit ich zuletzt hier war. Staunend und enttäuscht, ja, ich würde so weit gehen zu sagen, erschrocken, und das aus Gründen, die mir selbst nicht klar sind, denn warum sollte ich mir wohl Veränderungen wünschen, ich, der zurückgekehrt ist mit der Absicht, hier in den Trümmern der Vergangenheit zu leben? Ich frage mich, weshalb man das Haus in dieser Form gebaut hat, mit der fensterlosen weißen, rau verputzten Stirnwand schräg zur Straße; vielleicht, weil die Straße früher, bevor die Eisenbahn da war, ganz anders verlief und direkt an der Haustür entlangführte, alles ist möglich. Miss V. möchte sich mit den Daten nicht festlegen, glaubt aber, dass man hier zuerst, Anfang des vorigen Jahrhunderts, ich meine, des vorvorigen Jahrhunderts, ich verliere allmählich die Übersicht bei den Jahrtausenden, ein kleines Bauernhaus errichtet hat, an das dann über die Jahre hinweg alle möglichen Anbauten drangepappt wurden. Das würde auch erklären, weshalb man den Eindruck hat, alles sei irgendwie zusammengewürfelt, diese kleinen Zimmer, hinter denen plötzlich größere liegen, die Fenster, die auf leere Wände blicken, die niedrigen Decken überall. Die Pitchpineböden geben dem Ganzen eine maritime Note, ebenso wie mein Drehstuhl mit der fragilen Rückenlehne. Ich stelle mir einen alten Seemann vor, der, endlich zur Landratte mutiert, am Kamin sitzt und vor sich hin döst, derweil draußen die Winterstürme an den Fenstern rütteln. Ach, wäre ich doch er. Gewesen.

Als ich vor all den Jahren hier war, damals, zu Zeiten der

Götter, war die Pension *Zu den Zedern* eine Sommerfrische, die man jeweils für vierzehn Tage oder für vier Wochen mieten konnte. Jedes Jahr im Juni fiel ein reicher Arzt mit seiner großen, kreischenden Familie dort ein und blieb den ganzen Monat – wir konnten die Arztkinder mit ihren lauten Stimmen nicht leiden, sie lachten uns aus, standen auf der anderen Seite des Tors, jener unüberwindbaren Schranke, und bewarfen uns mit Steinen, und nach ihnen kam ein ominöses Paar mittleren Alters, das mit niemandem sprach und jeden Morgen um dieselbe Zeit grimmig schweigend seinen wurstförmigen Hund auf der Station Road spazieren führte, hinunter an den Strand. Aber der interessanteste Monat in der Pension *Zu den Zedern* war für uns der August. Da waren nämlich jedes Jahr andere Mieter da, Leute aus England oder vom Kontinent, hin und wieder auch ein Pärchen in den Flitterwochen, dem wir nachspionierten, und einmal sogar eine Schauspieltruppe von einer Wanderbühne, die in dem Zinkblechkino unten im Dorf eine Nachmittagsvorstellung auf die Beine stellte. Und dann kam damals in dem Jahr Familie Grace.

Das Erste, was ich von den Leuten sah, war ihr Auto, das drüben, jenseits des Tores, auf dem Kieskarree parkte. Ein ziemlich zerkratzter und zerbeulter schwarzer Wagen mit lang gezogener Motorhaube, beigefarbenen Ledersitzen und einem großen Speichenlenkrad aus poliertem Holz. Hinten, auf der Ablage unterm sportlich abgeschrägten Heckfenster, achtlos hingeworfene Bücher mit ausgeblichenen, zerfledderten Schutzumschlägen und dazu eine sehr abgegriffene Straßenkarte von Frankreich. Die Haustür stand weit offen; von drinnen aus dem Erdgeschoss hörte ich Stimmen, oben das Patschen nackter Füße auf den Dielen, ein Mädchen lachte. Ich war draußen am Tor stehen geblieben, hatte unverhohlen gelauscht, und jetzt kam plötzlich ein Mann mit einem Glas in der Hand aus dem Haus. Er war klein und oberlastig, breite Schultern, breite Brust, großer runder Kopf mit kurz geschnittenem, krausem, schwarz glänzendem, stellenweise vorzeitig grau meliertem Haar und ebenfalls meliertem Spitzbart. Er trug ein weites grünes, offen stehendes Hemd und khakifarbene Shorts und war barfuß. Und so braun gebrannt, dass die Haut richtig violett schimmerte. Selbst seine Füße, fiel mir auf, waren oben auf dem Spann gebräunt, wo doch die meisten Väter, die ich kannte, von der Kragenlinie abwärts bleich waren wie ein Fisch am Bauch. Er stellte sein Glas – eisblauer Gin mit Eiswürfeln und einer Zitronenscheibe – gefährlich schief aufs Autodach, öffnete die Beifahrertür, beugte sich hinein und kramte unter dem Armaturenbrett herum. Im unsichtbaren Obergeschoss des Hauses lachte abermals das Mädchen und stieß übermütig einen schrill kollernden – und unverkennbar gespielten – Angstschrei aus, dann wieder das Patschen hastig davonlaufender Füße. Sie spielten Fangen, sie und jemand anders, der keine Stimme hatte. Der Mann richtete sich auf, nahm seinen Gin vom Wagendach und warf die Autotür zu. Er hatte das, wonach er suchte, nicht gefunden. Als er sich umdrehte, um wieder ins Haus zu gehen, begegneten sich unsere Blicke, und er zwinkerte mir zu. Aber nicht auf diese schelmische und zugleich einschmeichelnde Art, die ich normalerweise von Erwachsenen kannte. Nein, es war ein komplizenhaftes, ein verschwörerisches Zwinkern, fast wie bei den Freimaurern, als hätte dieser Augenblick, den wir, zwei Fremde, der eine ein Erwachsener, der andere ein Junge, miteinander geteilt hatten und der, rein äußerlich betrachtet, keinen tieferen Sinn, keinen Inhalt besaß, dennoch etwas zu bedeuten. Der Mann hatte ungewöhnlich blassblaue, geradezu durchsichtige Augen. Er ging hinein und fing, noch in der Tür, zu reden an. »Dieses verdammte Ding«, sagte er, »hat sich anscheinend …«, dann war er weg. Ich blieb noch ein paar Minuten draußen stehen und fixierte die Fenster im oberen Stockwerk. Wo aber kein Gesicht sich zeigte.

Dies also war meine erste Begegnung mit den Graces: Die von oben kommende Stimme des Mädchens, die hastigen Schritte und der Mann hier unten mit den blauen Augen, der mir so lässig und vertraulich und fast schon diabolisch zugezwinkert hatte.

Eben habe ich mich wieder dabei ertappt, bei diesem dünnen, eintönigen Pfeifen durch die Vorderzähne, das ich mir neuerdings angewöhnt habe. *Diedel diedel diedel*, geht das, wie ein Zahnarztbohrer. So hat mein Vater immer gepfiffen, werde ich jetzt etwa er? Im Zimmer gegenüber lässt Colonel Blunden das Radio spielen. Am liebsten hört er die Gesprächssendungen am Nachmittag, in denen aufgebrachte Bürger anrufen und sich über die verbrecherischen Politiker, die Alkoholpreise und andere Dauerreizthemen beschweren. »Gesellschaft«, sagt er kurz, räuspert sich, guckt leicht verschämt, und seine hervorstehenden, halb beduselt wirkenden Augen weichen mir aus, obwohl ich ihn gar nicht zur Rede gestellt habe. Ob er beim Radiohören auf dem Bett liegt? Schwer, ihn sich da drinnen vorzustellen, dicke Wollsocken an den Füßen, zehenwackelnd, Krawatte ab, klaffender Hemdkragen und die Hände hinter dem sehnigen alten Nacken verschränkt. Außerhalb seiner vier Wände läuft er immer rum, als ob er einen Spazierstock verschluckt hat, kerzengerade vom spitzen Scheitel seines kegelförmigen Schädels bis zu den Sohlen seiner vielfach geflickten, blank gewienerten derben braunen Straßenschuhe. Er lässt sich jeden Samstagmorgen beim Dorffriseur die Haare schneiden, Fassonschnitt, hinten alles ab und an den Seiten auch, da kennt er kein Pardon, nur oben bleibt ein steifes graues Büschel, raubvogelartig. Seine ledrigen Ohren mit den langen Ohrläppchen stehen ab; wie erst getrocknet und danach geräuchert sehen sie aus; auch das Weiß in seinen Augen hat einen Stich ins Gelbliche, wie Räucherware. Ich höre das Stimmenbrummen aus seinem Radio, verstehe aber nicht, wovon die Rede ist. Kann sein, ich werde hier verrückt. *Diedel diedel.*

Später dann an jenem Tag, dem Tag, als die Graces angekommen waren, oder auch am nächsten Tag oder an dem darauf, sah ich das schwarze Auto wieder, ich habe es sofort erkannt, gleich, als es über die kleine Buckelbrücke über den Bahngleisen gerumpelt kam. Sie ist immer noch da, diese Brücke, direkt hinterm Bahnhof. Ja, die Dinge bleiben bestehen, das Leben aber muss vergehen. Der Wagen kam aus dem Dorf und brauste zur Stadt, die zwanzig Kilometer von hier entfernt ist; Ballymore will ich sie nennen. Die Stadt heißt Ballymore und dieses Dorf hier Ballyless, mal mehr, mal minder Bally, albern, kann schon sein, doch das ist mir egal. Der Mann mit dem Bart, der mir zugezwinkert hatte, saß am Lenkrad, sagte irgendwas, warf den Kopf in den Nacken und lachte. Neben ihm saß, das helle Haar im Fahrtwind flatternd, eine Frau, die den Ellbogen aus dem heruntergekurbelten Fenster gestreckt hatte und ebenfalls den Kopf in den Nacken warf, aber nicht lachte, sondern bloß lächelte, mit diesem skeptischen, nachgiebigen, gelinde amüsierten Lächeln, das sie allein für ihn reserviert hatte. Sie trug eine weiße Bluse und eine Sonnenbrille mit weißem Plastikgestell und rauchte eine Zigarette. Und wo bin ich, wo hab ich mich versteckt, dass ich die Lage überblicken kann? Ich kann mich nicht entdecken. Und schon raste der Wagen mit seinem windschlüpfrigen Heck davon, bog in eine Kurve und war in einer dicken Abgaswolke verschwunden. Das hohe Gras im Straßengraben, blond wie das Haar der Frau, schrak kurz zusammen, um gleich darauf wieder in seine gewohnte traumverlorene Reglosigkeit zu verfallen.

In der sonnengleißenden Leere des Nachmittags ging ich die Station Road hinunter. Der Strand am Fuße des Hügels war ein rehbraunes Schimmern, darüber Indigo. An der See besteht alles aus schmalen Waagerechten, die ganze Welt reduziert sich auf ein paar lange, gerade, zwischen Erde und Himmel gezwängte Linien. Misstrauisch um mich blickend, näherte ich mich der Pension *Zu den Zedern*. Wie kommt es bloß, dass in der Kindheit alles Neue, das mein Interesse weckte, irgendwie die Aura des Unheimlichen besaß, wo es doch in allen Quellen übereinstimmend heißt, das Unheimliche sei mitnichten etwas Neues, sondern vielmehr etwas Wohlbekanntes, das nur in veränderter Gestalt wieder zu uns zurückkehrt, das zum Wiedergänger wird? So viele Fragen, auf die es keine Antwort gibt, und die hier hat am wenigsten Bedeutung. Als ich näher herankam, hörte ich ein rhythmisch wiederkehrendes, rostig quietschendes Geräusch. Ein Junge, so alt wie ich, hing malerisch über das grüne Tor drapiert, ließ die Arme schlaff über die obere Eisenstange baumeln und schwang, mit einem Fuß sich abstoßend, im Viertelkreis auf dem Kieskarree hin und her. Er hatte das gleiche strohbleiche Haar wie die Frau im Auto und die unverwechselbaren azurblauen Augen des Mannes. Als ich langsam vorüberging, und ja, kann sein, ich blieb sogar stehen, oder besser, hielt inne, da rammte er seinen Segeltuchturnschuh mit der Spitze in den Kies, um das schwingende Tor zu stoppen, und schaute mich feindselig und fragend an. Es war derselbe Blick, mit dem wir uns immer beäugten, wir Kinder, wenn wir uns das erste Mal begegneten. Hinter ihm sah ich den schmalen Garten an der Rückseite des Hauses, dahinter die schräge Reihe von Bäumen, die die Gleise der Eisenbahn säumten – sie sind inzwischen weg, die Bäume, gefällt, um einer Zeile pastellfarbener, an Puppenhäuser erinnernder Bungalows Platz zu machen –, und noch weiter hinten, landeinwärts, hügelige Felder mit Kühen und kleinen grellgelben Einsprengseln, die Ginsterbüsche waren, und in der Ferne einen einsamen Kirchturm und dann den Himmel mit eingerollten weißen Wolken. Auf einmal fuhr der Junge hoch und schnitt mir eine Fratze, er drehte die Augäpfel einwärts, ließ die Zunge über die Unterlippe baumeln. Und als ich weiterging, spürte ich seinen höhnischen Blick im Nacken.

Segeltuchturnschuhe. Auch so ein Wort, das man heute nicht mehr hört, oder nur noch selten, sehr selten. Der Colonel ist schon wieder draußen auf dem Klo. Ich wette, der hat es mit der Prostata. Wenn er an meiner Tür vorbeigeht, tritt er immer extra vorsichtig auf, knarrt auf Zehenspitzen über die Dielen, aus Mitgefühl mit dem trauernden Hinterbliebenen. Ein eifriger Verfechter von Sitte und Anstand, unser tapferer Colonel.

Ich gehe die Station Road entlang.

So vieles im Leben war früher, als wir jung waren, Stille, jedenfalls kommt es einem heute so vor; erwartungsvolle Stille, Spannung. Wir warteten in unserer gleichsam noch ungeformten Welt, taxierten die Zukunft, wie der Junge und ich uns taxiert hatten, wie Soldaten im Felde, die angespannt der Dinge harren, die da kommen. Am Fuße des Hügels blieb ich stehen und schaute in drei Richtungen, die Strand Road hinunter, die Station Road hinauf und nach der anderen Seite, hinüber zum Wellblechkino und den öffentlichen Tennisplätzen. Keiner da. Die Straße hinter den Tennisplätzen hieß Cliff Walk, obwohl die See die Klippen lange abgeschliffen hatte, falls überhaupt mal welche dort gewesen waren. Da unten, so wurde erzählt, sei eine Kirche mit Glockenturm samt Glocke im sandigen Bett der See versunken, auf einer Landzunge habe sie gestanden, die auch nicht mehr da sei, mitgerissen vor unerdenklichen Zeiten in einer sturmgepeitschten Nacht vom furchtbaren Heranfluten der aufgewühlten Wogen. Das waren so Geschichten, die einem die Einheimischen erzählten, Duignan der Milchmann zum Beispiel und der taube Colfer, der mit geretteten Golfbällen handelte, um uns Sommerfrischlern weiszumachen, dass ihr zahmes kleines Stranddorf in vergangenen Zeiten ein Ort des Schreckens gewesen sei. Das Schild oben am Strandcafé, eine Zigarettenreklame für *Navy Cut*, auf der ein bärtiger Matrose in einem Rettungsring – oder war es eine Tauschlinge? – abgebildet war, quietschte im Seewind an seinen salzverrosteten Scharnieren – ein Echo auf das Tor draußen vor der *Zedernvilla*, mit dem der Junge, wenn ich mich nicht irrte, noch immer Karussell fuhr. Sie quietschen bis heute, das noch vorhandene Tor und das nicht mehr vorhandene Schild, quietschen bis auf den heutigen Tag, auf die heutige Nacht, in meinen Träumen. Ich ging weiter die Strand Road entlang. Häuser, Geschäfte, zwei Hotels – das Golf, das Beach –, eine granitene Kirche, ein Myler's-Shop, der Lebensmittelladen, Post und Pub in einem ist, und dann das *Field* – die Ferienanlage mit den kleinen Holzhäusern; in so einem Holzhäuschen verbrachten wir unseren Urlaub, mein Vater, meine Mutter und ich.

Falls die Leute in dem Auto die Eltern des Jungen gewesen waren, hatten die ihn etwa ganz alleine im Haus zurückgelassen? Und wo war das Mädchen, das Mädchen, das gelacht hatte?

In mir pocht die Vergangenheit gleich einem zweiten Herzen.

Der Name des Chefarztes war Mr Todd. Ein geschmackloser Scherz eines polyglotten Schicksals, anders kann man das nicht sehen. Es hätte auch noch schlimmer kommen können. Im Niederländischen gibt es den Namen 't Od, mit dieser schicken Binnenmajuskel und dem apotropäischen Apostroph, von dem sich niemand in die Irre führen lässt. Dieser Todd redete Anna mit Mrs Morden an, mich aber nannte er Max. Ich war mir nicht ganz sicher, ob ich diesen Unterschied gut finden sollte und ebenso diesen schroff vertraulichen Ton. Sein Sprechzimmer, nein, seine Räumlichkeiten, man sagt Räumlichkeiten, und zu ihm sagt man nicht Doktor, sondern Professor, seine Räumlichkeiten also, obwohl nicht höher als im dritten Stock gelegen, hatten etwas von einem Adlerhorst. Das Gebäude war ein Neubau, nichts als Glas und Stahl – sogar der röhrenförmige Fahrstuhlschacht, in dem wie ein riesiger Kolben, der immer abwechselnd gezogen und gedrückt wird, summend der Lift hinauf- und hinuntersauste, und der lebhaft an den Zylinder einer Spritze erinnerte, bestand aus Glas und Stahl –, und auch in dem großen Hauptsprechzimmer waren zwei Wände vom Boden bis hinauf zur Decke aus Flachglas.

Als Anna und ich hineingebeten wurden, war ich im ersten Moment ganz geblendet von der frühherbstlichen Sonne, deren Strahlen durch diese riesigen Glasscheiben fielen. Die Sprechstundenhilfe, ein verschwommenes blondes Etwas in Schwesternkittel und quietschenden Gesundheitsschuhen – wer würde in so einer Situation wohl auf die Sprechstundenhilfe achten? –, legte Annas Akte auf Mr Todds Schreibtisch und ging quietschend hinaus. Mr Todd bat uns, Platz zu nehmen. Die Vorstellung, mich bequem in einem Sessel niederzulassen, war mir unerträglich, deshalb trat ich an die gläserne Wand und schaute hinaus. Unmittelbar unter mir war eine Eiche, oder vielleicht war es auch eine Buche, bei diesen großen Laubbäumen bin ich mir nie ganz sicher, aber bestimmt keine Ulme, denn die sind alle tot, jedenfalls ein imposanter Bursche, dessen sommerliches Grün der Herbst mit einem Silberhauch von Raureif überzogen hatte. Grell glänzende Autodächer. Eine junge Frau in einem dunklen Anzug überquerte eilig den Parkplatz, und ich meinte, selbst auf die Entfernung das zierliche Klappern ihrer Stöckelabsätze auf dem Asphalt zu hören. Vor mir im Glas Annas bleiches Spiegelbild, sehr gerade auf dem metallenen Stuhl sitzend, im Dreiviertelprofil, der Prototyp der Patientin, die Beine übereinander geschlagen, die gefalteten Hände ruhen auf dem Oberschenkel. Mr Todd saß schräg an seinem Schreibtisch und blätterte die Befunde in ihrer Akte durch; die blassrosa Pappe des Ordners erinnerte mich an die gespannte Unruhe der ersten Schultage nach den Sommerferien, den Reiz der neuen Schulbücher und den verheißungsvollen Geruch nach Tinte und frisch gespitzten Bleistiften. Wie doch selbst noch im Augenblick der alleräußersten Konzentration unsere Gedanken streunen.

Ich kehrte der Glaswand den Rücken, die Außenwelt war mir unerträglich geworden.

Mr Todd war ein stämmiger Mann, weder besonders groß noch besonders schwer, aber sehr breit; er wirkte irgendwie quadratisch. Und er hatte so eine altmodische, ostentativ beruhigende Art. Er trug einen Tweedanzug mit Weste und Uhrkette, dazu kastanienbraune Brogues, die Colonel Blundens Beifall gefunden hätten. Das Haar war straff zurückgebürstet und mit Pomade fixiert, wie man es früher hatte, dazu der Schnauzer, kurz und borstig, der ihm einen leicht bissigen Zug gab. Ein wenig schockiert war ich schon, als ich mir vergegenwärtigte, dass er, all diesen wohl kalkulierten, respektheischenden Effekten zum Trotz, nicht viel über fünfzig sein konnte. Seit wann sind denn die Ärzte jünger als ich? Er schrieb weiter, spielte auf Zeit; ich nahm es ihm nicht übel, wenn ich an seiner Stelle gewesen wäre, ich hätte es genauso gemacht. Schließlich legte er den Stift aus der Hand, war aber immer noch nicht geneigt, etwas zu sagen, sondern setzte stattdessen eine ernste Miene auf, wie jemand, der nicht weiß, wo oder wie er anfangen soll. Sein Zögern wirkte irgendwie aufgesetzt, irgendwie theatralisch. Und ich begriff auch diesmal. Als Arzt muss man nicht nur ein guter Mediziner sein, sondern ein mindestens ebenso guter Schauspieler. Anna rutschte ungeduldig auf ihrem Stuhl hin und her.

»Na, was ist, Doktor«, sagte sie, etwas zu laut und in diesem bemüht munteren, forschen Ton, den man von den Filmstars der vierziger Jahre kennt, »ist es das Todesurteil, oder kriege ich lebenslänglich?«

Im Raum war es still. Ihr Bonmot, das sie garantiert vorher geprobt hatte, war danebengegangen. Ich hatte den Drang, loszustürzen, sie wie ein Feuerwehrmann mit beiden Armen zu packen und sie leibhaftig von hier fortzutragen. Ich rührte mich nicht. Mr Todd, gelinde entsetzt, sah sie hasenäugig an, seine Brauen waren hochgerutscht und klebten auf der oberen Stirnhälfte.

»So schnell lassen wir Sie nicht fort, Mrs Morden«, sagte er mit einem furchtbaren, seine großen grauen Zähne entblößenden Lächeln. »Nein, das kommt gar nicht in Frage.«

Dann wieder Schweigen, einen Herzschlag lang. Anna hatte die Hände im Schoß, betrachtete sie ganz versonnen, als ob sie

sie zum allerersten Male sah. Mein rechtes Knie scheute und begann zu zucken.

Mr Todd holte aus zu einer flammenden Rede, einer Rede, die so abgenutzt war, dass sie schon glänzte; er redete von viel versprechenden Therapien, von neuen Medikamenten, von dem gewaltigen Arsenal chemischer Waffen, über das er regiere; er hätte genauso gut von Zaubertränken reden können oder von Alchimie. Anna schaute immer noch versonnen ihre Hände an; sie hörte nicht zu. Irgendwann gab er es auf und saß einfach da und glotzte sie wie zuvor mit diesem hoffnungslosen, hasenhaften Ausdruck an, atmete hörbar, hatte die Lippen zu einer Art Grinsen hochgezogen – und schon wieder diese entblößten Zähne.

»Danke«, sagte sie höflich, und jetzt klang ihre Stimme, als käme sie von sehr weit her. Anna nickte gedankenverloren. »Ja«, aus noch größerer Ferne, »danke.«

Worauf sich Mr Todd, gleichsam erlöst, rasch klatschend mit den flachen Händen auf die Knie schlug und aufsprang, um uns regelrecht zur Tür zu scheuchen. Anna war schon draußen, da drehte er sich noch einmal zu mir herum und verabschiedete mich mit einem tapferen Von-Mann-zu-Mann-Lächeln und einem trockenen, kräftigen, unerschrockenen Handschlag, und ich hätte schwören können, dass dies seine Standardverabschiedung eigens für Ehepartner und Augenblicke wie diesen hier war.

Der Teppichboden des Korridors schluckte unsere Schritte.

Der Lift, drücken, abwärts sausen.

Wir traten hinaus in den Tag, als beträten wir einen neuen Planeten, auf dem sonst niemand lebte, nur wir.

Zu Hause angekommen, blieben wir noch lange draußen im Wagen sitzen, scheuten uns, ins Haus zu gehen, hinein in das Bekannte, sagten nichts, so fremd uns selbst und auch einander, wie wir plötzlich waren. Anna schaute zur Bucht hinüber, wo die Yachten mit gefierten Segeln im glitzernden Sonnenlicht strotzten. Ihr Bauch war geschwollen, eine harte runde Kugel, die gegen den Rockbund drückte. Die Leute würden denken, sie sei schwanger, hatte sie gesagt – »In meinem Alter!« –, und wir hatten gelacht, ohne einander anzusehen. Die Möwen, die in unseren Schornsteinen genistet hatten, waren mittlerweile alle wieder hinausgeflogen auf die See, oder sie waren auf dem Zug nach Süden, oder was sie sonst machen, diese Vögel. Den ganzen trüben Sommer lang hatten sie unablässig über den Dächern ihre Kreise gezogen, hatten uns ausgelacht, weil wir versuchten, so zu tun, als ob alles in Ordnung wäre, als ob nichts fehlen würde, als ob die Welt sich weiterdrehte. Aber es war da, dieses gewölbte Ding, es hockte in Annas Schoß, das große Baby 't Od, das sich in ihr breit machte und wartete, bis seine Zeit gekommen war.

Schließlich gingen wir doch hinein, weil es nichts gab, wo wir sonst hätten hingehen können. Durch das Fenster in der Küche strömte helles Mittagslicht, das alle Gegenstände scharfkantig und gläsern leuchten ließ, als sähe ich den Raum durch das Objektiv einer Kamera. Alles wirkte wie von einer allgemeinen schmallippigen Unbeholfenheit erfasst, all die vertrauten alltäglichen Gegenstände – die Krüge auf den Wandborden, die Kochtöpfe auf dem Herd, das Brett mit dem gezackten Brotmesser –, sie alle wandten den Blick ab, als wollten sie nichts zu tun haben mit unserer plötzlich fremden, unglückbehafteten Anwesenheit in ihrer Mitte. So, machte ich mir, zu Tode traurig, klar, so würde es von nun an sein, wohin sie sich auch wendet, immer wird ihr das lautlose Gerassel der Lepraschelle vorausgehen. *Du siehst phantastisch aus!* werden sie rufen, *wirklich, du hast noch nie so gut ausgesehen, solange wir dich kennen!* Und sie mit ihrem strahlenden Lächeln wird tapfer dreinschauen, die arme Mrs Haut-und-Knochen.

Sie stand mitten im Raum, in Mantel und Schal, die Hände auf den Hüften, und guckte ungehalten vor sich hin. Da war sie immer noch ansehnlich, die hohen Wangenknochen, die durchscheinende Haut, fein wie Papier. Ihr klassisches Profil habe ich immer am meisten bewundert, diese Nase, wie aus Elfenbein geschnitzt, die eine Linie bildete mit ihrer Stirn.

»Weißt du, was das ist?«, sagte sie mit bitterem Nachdruck. »Unangemessen, jawohl, unangemessen ist das.«

Ich guckte schnell zur Seite, aus Angst, meine Augen könnten mich verraten; die eigenen Augen sind immer die Augen eines anderen, die des irren, verzweifelten Zwergs, der drinnen in einem hockt. Ich wusste, was sie meinte. Ihr hätte das nicht zustoßen dürfen. Uns hätte das nicht zustoßen dürfen, zu diesen Kreisen gehörten wir nicht. Unglück, Krankheit, früher Tod, das passiert nur dem einfachen Volk, den schlichten Leuten, die das Salz der Erde sind, aber doch nicht Anna, doch nicht mir. Mitten in der majestätischen Prozession unseres Zusammenlebens war auf einmal ein grinsender Taugenichts aus der jubelnden Menge hervorgetreten und hatte meiner tragischen Königin mit höhnischer Verbeugung den Amtsenthebungsbescheid überreicht.

Sie schaltete den Wasserkocher an, kramte ihre Brille aus der Manteltasche, setzte sie auf und legte sich die Brillenkordel um den Hals. Dann fing sie an zu weinen, geistesabwesend vielleicht, lautlos. Ich trat unbeholfen auf sie zu, wollte sie in den Arm nehmen, doch sie wich spröde zurück.

»Herrgott nochmal, mach doch nicht so ein Theater!«, fuhr sie mich an. »Ich sterbe schließlich bloß.«

Das Wasser begann zu sieden, der Kocher schaltete sich von selber aus, und das sprudelnde Wasser darin kam mürrisch blubbernd zur Ruhe. Ich wunderte mich, nicht zum ersten Mal, über die brutale Selbstgefälligkeit der Dinge. Doch nein, nicht brutal, nicht brutal, nicht selbstgefällig, nur gleichgültig, und wie sollten sie auch anders sein? Von nun an würde ich die Dinge nehmen müssen, wie sie sind, nicht, wie ich sie mir vielleicht vorstelle, denn das hier, das war eine neue Spielart von Wirklichkeit. Ich nahm die Teekanne und den Tee, es klirrte – mir zitterten die Hände –, aber sie sagte nein, sie habe es sich anders überlegt, sie wolle lieber einen Brandy, einen Brandy und eine Zigarette, sie, die nie geraucht hatte und nur ganz selten etwas trank. Sie sah mich finster an, wie ein trotziges Kind, stand dort am Tisch, immer noch im Mantel. Ihre Tränen hatten aufgehört. Sie nahm die Brille ab, ließ sie fallen, sodass sie ihr an der Kordel um den Hals hing, und rieb sich mit den Handballen die Augen. Ich suchte die Brandyflasche und goss zitternd einen Schluck in ein Whiskeyglas, wobei ich aus Versehen mit dem Flaschenhals an den Rand des Glases stieß; es klirrte wie ein Zähneklappern. Zigaretten waren keine da, woher sollte ich Zigaretten nehmen? Sie sagte, nicht so wichtig, sie wolle eigentlich gar nicht rauchen. Der Edelstahl-Wasserkocher glänzte, aus seiner Tülle stieg träge gekräuselter Dampf auf – eine vage Assoziation an Geist und Flasche. Oh, lass mich einen Wunsch frei haben, nur den einen.

»Zieh doch wenigstens den Mantel aus«, sagte ich.

Aber warum wenigstens? Was ist das bloß für eine Sache mit der menschlichen Unterhaltung.

Ich gab ihr das Glas mit dem Brandy, und sie hielt es fest, trank aber nicht. Das Licht vom Fenster hinter mir fiel auf ihre in Höhe des Schlüsselbeins hängenden Brillengläser und erzeugte den unheimlichen Effekt einer zweiten Anna, einer Anna *en miniature*, die mit gesenktem Blick dicht vor ihr stand, unmittelbar unter ihrem Kinn. Plötzlich sackte sie abrupt in sich zusammen, fiel schwer auf den Stuhl und streckte in einer sonderbaren, verzweifelt wirkenden Geste die Arme vor sich auf der Tischplatte aus, als würde sie sich einem unsichtbaren anderen ergeben, der ihr als Richter gegenübersaß. Das Glas in ihrer Hand knallte auf das Holz, und der Brandy darin schwappte zur Hälfte über. Hilflos betrachtete ich sie. Einen schwindelnmachenden Augenblick lang überfiel mich der Gedanke, es könnte mir nie wieder ein Wort einfallen, das ich zu ihr sagen könnte, wir würden immer so weitermachen, in dieser qualvollen Sprachlosigkeit, bis ans Ende. Ich beugte mich hinunter und küsste die fahle, sixpencestückgroße Stelle auf ihrem Scheitel, wo ihr dunkles Haar einen Wirbel hatte. Sie hob ihr Gesicht kurz zu mir hoch und sah mich an mit einem raschen, schwarzen Blick.

»Du riechst nach Krankenhaus«, sagte sie. »Eigentlich müsste ich das sein.«

Ich nahm ihr das Glas aus der Hand, setzte es an die Lippen und trank den restlichen Brandy, der wie Feuer brannte, mit einem Zug aus. Und nun wurde mir klar, was dieses Gefühl war, das mich plagte, seit ich heute früh die gläsern leuchtende Praxis von Mr Todd betreten hatte. Es war Verlegenheit. Anna spürte es auch, dessen war ich mir sicher. Verlegenheit, ja, eine panische Angst davor, nicht zu wissen, was man sagen, wohin man schauen, wie man sich verhalten soll, und noch etwas anderes, nicht direkt Wut, aber doch eine Art finsterer Verärgerung, ein finsterer Groll darüber, dass wir uns in einer derart misslichen Lage befanden. Es war, als hätte man uns ein Geheimnis verraten, das so schmutzig, so abscheulich war, dass wir es kaum aushalten konnten, noch weiter zusammenzubleiben, aber auch nicht in der Lage waren auszubrechen, weil jeder von uns wusste, was der andere für Dreck am Stecken hatte, und eben dieses Wissen uns aneinander fesselte. Von nun an würde alles nur noch Heuchelei sein. Es würde keine andere Methode geben, mit dem Tod zu leben.

Immer noch saß Anna kerzengerade dort am Tisch, mir abgewandt, mit ausgestreckten Armen, die Handflächen nach oben gekehrt, als wartete sie darauf, dass irgendetwas hineinfiele.

»Also?«, sagte sie, ohne sich umzudrehen. »Was jetzt?«

Da geht der Colonel, schleicht sich wieder zurück in sein Zimmer. Das war aber eine lange Sitzung auf dem Klo. Strangurie, schönes Wort. Mein Zimmer ist als einziges im ganzen Haus *en suite*, wie Miss Vavasour immer mit einer kleinen, leicht affektierten Grimasse sagt. Außerdem habe ich eine Aussicht, oder könnte zumindest eine haben, wenn diese blöden Bungalows da hinten im Garten nicht wären. Mein Bett ist Ehrfurcht gebietend – ein imposantes, hoch aufgepolstertes Monstrum im italienischen Stil, eines Dogen würdig, das Kopfende poliert und mit Volute wie eine Stradivari. Ich muss Miss V. einmal fragen, wo sie das Ding eigentlich herhat. Als die Graces hier waren, war das hier das Schlafzimmer der Eltern. Über die untere Etage bin ich damals nie hinausgekommen, außer in meinen Träumen.

Gerade habe ich gesehen, was heute für ein Tag ist. Heute vor einem Jahr mussten Anna und ich Mr Todd zum ersten Mal in seiner Praxis aufsuchen. Was für ein Zufall. Oder auch nicht, vielleicht; gibt es denn Zufälle in Plutos Reich, durch dessen unbetretene Weiten ich leierloser Orpheus irre? Zwölf Monate schon, immerhin! Ich hätte Tagebuch führen sollen. Mein Tagebuch des Jahrs der Plagen.

Ein Traum hat mich hierher gezogen. Ich ging eine Landstraße entlang, das war alles.

Es war im Winter, in der Abenddämmerung, oder vielleicht war es auch eine eigentümliche, schwach leuchtende Nacht, eine Nacht, wie es sie nur in Träumen gibt, und nasse Schneeflocken fielen vom Himmel. Ich war mit Entschlossenheit unterwegs, irgendwohin, nach Hause anscheinend, obwohl ich nicht wusste, was oder wo genau zu Hause sein sollte. Zu meiner Rechten die offene Landschaft, eben und eintönig, kein Haus in Sicht, auch kein Stall, und zu meiner Linken säumte eine Reihe niedriger, düster dreinblickender Bäume die Straße. Trotz der Jahreszeit waren die Äste noch nicht kahl, und die dichte, dicke, beinahe schwarze Masse der Blätter duckte sich unter der Last des Schnees, der sich in weiches, fast durchsichtiges Eis verwandelt hatte. Irgendetwas war kaputt, ein Auto, nein, ein Fahrrad, ein Knabenfahrrad, denn ich war, obschon genauso alt wie jetzt, zugleich ein Junge, ein dicker, unbeholfener Junge, ja, und ich war auf dem Weg nach Hause, doch, bestimmt, nach Hause oder irgendwohin, wo früher einmal zu Hause gewesen war und wo ich mich sofort wieder auskennen würde, wenn ich dort ankäme. Ich musste stundenlang laufen, aber das machte mir nichts aus, denn es war ein Gang von überragender, wenn auch unerklärlicher Bedeutung, ein Gang, den ich zu gehen und den ich zu vollenden hatte. Ich war innerlich gefasst, ziemlich gefasst, und voller Zuversicht, auch das, obwohl ich nicht so richtig wusste, wohin ich ging, bloß, dass ich unterwegs nach Hause war. Ich war allein auf der Straße. Der Schnee, der den ganzen Tag langsam vor sich hin gefallen war, trug keinerlei Reifen-, Stiefel- oder Hufspuren, denn es war noch niemand diesen Weg gegangen, und es würde ihn auch niemand gehen. Irgendetwas war mit meinem Fuß, dem linken, anscheinend hatte ich ihn mir verletzt, doch schon vor langer Zeit, denn er tat nicht weh, obwohl ich bei jedem Schritt ungeschickt damit ausholen und eine Art Halbkreis beschreiben musste, was mich behinderte, nicht ernsthaft, aber ernst genug. Ich hatte Mitleid mit mir, das heißt, ich hatte Mitleid mit dem geträumten Ich, diesem armen Trottel, der dort am Ende des Tages unerschrocken durch den Schnee stapft, vor sich nur die Straße, ohne die Verheißung des Nachhausekommens.

Das war alles, mehr war nicht in dem Traum. Der Weg nahm kein Ende, ich kam nirgendwo an, und nichts geschah. Ich ging einfach dort entlang, verlassen und beherzt, stampfte endlos durch den Schnee und durch das winterliche Dämmerlicht. Doch als ich im ersten Morgengrauen erwachte, tat ich es nicht, wie sonst immer, mit diesem Gefühl, dass man mir über Nacht eine schützende Hautschicht abgezogen hatte, noch eine mehr, sondern mit der Überzeugung, etwas sei erreicht oder zumindest angestoßen worden. Und plötzlich, zum ersten Mal seit ich weiß nicht wie langer Zeit, musste ich an Ballyless denken und an das Haus dort an der Station

Road und an die Graces und an Chloe Grace, ich habe keine Ahnung, warum, und es war, als wäre ich plötzlich aus dem Dunkel in eine Lache aus fahlem, salzgewaschenem Sonnenlicht getreten. Nur eine Minute hielt sie an, diese glückselige Leichtigkeit, vielleicht nicht einmal eine Minute, aber sie sagte mir, was ich zu tun, wohin ich mich zu wenden hatte.

Als Erstes sah ich sie, Chloe Grace, am Strand. Es war ein heller, windgeplagter Tag; die Graces hatten es sich in den Dünen in einer flachen Kuhle bequem gemacht, die, ausgehöhlt von Stürmen und Gezeiten, durch ihre Gegenwart gleichsam etwas Kulissenhaftes hatte. Eine beeindruckende Ausrüstung hatten sie mitgebracht, zum Beispiel ein Stück verschossenen gestreiften Markisenstoff, der zwischen Stöcken aufgespannt war, um die kühle Brise abzuhalten, Klappstühle, ein Klapptischchen und einen Strohkorb von der Größe eines kleinen Koffers, der Flaschen, Thermoskannen und Büchsen mit Sandwichs und Gebäck enthielt; sogar richtige Teetassen hatten sie dabei, samt Untertassen. Eigentlich gab es eine stillschweigende Übereinkunft, dass dieser Teil des Strandes für die Gäste des Golf Hotels reserviert war, dessen Rasen unmittelbar hinter den Dünen endete, sodass diese Leute dort aus der Villa, die hier so achtlos eingebrochen waren mit ihrem schicken Strandequipment und ihren Weinflaschen, nicht wenige empörte Blicke ernteten, Blicke, die sie, die Graces, indes nicht zu bemerken schienen oder jedenfalls geflissentlich ignorierten. Mr Grace, Carlo Grace, der Daddy, abermals in Shorts, dazu einen bonbonfarben gestreiften Blazer über der Brust, die nackt war, abgesehen von zwei dicken Matten aus gekringeltem Haar, die an ein weit ausgebreitetes, wuscheliges Flügelpaar erinnerten. Ich glaube, ich hatte und habe bis heute noch nie jemanden gesehen, der einen derart faszinierend üppigen Haarwuchs hatte. Auf seinem Kopf klemmte ein Hut aus Segeltuch, der wie ein umgedrehter Buddeleimer aussah.

Mr Grace saß auf einem der Klappstühle, hielt vor sich eine aufgeschlagene Zeitung mit beiden Händen fest und schaffte es trotz der steifen Windstöße, die von der See herüberkamen, dabei auch noch eine Zigarette zu rauchen. Der blonde Junge, derselbe, der am Tor geschaukelt hatte – es war Myles, warum soll ich ihn nicht beim Namen nennen? –, kauerte schmollend zu Füßen seines Vaters und buddelte mit einem gezackten, von der See blank polierten Stück Treibholz im Sand. Etwas hinter den beiden, im Schutz der Dünenwand, kniete ein in ein großes rotes Handtuch gewickeltes Mädchen, oder eine junge Frau, im Sand, zappelte nervös unter ihrer Verhüllung herum und versuchte, wie sich bald herausstellen sollte, ihren Badeanzug abzustreifen. Sie war auffallend blass und sah ungemein seelenvoll aus; sie hatte ein langes schmales Gesicht und dickes, sehr schwarzes Haar. Mir fiel auf, dass sie die ganze Zeit, voll Abscheu, wie mir schien, den Hinterkopf von Carlo Grace betrachtete. Außerdem fiel mir auf, dass Myles, der Junge, sie aus dem Augenwinkel beobachtete, offenkundig in der, übrigens von mir geteilten, Hoffnung, sie könnte die schützende Hülle aus Versehen fallen lassen. Demnach konnte sie schwerlich seine Schwester sein.

Mrs Grace kam den Strand herauf. Sie war im Wasser gewesen und trug einen schwarzen Badeanzug, hauteng und dunkel glänzend wie Seehundfell, und darüber eine Art Wickelrock aus durchsichtigem Stoff, in der Taille von nur einem einzigen Knopf zusammengehalten, sodass er sich bei jedem ihrer Schritte öffnete und ihre nackten braunen, ziemlich dicken, aber wohlgeformten Beine offenbarte. Vor ihrem Mann blieb sie stehen, schob sich die weißgerandete Sonnenbrille ins Haar und wartete den Herzschlag lang, den er vergehen ließ, bevor er die Zeitung senkte und zu ihr aufsah, die Hand, in der er die Zigarette hielt, an die Stirn hob und seine Augen gegen das salzgeschärfte Licht beschirmte. Sie sagte etwas, und er neigte den Kopf zur Seite, zuckte die Achseln und lächelte, wobei er seine vielen kleinen weißen, ebenmäßigen Zähne zeigte. Hinter ihm das Mädchen, immer noch unter dem Handtuch, ließ den endlich abgestreiften Badeanzug fallen, drehte sich um, setzte sich mit angezogenen Beinen in den Sand, das Handtuch wie eine Zeltbahn um sich geschlagen, und legte die Stirn an die Knie, worauf Myles mit der ganzen Kraft seiner Enttäuschung seinen Stock in den Sand rammte.

Das waren sie also, die Graces: Carlo Grace und seine Frau Constance, ihr Sohn Myles, das Mädchen oder auch die junge Frau, die aber bestimmt nicht die war, die ich neulich, am ersten Tag, im Haus lachen gehört hatte, und drum herum ihr ganzer Kram, ihre Klappstühle und Teetassen und Wassergläser voll Weißwein und Connie Grace' Offenbarungsrock und der komische Hut, die Zeitung und die Zigarette ihres Mannes und der Stock von Myles und der Badeanzug jenes Mädchens, der immer noch dort lag, wo sie ihn hingeworfen hatte, schlaff zusammengeknautscht, die feuchten Ränder mit Sand verklebt, gleich einem ertrunkenen Ding, das ausgespien war von der See.

Ich weiß nicht mehr, wie lange Chloe auf der Düne gestanden hatte, bevor sie sprang. Gut möglich, dass sie die ganze Zeit schon da gewesen war und mich beobachtet hatte, wie ich die anderen beobachtete. Zuerst war sie nur eine Silhouette, deren kurz geschnittenes Haar im Gegenlicht wie ein glänzender Helm erschien. Dann hob sie die Arme und stürzte sich mit zusammengepressten Knien vom Dünenhang. Ihre Shorts blähten sich kurz im Luftzug. Sie war barfuß, und als sie auf den Fersen landete, stob der Sand auf. Das Mädchen unter dem Handtuch – Rose, geben wir auch ihr einen Namen, der armen Rosie – stieß einen erschrockenen kleinen Schrei aus. Chloe wankte, die Arme immer noch in der Luft, die Fersen im Sand, und es sah aus, als würde sie umfallen oder zumindest hart sich auf den Hintern setzen, doch sie konnte sich abfangen und warf Rose einen gehässigen Blick zu, Rose, die Sand in den Augen hatte, ein Gesicht zog wie ein Fisch und blinzelnd den Kopf schüttelte. *»Chlo-e!«*, sagte Mrs Grace in vorwurfsvoll nörgelndem Ton, aber Chloe kümmerte sich nicht um sie, sondern kam an und kniete sich neben ihrem Bruder in den Sand und versuchte, ihm den Stock aus der Hand zu winden. Ich lag bäuchlings auf einem Frottiertuch, hatte das Gesicht in die Hände gestützt und tat so, als würde ich lesen. Chloe wusste, dass ich sie beobachtete, es schien ihr aber egal zu sein. Wie alt waren wir damals, zehn, elf? Sagen wir, elf. Das langt. Ihre Brust war genauso flach wie die von Myles, ihre Hüften nicht breiter als meine. Sie trug ein ärmelloses weißes Hemd über ihren Shorts. Ihr von der Sonne gebleichtes Haar war beinahe weiß. Myles, der wie ein Wilder um seinen Stock gekämpft und es endlich geschafft hatte, ihr das Ding zu entreißen, schlug ihr damit auf die Fingerknöchel, und sie sagte »Aua!« und boxte ihm mit ihrer kleinen, spitzen Faust ans Brustbein.

»Hör mal die Anzeige hier«, sagte ihr Vater zu niemand Bestimmtem und las lachend aus der Zeitung vor. *»Suchen wieselflinke Jalousieverkäufer. Führerschein für PKW erforderlich. Bewerbungen an Postfach dreiundzwanzig.«* Er lachte abermals und musste husten, hustete und lachte. »Wieselflinke Jalousieverkäufer!«, rief er. »Du liebe Zeit.«

Wie abgeflacht am Meer alle Geräusche sind, abgeflacht und doch pathetisch, wie ferne Gewehrschüsse. Das muss an dem vielen Sand liegen; der dämpft anscheinend. Obwohl ich nicht sagen könnte, wann ich je Gelegenheit gehabt hätte, einen Gewehrschuss oder gar eine Gewehrsalve zu hören. Mrs Grace schenkte sich Wein ein, kostete, verzog das Gesicht, setzte sich auf einen Klappstuhl und schlug so entschlossen die Beine übereinander, dass ihr Badepantoffel schlenkerte. Rose fummelte unter dem Handtuch herum, sie zog sich an. Jetzt war es an Chloe, die Knie an die Brust zu ziehen – ist das eigentlich etwas, was alle Mädchen machen, oder zumindest früher gemacht haben, dass sie dasitzen wie ein vornübergekipptes Z? – und mit ihren Händen die Füße umfassen. Myles stupste sie mit seinem Stock in die Seite. »Daddy«, murrte sie unlustig, »sag ihm, er soll aufhören.« Ihr Vater las weiter. Connie Grace' schlenkernder Pantoffel hatte sich auf einen Rhythmus eingependelt, den seine Besitzerin im Kopf hatte. Der Sand im prallen Sonnenschein um mich herum verströmte seinen geheimnisvollen, ein klein wenig nach Katze riechenden Duft. Draußen in der Bucht schauderte ein weißes Segel und schnellte nach Lee, und für Sekunden stand die Welt auf der Kippe. Weiter unten am Strand rief irgendwer irgendwen. Kinder. Badende. Ein drahthaariger, ingwerblonder Hund. Das Segel drehte sich wieder in den Wind, und deutlich war über das Wasser das Rascheln und Klatschen der Leinwand zu hören. Dann legte sich der Wind, und einen Augenblick lang war alles still.

Sie spielten ein Spiel, Chloe, Myles und Mrs Grace, die Kinder warfen sich über den Kopf der Mutter hinweg den Ball zu und versuchten ihn rennend und springend zu fangen, was ihnen aber nur selten gelang. Wenn sie läuft, bauscht ihr Rock sich hinter ihr, und ich starre auf die straffe schwarze Wölbung an dem umgekehrten Dreieck ihres Schoßes und kann den Blick nicht davon lassen. Sie hopst herum, schnappt nach Luft, stößt atemlose Schreie aus und lacht. Ihre Brüste hüpfen auf und ab. Ein fast beängstigender Anblick. Ein Wesen mit so vielen fleischigen Wülsten und Mulden sollte nicht derart herumtollen, sonst geht in ihrem Innern noch irgendwas kaputt, irgendeine delikate Komposition aus adipösem Gewebe und perlengleich schimmerndem Knorpel. Ihr Mann hat die Zeitung gesenkt und schaut ihr ebenfalls zu, wobei er sich den Kinnbart krault, ein kaltes Lächeln um die Lippen, die vielen hübschen kleinen Zähne leicht gebleckt, die Nüstern wölfisch gebläht, gleichsam um ihren Duft zu wittern. In seiner Miene mischen sich Erregung, Belustigung und ein Anflug von Verachtung, als wünschte er sich im Stillen, sie im Sand hinfallen und sich wehtun zu sehen; ich stelle mir vor, dass ich ihn schlage, ihn boxe, exakt in die Mitte seiner behaarten Brust, genauso wie Chloe ihren Bruder geboxt hatte.

Und nun kenne ich die Leute schon, bin einer von ihnen. Und habe mich verliebt in Mrs Grace.

In einem roten Hemd und weiten schwarzen Hosen, wie die Assistentin eines Zauberkünstlers unter dem rot gefütterten Umhang des Magiers, kommt Rose unter dem Handtuch hervor und bemüht sich angelegentlich, nirgendwohin zu schauen und unter keinen Umständen hinüber zu der Frau, die da mit ihren Kindern spielt.

Plötzlich verliert Chloe die Lust an dem Spiel und wendet sich ab und lässt sich in den Sand plumpsen. Einer ihrer jähen Stimmungsumschwünge, eine jäh einsetzende Schmollphase – wie gut werde ich das später noch bei ihr kennen lernen. Ihre Mutter ruft, sie solle zurückkommen und wieder mitspielen, aber sie reagiert nicht. Sie liegt auf der Seite, die Fußgelenke gekreuzt, stützt sich auf dem Ellenbogen auf und schaut mit zusammengekniffenen Augen an mir vorbei hinaus auf die See. Myles führt vor ihrer Nase einen Schimpansentanz auf, schnattert und kratzt sich die imaginären Flohstiche unter den Achselhöhlen. Sie tut, als könne sie durch ihn hindurchsehen. »Gör«, sagt ihre Mutter beinah selbstgefällig über die Tochter, die Spielverderberin, und geht zurück zu ihrem Stuhl und setzt sich wieder. Sie ist außer Atem, die glatte, sandfarbene Schräge ihres Busens wogt auf und ab. Sie hebt die Hand und streicht sich eine angeklebte Strähne aus der schweißnassen Stirn, und ich fixiere den verborgenen Schatten unter ihrer Achselhöhle, pflaumenblau, der Farbton meiner feuchten Phantasie in zahllosen künftigen Nächten. Chloe schmollt. Myles geht zurück und wirft sich mit seinem Stock in den Sand. Der Vater faltet die Zeitung zusammen und blinzelt zum Himmel hinauf. Rose untersucht einen losen Knopf an ihrem Hemd. Die kleinen Wellen, sie steigen und plätschern, der ingwerblonde Hund, er bellt. Und mein Leben ist für alle Zeit verändert.

Doch wann, in welchem Augenblick, in welchem aller unserer Augenblicke, wäre das Leben denn nicht von Grund auf, ja von Grund auf verändert, bis zu jenem letzten aller

Augenblicke, bis zu jener allerletzten grundlegenden Veränderung?

Wir machten jeden Sommer hier Ferien, meine Eltern und ich. Natürlich hätten wir es nicht so ausgedrückt. *Wir kamen im Urlaub hierher*, so hätten wir das gesagt. Wie schwierig es ist, heute so zu sprechen, wie ich damals gesprochen habe. Wir kamen jeden Sommer im Urlaub hierher, viele Jahre lang, viele Jahre, bis mein Vater uns sitzen ließ und nach England ging, wie Väter es bisweilen taten, damals, und eigentlich auch noch heute. Das Chalet war ein klassisches Holzhaus, nur in etwas verkleinertem Maßstab. Es hatte drei Zimmer, nach vorne raus ein Wohnzimmer, das zugleich Küche war, und hinten zwei winzige Schlafkammern. Statt einer Decke gab es nur die schrägen Unterseiten des mit Teerpappe gedeckten Dachs. Die Wände waren mit unbeabsichtigtermaßen eleganten, schmalen, gegehrten Brettern getäfelt, die, wenn die Sonne schien, nach Ölfarbe und Kiefernharz rochen. Meine Mutter kochte auf einem Paraffinkocher, dessen winzige Düse ich manchmal reinigen musste, was mir insgeheim eine bizarre Wonne bereitete, denn ich benutzte dazu ein zartes Werkzeug aus einem biegsamen Streifen Metall, der oben in einen starren, rechtwinklig abgebogenen Draht mündete. Wo mag der wohl geblieben sein, dieser standhafte, unerschütterliche kleine Primuskocher? Strom hatten wir nicht, und unsere Abende brachten wir beim Licht einer Öllampe zu. Mein Vater arbeitete in Ballymore und kam abends mit dem Zug und einer wortlosen Wut im Bauch und mit geballten Fäusten zu uns zurück, als schleppte er seinen Alltagsfrust im Gepäck. Was machte meine Mutter eigentlich mit ihrer Zeit, wenn er nicht da war? Ich stelle mir vor, wie sie in dem kleinen Holzhaus am Tisch saß, Ellenbogen auf der Wachstuchdecke, Kopf in die Hand gestützt, und den lieben langen Tag ihren Verdruss nährte. Sie waren ja noch jung damals, alle beide, mein Vater und meine Mutter, wesentlich jünger, als ich jetzt bin. Was für ein eigentümlicher Gedanke. Es scheint so, als ob alle jünger sind als ich, sogar die Toten. Ich sehe sie vor mir, meine armen Eltern, wie sie erbittert trautes Heim spielen in der Kinderzeit der Welt. Ihr Unglück war eine der Konstanten meiner ersten Jahre, ein hohes, endloses, fast nicht mehr wahrnehmbares Summen. Ich habe sie nicht gehasst. Wahrscheinlich habe ich sie sogar geliebt. Sie waren mir bloß im Wege, haben mir den Blick in die Zukunft getrübt. Manchmal konnte ich regelrecht durch sie hindurchsehen, durch meine transparenten Parentes.

Meine Mutter badete immer nur am entferntesten Ende des Strandes, weit weg von den Blicken der Hotelgäste und den lärmenden Lagerstätten der Tagesausflügler. Dort hinten, noch hinter dem Abschnitt, wo der Golfparcours anfing, ein Stück vor der Küste, gab es eine feste Sandbank, vor der sich bei entsprechender Tide eine seichte Lagune bildete. Dort, im abgestandenen Wasser, ließ sie sich mit einer kleinen, misstrauischen Freude treiben, schwamm aber nicht etwa, denn schwimmen konnte sie nicht, sondern bewegte sich, zu voller Länge ausgestreckt, mit den Händen auf dem Grund fort und reckte den Kopf hoch, damit ihr Mund über dem Geplätscher der Wellen blieb. Sie trug einen mausrosa Badeanzug aus Synthetik mit züchtigen Bündchen, die dafür sorgten, dass der Beinausschnitt unmittelbar unter dem Schritt fest anlag. Nackt und wehrlos schaute ihr eingezwängtes Gesicht aus der engen Gummiversiegelung der Badekappe. Mein Vater war ein ziemlich guter Schwimmer; er vollführte so eine Art verhindertes Aufwärtskrabbeln in der Waagerechten mit mechanischen Armschlägen, keuchender Seitwärtsgrimasse und einäugigem Glubschen. Und wenn er fertig war, kam er jedes Mal hoch, prustete und spuckte mit angeklatschten Haaren und abstehenden Ohren in seiner schwarzen Badehose, die Blasen schlug, stand da, die Hände in die Hüften gestemmt, und beobachtete mit einem kleinen, sarkastischen Grinsen und zuckendem Unterkiefermuskel die unbeholfenen Anstrengungen meiner Mutter. Er spritzte ihr Wasser ins Gesicht, packte sie bei den Handgelenken und zog sie, rückwärts watend, durchs Wasser. Sie kniff ganz fest die Augen zu und kreischte wie wild, er solle aufhören. Und ich, vor Ekel wie gelähmt, stand da und guckte zu bei diesen Albereien auf des Messers Schneide. Wenn er sie endlich losließ, war ich dran, dann stellte er mich auf den Kopf, schnappte sich meine Fußgelenke und schob mich lachend nach dem Schubkarrenprinzip vom Rand der Sandbank weg. Was für starke Hände er hatte, wie Handschellen aus kaltem, biegsamem Eisen, noch heute spüre ich ihren gewalttätigen Griff. Er war ein gewalttätiger Mensch, ein Mensch mit gewalttätigen Gesten, gewalttätigen Späßen, aber auch schüchtern. Kein Wunder, dass er uns verlassen hat, verlassen musste. Ich schluckte Wasser und entwand mich panisch seinem Griff, sprang auf, stand würgend in der Brandung.

Im harten Sand, unmittelbar am Wasser, standen Chloe Grace und ihr Bruder und gafften.

Sie trugen wie üblich Shorts und waren barfuß. Ich sah, wie verblüffend ähnlich sich die beiden waren. Sie hatten Muscheln gesammelt, die Chloe in einem Taschentuch trug, dessen Ecken zu einem Beutel zusammengeknotet waren. Sie standen also da und schauten uns mit ausdrucksloser Miene zu, als würden wir zu einer Show gehören, als führten wir, eigens zu ihrer Unterhaltung, eine komische Nummer auf, die sie indes weder besonders interessant noch besonders lustig fanden, sondern einfach nur albern. Ich könnte schwören, dass ich, grau und gänsehäutig, wie ich war, einen roten Kopf bekam, und plötzlich registrierte ich mit schmerzhafter Deutlichkeit, wie sich vorn aus meiner schlabbernden Badehose unaufhaltsam ein dünner Strahl von Meerwasser ergoss. Hätte es in meiner Macht gestanden, ich hätte meinen peinlichen Eltern fristlos gekündigt, hätte sie platzen lassen wie Gischtbläschen, meine dicke kleine Mutter mit ihrem nackten Gesicht und meinen Vater, dessen Körper aussah, als bestünde er aus Schweineschmalz. Eine Brise traf den Strand und fegte schräg über ihn hinweg, wirbelte Wolken von trockenem Sand auf, jagte wieder meerwärts und zerfetzte die Wasseroberfläche in lauter scharf gezackte kleine, metallisch blitzende Splitter. Ich bibberte, doch jetzt nicht mehr vor Kälte, sondern weil ich das Gefühl hatte, etwas war durch mich hindurchgegangen, stumm und geschwind, nicht abzuwehren. Die zwei am Strand wandten sich um und schlenderten davon; sie gingen in die Richtung, wo der auf Grund gelaufene Frachter lag.

War das der Tag, an dem mir auffiel, dass Myles Schwimmhäute zwischen den Zehen hatte?

Unten spielt Miss Vavasour Klavier. Sie schlägt die Tasten sehr behutsam an, will nicht gehört werden. Anscheinend hat sie Angst, dass sie mich stören könnte, wo ich doch hier oben in meine unermesslich schwierige und unvorstellbar wichtige Arbeit vertieft bin. Chopin spielt sie recht gut. Hoffentlich wagt sie sich nicht an John Field, das könnte ich nicht ertragen. Anfangs hab ich versucht, sie für Fauré zu interessieren, besonders die späten Nocturnes, für die ich größte Bewunderung hege. Ich brachte ihr sogar die Partituren mit, bestellte sie eigens aus London, was nicht gerade billig war. Ich war zu ambitioniert. Sie sagt, sie kann die Noten nicht mit den Fingern fassen. *Wohl eher mit dem Kopf*, versage ich mir zu entgegnen. Abtrünnige, abtrünnige Gedanken. Eigentümlich, dass sie nie geheiratet hat. Sie war einmal schön, früher, auf ihre seelenvolle Art. Heute trägt sie ihr langes graues, einstmals so schwarzes Haar als festgezurrten, kreuzweise von zwei stricknadellangen Spießen durchbohrten Knoten auf dem Hinterkopf, ein Stil, der bei mir die ganz und gar unpassende Assoziation von Geisha-Haus wachruft. Die japanische Note setzt sich in dem kimonoartigen, gegürteten seidenen Hausgewand fort, das sie morgens immer anhat und dessen Seide mit einem Motiv aus grellfarbenen Vögeln und Bambuszweigen bedruckt ist. Zu anderen Tageszeiten bevorzugt sie vernünftigen Tweed, beim Abendessen aber überrascht sie uns, den Colonel und mich, indem sie einmal in einem wadenlangen limonengrünen Konfektionskleid mit Schärpe angeraschelt kommt, ein andermal eher spanisch mit scharlachrotem Bolerojäckchen und weiten schwarzen, nach unten enger werdenden Hosen, wozu sie dann makellos glänzende schwarze Slipper trägt. Sie ist eine ziemlich elegante alte Dame und registriert meinen beifälligen Blick mit gelindem Flattern.

In der Pension *Zu den Zedern* ist kaum noch etwas von der Vergangenheit übrig, von jenem Teil der Vergangenheit, den ich hier erlebt habe. Ich hatte auf irgendetwas gehofft, das eindeutig den Graces zuzuschreiben wäre, und mochte es auch noch so winzig oder scheinbar belanglos sein, ein vergilbtes Foto zum Beispiel, das vergessen in einer Schublade liegt, eine Locke oder auch bloß eine zwischen den Dielen eingeklemmte Haarnadel, aber es war nichts mehr da, nichts dergleichen. Auch keine erinnerte Atmosphäre, die der Erwähnung wert gewesen wäre. Ich nehme an, die vielen Lebenden, die hier durchgegangen sind – es ist ja immerhin eine Pension –, haben jegliche Spur von den Toten verwischt.

Wie wild heute der Wind bläst und mit seinen großen, weichen, wirkungslosen Fäusten an die Fensterscheiben schlägt. Genau das Herbstwetter, stürmisch und klar, das ich so liebe. Ich finde den Herbst anregend, während der Frühling weniger mein Fall ist. Der Herbst ist die rechte Zeit zum Arbeiten, in dem Punkt kann ich Puschkin nur zustimmen. Ach ja, der Alexander und ich, wir beiden Oktobristen. Nur leider hat eine allgemeine, völlig unpuschkineske Behäbigkeit von mir Besitz ergriffen, und ich kann nicht arbeiten. Aber ich bleibe trotzdem an meinem Tisch sitzen, schiebe die Absätze hin und her wie die Spielmarken in einem Spiel, das ich verlernt habe. Bei dem Tisch handelt es sich um so eine wacklige kleine Angelegenheit mit einer nicht sehr zuverlässigen herunterklappbaren Schreibplatte; Miss V. hat ihn eigenhändig hier heraufgetragen und ihn mir nicht ohne einen gewissen verhaltenen Hintersinn präsentiert. *Knarre, kleines Holzding, knarre.* Da ist ja auch mein Kapitänsdrehstuhl, genauso einer wie damals in der Mietwohnung, wo wir vor Jahren gewohnt haben, Anna und ich, er ächzt sogar auf die gleiche Weise, wenn ich mich darauf zurücklehne. Die Arbeit, in die ich angeblich vertieft bin, ist eine Monographie über Bonnard, ein bescheidenes Projekt, mit dem ich, ich weiß schon gar nicht mehr, seit wie vielen Jahren, festsitze. Ein ganz großer Maler, jedenfalls in meinen Augen, über den ich, wie ich schon vor langer Zeit festgestellt habe, absolut nichts Originelles zu sagen weiß. Badezimmerbräutigam hat Anna ihn immer genannt, mit so einem glucksenden Lachen. *Bonnard, Bonn'art, Bon'nargue.* Nein, ich kann nicht arbeiten, das Einzige, war ich kann, ist solchen Unsinn hier hinkritzeln.

Und außerdem, als arbeiten würde ich das, was ich hier mache, ohnehin nicht bezeichnen. Arbeiten, das ist ein viel zu hochtrabendes, viel zu ernstes Wort. Arbeiter arbeiten. Die Großen arbeiten. Es gibt überhaupt kein Wort, das demütig genug ist, um dennoch adäquat zu beschreiben, was wir Durchschnittsmenschen machen und wie wir es machen. Dilettieren akzeptiere ich nicht. Laien dilettieren, aber wir, die Klasse oder die Gattung, die ich meine, sind durch und durch professionell. Tapetenhersteller wie Vuillard und Maurice Denis waren kein bisschen weniger gewissenhaft – auch so ein modernes Schlüsselwort – als ihr Freund Bonnard, aber Gewissenhaftigkeit reicht eben nicht, nein, die reicht absolut nicht. Wir sind keine Drückeberger, wir sind nicht faul. Wir sind sogar frenetisch energiegeladen, anfallsweise, aber wir sind frei, fatal frei sogar, von dem, was man den Fluch der Kontinuität nennen könnte. Wir bringen Sachen zu Ende, für den echten Arbeiter hingegen kann die Arbeit, wie der Dichter Valéry, ja, ich glaube, es war Valéry, verkündet, niemals beendet sein, sondern er bricht sie einfach ab. Es gibt eine hübsche Anekdote, wie Bonnard im Musée du Luxembourg ist, zusammen mit einem Freund, ja, ich glaube, es war sogar Vuillard, wenn ich nicht irre, und den Freund bittet, die Aufsicht abzulenken, während er selbst in aller Eile seinen Malkasten herausholt und an einem Bild, das schon seit Jahren dort hängt, eine Stelle nachbessert. Die echten Arbeiter sterben alle in dem beklemmenden Gefühl, versagt zu haben. So viel zu tun, und so viel, das ungetan bleibt!

Autsch. Da ist es wieder, dieses stechende Gefühl. Jedes Mal frage ich mich geradezu zwanghaft, ob das womöglich die Vorboten von etwas Ernstem sind. Bei Anna ging es ja auch mit solchen ganz leisen Anzeichen los. In medizinischen Dingen bin ich in diesem letzten Jahr – wen wundert es – ein ziemlicher Fachmann geworden. So habe ich zum Beispiel gelernt, dass ein Kribbeln in den Extremitäten auch ein Frühsymptom von Multipler Sklerose ist. Das Gefühl, das ich habe, ist wie ein Kribbeln, bloß stärker. Es ist ein brennender Stich, eine ganze Serie von Stichen, mal im Arm, mal hinten im Nacken und einmal sogar, denkwürdigerweise, im rechten großen Zeh, direkt oben auf dem Knöchel, so schlimm, dass ich auf einem Bein im Zimmer herumgehüpft bin und ganz erbärmlich gequietscht habe vor Schmerzen. Der Schmerz, oder das Stechen, dauert zwar nur kurz an, ist aber oft sehr heftig. Es ist, als würde ich auf Lebenszeichen untersucht, auf Zeichen von Gefühl, Zeichen, die besagen, dass ich noch am Leben bin.

Anna hat mich immer ausgelacht wegen meiner hypochondrischen Anwandlungen. *Doktor Max*, hat sie mich genannt. *Wie geht's dem Doktor Max denn heute, geht's ihm mal wieder mies?* Sie hatte ja Recht, ich war schon immer ein Jammerlappen, einer, der beim leisesten Ziepen, beim kleinsten Wehwehchen Theater macht.

Da ist wieder das Rotkehlchen, es kommt jeden Nachmittag von irgendwo herabgeflogen und setzt sich neben dem Schuppen draußen im Garten in den Ilexbusch. Mir ist aufgefallen, dass es gern alles dreimal macht: Es hüpft von einem der oberen Zweige auf einen darunter liegenden und dann auf einen, der noch tiefer ist, bleibt dort sitzen und gibt dreimal seinen schrillen, energischen Pfiff von sich. Jedes Geschöpf hat seine Gewohnheiten. Jetzt schleicht sich aus einem Nachbargarten ein gescheckter Kater heran, ein rechter Leisetreter. Aufpassen, kleiner Vogel. Das Gras müsste auch mal wieder gemäht werden, nur noch einmal, das langt für dieses Jahr. Ich sollte anbieten, dass ich das übernehme. Der Gedanke kommt, und schon stolpere ich da draußen schweißüberströmt mit Grashalmen im Mund, das Haupt von Fliegen umschwirrt, in Hemdsärmeln und Ziehharmonikahosen hinter dem Rasenmäher her. Komisch, wie oft ich mich in diesen Tagen so sehe, aus der Distanz, mich als einen anderen sehe, der Dinge macht, die nur ein anderer machen würde. Den Rasen mähen, also wirklich. Der Schuppen fällt zwar bald in sich zusammen, aber mit wohlwollendem Blick betrachtet, ist er tatsächlich richtig schön, sein Holz ist ganz verwittert und hat einen seidigen, silbrigen Grauton angenommen, wie der Griff bei einer alten, viel benutzten Gerätschaft, einem Spaten zum Beispiel oder einer getreuen Axt. Der alte Badezimmerbräutigam hätte diese Struktur genaustens eingefangen, den stillen Glanz, das Schimmern. *Dudel diedel die.*

Claire, meine Tochter, hat geschrieben, sie fragt an, wie es mir geht. Nicht gut, muss ich dir leider sagen, gescheite Clarinda, ganz und gar nicht gut. Anrufen tut sie nicht, weil ich sie gewarnt habe; ich gehe nicht ans Telefon, habe ich ihr gesagt, nicht einmal, wenn sie es ist. Nicht, dass irgendwelche Anrufe gekommen wären, ich habe ja auch niemandem außer ihr erzählt, wo ich hinfahre. Wie alt ist sie jetzt eigentlich, etwas über zwanzig, ich weiß nicht genau. Sie ist sehr gescheit, ein richtiger Blaustrumpf. Allerdings nicht schön, das habe ich mir schon vor langem eingestanden. Ich kann nicht so tun, als ob das keine Enttäuschung wäre, denn ich hatte gehofft, sie würde eine zweite Anna werden. Sie ist zu groß und zu steif, ihr rostrotes Haar ist wirr und widerspenstig und steht rund um ihr sommersprossiges Gesicht nach allen Seiten ab, was sie auch nicht gerade hübscher macht, und wenn sie lächelt, sieht man oben das Zahnfleisch weißlich rosa glänzen. Mit diesen spindeldürren Beinen und dem dicken Hintern, diesen Haaren, dem langen Hals besonders – wenigstens eine Sache, die sie von ihrer Mutter hat – erinnert sie mich immer, wie ich beschämt bekennen muss, an Tenniels Zeichnung von Alice, nachdem sie an dem Zauberpilz geknabbert hat. Doch sie ist tapfer und macht das Beste aus sich und der Welt. Sie hat diese schwermütige, finster-fröhliche, etwas poltrige Art, die so viele Mädchen an sich haben, denen es an Anmut fehlt. Wenn sie jetzt hier auftauchen würde, dann käme sie hereingestürzt, würde sich auf mein Sofa plumpsen lassen und die gefalteten Hände zwischen die Knie klemmen und die Arme so weit nach unten ausstrecken, dass sie mit den Fingerknöcheln beinahe den Boden berührt, und würde die Lippen schürzen und die Backen aufblasen und *Puh!* sagen und völlig unvermittelt eine Litanei anstimmen über all die komischen Missgeschicke, die ihr passiert sind, seit wir uns zuletzt gesehen haben. Die liebe Claire, mein süßes Mädchen.

Als ich das erste Mal hierher nach Ballyless fuhr, hat sie mich begleitet, nach diesem Traum, dem Traum, den ich hatte, in dem ich im Schnee nach Hause ging. Ich glaube, sie hat sich Sorgen gemacht, dass es mir in den Sinn kommen könnte, mich in der See zu ertränken. Sie braucht nicht zu wissen, was für ein Feigling ich bin. Die Fahrt hier herunter erinnerte mich ein bisschen an die alten Zeiten, wir beide hatten nämlich schon immer gerne mal eine Spritztour gemacht. Als sie klein war, habe ich sie, wenn sie nachts nicht schlafen konnte – sie leidet nämlich seit jeher an Schlaflosigkeit, genau wie ihr Daddy –, in eine Decke gewickelt und ins Auto gepackt und bin mit ihr die Küstenstraße runtergefahren, Kilometer um

Kilometer, immer an der dunkler und dunkler werdenden See entlang, und habe leise alle Lieder gesungen, an deren Text ich mich wenigstens noch bruchstückhaft erinnern konnte, was sie allerdings keineswegs zum Einschlafen brachte, sondern vielmehr dazu, vor Freude und auch, aber nicht nur, vor Schadenfreude in die Hände zu klatschen und nach mehr zu schreien. Später haben wir sogar einmal zusammen mit dem Auto eine Ferienreise gemacht, nur wir zwei, aber das war ein Fehler, denn inzwischen war sie in der Pubertät und hatte die Weinberge und Châteaux und auch meine Gesellschaft bald schon satt und ging mir permanent mit ihrer schrillen Nörgelstimme auf die Nerven, bis ich nachgab und sie vorzeitig wieder nach Hause brachte. Sehr viel besser war es auf der Fahrt hierher dann auch nicht gewesen.

Es war ein prächtiger, oh ja, ein wirklich prächtiger Herbsttag, alle Kupfer- und Goldtöne von Byzanz unter einem emailblauen Tiepolohimmel, die Landschaft, ganz gefirnisst und glasiert, sah gar nicht wie das Original aus, sondern eher wie ihr eigenes Spiegelbild im stillen Wasser eines Sees. Es war einer jener Tage, an denen die Sonne für mich neuerdings das fette Auge der Welt ist, das in praller Freude zusieht, wie ich mich in meinem Elend winde. Claires weiter graubrauner Wildledermantel verströmte in der Wärme des Autos einen schwachen, aber unverkennbaren Fleischgestank, der mich peinigte, auch wenn ich mich nicht beklagte. Ich bilde mir ein, ich leide schon immer an einer Überempfindlichkeit gegen das dem menschlichen Umgang entsteigende Duftgemisch. Leiden ist vielleicht das falsche Wort. Zum Beispiel mag ich den bräunlichen Geruch von Frauenhaar, wenn es längere Zeit nicht gewaschen wurde. Meine Tochter, diese wählerische alte Jungfer – ja, ich bin mir leider sicher, dass sie niemals heiraten wird –, riecht normalerweise nach gar nichts oder jedenfalls nach nichts, das für mich wahrnehmbar wäre. Das ist einer der zahlreichen Unterschiede zwischen ihr und ihrer Mutter, deren barbarisches Aroma, für mich der Eintopfduft des Lebens selbst, gegen das auch das stärkste Parfum kaum etwas ausrichten konnte, vor all den vielen Jahren das Erste war, was mich zu ihr gezogen hat. Gespenstischerweise haben inzwischen meine Hände einen Anflug von diesem Geruch, ihrem Geruch, und so viel ich sie auch ringen mag, ich kriege ihn nicht weg. In ihren letzten Monaten roch Anna bestenfalls noch nach Arzneischrank.

Als wir ankamen, war ich neugierig zu sehen, was von dem alten Dorf, wie ich es in Erinnerung hatte, noch übrig war, sei es auch nur für einen Blick, der wusste, wo er suchen musste, also für den meinen. Es war, als ob man sich mit einer alten Flamme trifft, hinter deren vom Alter aufgedunsenen Zügen man noch deutlich die schlanken Konturen erkennt, die ein früheres Ich so sehr liebte. Wir fuhren an dem verlassenen Bahnhof vorbei und rumpelten über die kleine Buckelbrücke – immer noch heil, immer noch an Ort und Stelle! – auf dem Scheitel ihrer Wölbung spürte ich wieder dieses plötzliche Aufbäumen und Absacken des Magens, an das ich mich so gut erinnern kann, und auf einmal lag alles vor mir: die ansteigende Straße, unten der Strand – und die See. Dann kam das Haus, aber ich hielt nicht an, als wir daran vorbeifuhren, sondern nahm nur den Fuß vom Gas. Es gibt Momente, da besitzt die Vergangenheit eine so ungeheure Kraft, dass man beinahe meint, sie könnte einen auslöschen.

»Das da eben, das ist es gewesen!«, sagte ich aufgeregt zu Claire. *»Zu den Zedern!«* Unterwegs hatte ich ihr alles – fast alles – über die Graces erzählt. »Das Haus, wo sie gewohnt haben.«

Sie drehte sich um, sah zurück.

»Warum hast du denn nicht angehalten?«, fragte sie.

Was sollte ich ihr darauf antworten? Dass mich auf einmal hier, inmitten dieser verlorenen Welt, eine lähmende Schüchternheit gepackt hatte? Ich fuhr weiter und bog in die Strand Road ein. Das Strand-Café war nicht mehr da, an seiner Stelle stand jetzt ein großes, kompaktes und bemerkenswert hässliches Haus. Da waren die beiden Hotels, kleiner und schäbiger natürlich, als ich sie in Erinnerung hatte, und das Golf Hotel machte sich wichtig mit einer ziemlich bombastischen Fahne auf dem Dach. Selbst drinnen im Auto war zu hören, wie die Palmen auf der Rasenfläche draußen vor dem Portal verträumt mit ihren Wedeln raschelten, ein Geräusch, das damals, in purpurnen Sommernächten, ganz Arabien zu verheißen schien. Jetzt, im bronzenen Sonnenlicht des Oktobernachmittags – die Schatten wurden schon länger –, sah alles ein wenig verblasst aus, wie eine Folge von Bildern nach alten Postkarten. Mylers Pub-Postamt-Krämerladen hatte sich zu einem protzigen Supermarkt mit vorgelagerter asphaltierter Parkzone aufgepumpt. Ich musste daran denken, wie einmal, an einem menschenleeren, stillen, sonnenflirrenden Nachmittag vor einem halben Jahrhundert, auf dem Kiesstreifen draußen vor dem Geschäft ein kleiner, scheinbar harmloser Hund auf mich zugerannt kam, und als ich die Hand nach ihm ausstreckte, hatte er die Zähne gefletscht, was ich irrtümlich für ein Grinsen hielt und glaubte, er wollte sich bei mir lieb Kind machen, doch stattdessen hatte er erstaunlich flink nach meinem Handgelenk geschnappt und mich gebissen und war höhnisch feixend – so deutete ich jedenfalls seine Grimasse – davongerannt, und als ich heimkam, schimpfte meine Mutter mich verbittert aus, weil ich so dumm gewesen war, diesem Raubtier die Hand hinzuhalten, und ich musste ganz alleine zum Dorfarzt gehen, der mir mit weltgewandter Eleganz wie nebenbei ein Pflaster auf mein ganz schön dick angeschwollenes, bläulich rotes Handgelenk klebte und mir alsdann befahl, mich splitternackt auszuziehen und mich auf seinen Schoß zu setzen, damit er mir – er drückte seine erstaunlich bleiche, dickliche, mit Sicherheit manikürte Hand beherzt auf meinen Unterleib – zeigen könne, wie man richtig atmet. »Du musst den Bauch aufblähen, anstatt ihn einzuziehen, verstehst du?«, schnurrte er leise, und die Wärme seines großen, gleichmütigen Gesichts schlug an mein Ohr.

Claire lachte matt. »Und was hat die nachhaltigeren Spuren hinterlassen?«, fragte sie. »Die Hundezähne oder die Doktorkrallen?«

Ich zeigte ihr mein Handgelenk, wo in der Haut über dem *styloideus ulnae* immer noch die beiden Abdrücke der Kerben zu erkennen sind, die ich mir damals von den spitzen Fangzähnen der Bestie eingehandelt hatte.

»Wir waren ja nicht auf Capri«, sagte ich, »und dieser Doktor Ffrench war nicht Tiberius.«

In Wahrheit habe ich nur schöne Erinnerungen an diesen Tag. Ich rieche immer noch den Duft des Nachmittagskaffees im Atem des Doktors; und dann die Haushälterin, diese fischige Art, wie sie die Augen verdreht hat, als sie mich zur Tür begleitete.

Inzwischen waren wir am *Field* angekommen.

Das mittlerweile gar kein Feld mehr, sondern eine dröge Ferienanlage, ein kunterbuntes Durcheinander von unter Garantie schlampig zusammengeschusterten Bungalows, die vermutlich derselbe Architekt mit den zwei linken Händen entworfen hat, dem wir auch diese Schandflecke hier hinten im Garten zu verdanken haben. Trotzdem freut es mich, dass der Name, den man dem Gelände, wenn auch nur ersatzweise, gegeben hat, *An den Lupinen* lautet und der Bauherr, ich nehme jedenfalls an, es war der Bauherr, gleich neben der lächerlich protzigen, im gotischen Stil gehaltenen Einfahrt, durch die man von der Straße aus hier hereinkommt, sogar noch einen hoch gewachsenen Bestand dieser genügsamen Wildstauden am Leben gelassen hat – *Lupinus*, ein Gewächs aus der Gattung der Schmetterlingsblütler, der *Papilionaceae*, ich habe es soeben nachgeschlagen. Unter diesen Lupinen hat mein Vater alle vierzehn Tage in dunkelster Mitternacht, mit Spaten und Taschenlampe bewaffnet und leise vor sich hin fluchend, ein Loch in den weichen Sandboden gegraben und darin einen Eimer Jauche aus unserem Chemieklo versenkt. Immer wenn ich den schwachen, aber merkwürdig anthropischen Duft dieser Blüten rieche, ist mir, als witterte ich dahinter eine süße Nuance von Nachtgeschirr.

»Willst du denn überhaupt nicht mehr anhalten?«, sagte Claire. »Mir wird schon langsam übel hier im Auto.«

Ich habe die Illusion, dass meine Tochter mich von Jahr zu Jahr an Alter einholt und wir inzwischen schon beinahe gleich alt sind. Das ist wahrscheinlich die Folge, wenn man so ein gescheites Kind hat – ein bisschen mehr Ausdauer, und sie hätte in der Wissenschaftswelt eine Reputation erreichen können, von der ich meinerseits nicht einmal träumen dürfte. Zudem durchschaut sie mich in einem geradezu beunruhigenden Maße und hat keine Nachsicht mit meinen Launen und Ausschweifungen, nicht so wie andere, die mich weniger kennen und deshalb mehr fürchten. Aber ich bin doch in Trauer, ich bin waidwund, ich brauche Nachsicht. Gibt es eigentlich so etwas wie eine Vollversion von Absolution? – genau die brauche ich. *Lass mich doch in Ruhe*, schrie ich sie lautlos an, *lass mich doch vorbeischleichen an der Pension Zu den Zedern, der alten, in Verruf gebrachten Absteige, vorbei an dem verschwundenen Strand-Café, vorbei an den Lupinen und dem einstigen Field, vorbei an allem, was vorbei ist, denn wenn ich stehen bleibe, zerfließe ich bestimmt in Tränen, und das gibt dann eine peinliche Pfütze.* Und so fuhr ich brav an den Straßenrand und hielt an, und sie stieg ärgerlich schweigend aus und knallte die Tür hinter sich zu, und das war wie eine Ohrfeige. Was habe ich denn nur getan, dass sie so böse auf mich ist? Manchmal ist sie genauso eigensinnig und genauso launisch wie ihre Mutter.

Und dann auf einmal, völlig unerwartet, *An den Lupinen*, hinter den dicht nebeneinander kauernden koboldhaften Häuschen, die Einfahrt zu Duignans Hof; holprig wie eh und je, zwischen verfilzten Weißdornhecken und staubigen Brombeerranken. Wie hatte sie es nur geschafft, die Verwüstungen zu überleben, die Lastwagen und Kran, Bagger und Spaten dort angerichtet haben? Als Junge bin ich jeden Morgen hier entlanggegangen, barfuß, in der Hand eine zerbeulte Milchkanne, um bei Duignan, dem Milchmann, oder seiner breithüftigen, unerschütterlich gut gelaunten Frau die Milch für den Tag zu holen. Die Sonne war längst aufgegangen, aber die feuchte Kühle der Nacht hing noch in dem kopfsteingepflasterten Hof, wo die Hühner pickend zwischen ihren kreidig weißen und olivgrünen Hinterlassenschaften herumstolzierten. Sooft ich dort vorbeiging, vorsichtig auf Zehenspitzen, um ja nicht mit den Hacken in die Hühnerkacke zu treten, lag da ein Hund an seiner Kette unter einem an der Wand lehnenden Karren und musterte mich mit abschätzigem Blick, und ein schmuddelig weißer Ackergaul kam jedes Mal an, steckte den Kopf über die oben offene Stalltür und betrachtete mich halb amüsiert, halb skeptisch unter seinen Ponyfransen, die genau die gleiche rauchige Nuance von Cremeweiß hatten wie die Blüten des Geißblatts. Wenn irgend möglich, vermied ich es, an die Tür des Bauernhauses zu klopfen, denn ich hatte Angst vor Duignans Mutter, einer kurz gewachsenen, vierschrötigen, brummigen Alten, die aussah, als wüchse ihr aus jeder Ecke ein Stummelbein, und die beim Atmen keuchte und ihre blasse, nasse, polypenartige Zunge aus dem Mund baumeln ließ, und darum wartete ich lieber hinten im violetten Schatten des Stalls, bis Duignan oder seine bessere Hälfte kamen und mich retteten, dass ich der alten Vettel nicht begegnen musste.

Duignan war ein schlaksiger Schwachkopf mit dünnem, rotblondem Haar und unsichtbaren Wimpern. Er trug Kalikohemden ohne Kragen, die schon damals hoffnungslos altmodisch waren, und ausgebeulte, in die modderverkrusteten Stiefel gestopfte Hosen. Wenn er in der Milchkammer die Milch schöpfte, erzählte er mir mit eindringlicher, heiser flüsternder Stimme – kurze Zeit später ist er an einer Kehlkopfkrankheit gestorben – etwas von Mädchen und sagte, ich hätte doch bestimmt auch schon eine kleine Freundin, und wollte wissen, ob sie sich von mir küssen ließ. Beim Sprechen behielt er immer den langen dünnen Milchstrahl im Auge, den er mir in meine Kanne goss, lächelte in sich hinein und zwinkerte unablässig mit seinen farblosen Wimpern. Ich graulte mich vor ihm, obwohl ich ihn auch irgendwie faszinierend fand. Es war zermürbend, man rechnete ständig mit irgendwelchen Enthüllungen, damit, dass er womöglich ein Schmuddelbildchen hervorholte, irgendein großartiges, allumfassendes und abstoßendes Stückchen Erkenntnis, in das nur die Erwachsenen eingeweiht waren. Die Milchkammer war ein niedriges, quadratisches Kabuff, weiß getüncht, so weiß, dass es schon beinahe blau war. Die stählernen Milchkannen sahen wie gedrungene Wachsoldaten mit flachen Hüten aus, auf deren eine Schulter das durch die Tür hereinfallende Licht jeweils die gleiche weiß blitzende Rosette zeichnete. In Schweigen versunken, dämmerten auf dem Fußboden große, flache, mit Musselin zugedeckte Milchschüsseln vor sich hin, damit der Rahm sich setzte, und es gab auch eine hölzerne Butterschleuder mit Handkurbel, die ich immer so gern einmal in Betrieb gesehen hätte, wozu es aber niemals kam. Der kühle, satte, geheimnisschwangere Milchgeruch erinnerte mich an Mrs Grace, und ich verspürte den dumpfen, erregenden Drang, Duignans Geschleime nachzugeben und ihm von ihr zu erzählen, hielt mich aber zurück, was ohne Zweifel eine weise Entscheidung war.

Und nun war ich wieder hier an der Einfahrt zu dem Gehöft, das Kind von damals, korpulent geworden und halb ergraut und fast schon alt. Ein lieblos handgemachtes Schild am Torpfosten warnte Unbefugte vor Strafverfolgung. Hinter mir sagte Claire irgendwas von Bauern und Schusswaffen, aber ich kümmerte mich nicht um sie. Ich ging weiter über das Kopfsteinpflaster – immer noch das Kopfsteinpflaster! –, nein, das war kein Gehen, eher ein Gehoppel, unbeholfen, wie ein bloß zur Hälfte aufgeblasener Sperrballon, auf den die Vergangenheit mit einer Serie von Fausthieben einschlägt, dass ihm fast die Luft wegbleibt. Hier war der Stall mit der halbhohen Tür. Wo früher Duignans Karren gestanden hatte, lehnte eine rostige Egge – oder täuscht mich bei dem Karren etwa mein Gedächtnis? Auch die Milchkammer war noch da, aber nicht mehr in Gebrauch, die altersschwache Tür mit einem Vorhängeschloss verrammelt – vor wem denn nur? –, die Fensterscheiben entweder dreckverkrustet oder geborsten, und auf dem Dach wuchs Gras. An die vordere Hausfassade war eine Veranda mit allen Schikanen angebaut worden, eine Art Wintergarten aus Glas und Aluminium, die an das rudimentäre Auge eines gigantischen Insekts erinnerte. Jetzt ging drinnen die Tür auf, und es erschien eine etwas ältliche junge Frau, die hinter der gläsernen Wand stehen blieb und mich argwöhnisch musterte. Ich tappte weiter, grinste, nickte mit dem Kopf wie ein großer, tollpatschiger Missionar, der sich stolpernden Schrittes der winzigen Königin eines bislang noch glücklich unentdeckt gebliebenen Pygmäenstammes nähert. Zuerst verharrte sie misstrauisch drinnen hinter den großen Fensterscheiben, während ich sie durch das Glas ansprach, laut und deutlich meinen Namen nannte und aufgeregt gestikulierte. Ganz still stand sie da und guckte nur. Sie wirkte wie eine junge Schauspielerin, die zwar mit großem Geschick, aber dennoch nicht ganz überzeugend, auf alt zurechtgemacht war. Das schuhcremebraun gefärbte, zu einer Unmenge straffer, glänzender Wellen dauergewellte Haar war zu voluminös für ihr zerquältes kleines Gesicht, das darunter hervorschaute wie unter einem Heiligenschein von dichtem Dornengestrüpp und gar nicht aussah wie echtes Haar, sondern wie eine Perücke. Über dem Pullover, den sie nur selbst gestrickt haben konnte, trug sie eine verwaschene Schürze, dazu an den Knien blank gescheuerte Männerhosen aus Cord und knöchelhohe Stiefel aus preußischblauem Wildlederimitat, vorne mit Reißverschluss, die in meiner Jugend bei alten Damen ungeheuer beliebt waren und die man heute eigentlich nur noch bei Bettlerinnen und Trinkerinnen sieht. Ich brüllte ihr durch die Scheiben zu, dass ich früher, als Kind, immer hier gewesen war, in einem Ferienhäuschen im *Field*, und dass ich jeden Morgen hier auf dem Hof Milch geholt hatte. Sie hörte zu, nickte, in ihrem Mundwinkel erschien ein Fältchen und verschwand wieder, als unterdrückte sie ein Lachen. Schließlich öffnete sie die Verandatür und kam hinaus aufs Kopfsteinpflaster. Und ich, halb von Sinnen in meiner Euphorie – ja, wirklich, ich war geradezu lächerlich aufgeregt –, hatte das unwiderstehliche Bedürfnis, ihr um den Hals zu fallen. Ich sprach, mich vor Eifer überstürzend, von den beiden Duignans, dem Mann und der Frau, von Duignans Mutter, der Milchkammer, nicht einmal den grimmigen Hund ließ ich aus. Sie nickte immer noch, eine Augenbraue hochgezogen, als zweifelte sie an meinen Worten, und sah an mir vorbei zur Einfahrt, wo mit verschränkten Armen, fest in ihren weiten, teuren, mit Pelz gefütterten Mantel gewickelt, Claire auf mich wartete.

Avril, sagte die junge Frau, sei ihr Name. Avril. Den Nachnamen verriet sie mir nicht. Dunkel, wie etwas, das, nachdem es längst schon tot zu sein schien, wieder aufsteht, stieg in mir die Erinnerung an ein Kind hoch, das in einem schmutzigen Hängerchen hinten auf dem Steinboden im Flur des Bauernhauses herumlungerte, in der Hand eine kahle, nackte rosa Puppe, die es achtlos an ihrem biegsamen Arm festhielt, und mich unverwandt mit seinem Gnomenblick anstarrte. Aber war es nicht ganz ausgeschlossen, dass diese Frau da vor mir jenes Kind war, das inzwischen, ja, sicher doch, so um die fünfzig sein musste? Vielleicht war das Kind, an das ich mich erinnerte, eine Schwester von ihr, aber eine erheblich ältere, das heißt, eine, die erheblich früher geboren war? Konnte das sein? Nein, Duignan war jung gestorben, mit etwas über vierzig, also konnte es nicht sein, auf keinen Fall konnte es sein, dass diese Avril seine Tochter war, denn als ich noch ein Kind war, war er schon ein erwachsener Mann und … Mein Verstand scheute bei dieser Rechnerei wie ein altes, verwirrtes und erschöpftes Lasttier. Und Avril, also nein. Wer von den Leuten hier in dieser Gegend würde denn seinem Kind solch einen zarten, frühlingshaften Namen gegeben haben?

Ich fragte nochmals nach den Duignans, und Avril sagte, ja, Christy Duignan sei tot – Christy?, hatte ich das gewusst, dass

Duignan mit Vornamen Christy hieß? –, aber Mrs D. lebe noch, sie sei in einem Pflegeheim irgendwo an der Küste. »Und Patsy hat einen Hof drüben in der Nähe von Old Bawn, und Mary ist in England, aber der arme Willie, der ist gestorben.« Ich nickte. Auf einmal fand ich es bedrückend, mir anzuhören, was aus den Sprösslingen der Duignan-Dynastie geworden war – alle so grundsolide, selbst die Namen, so ernüchternd irdisch, Patsy, die Bäuerin, und Mary, die Ausgewanderte, und der kleine Willie, der gestorben ist –, sie alle drängen sich in mein sehr persönliches, intimes Erinnerungszeremoniell hinein, wie bei einer vornehmen Beerdigung die armen Verwandten, die man gar nicht eingeladen hat. Ich wusste nicht, was ich sagen sollte. Die ganze hochfliegende Euphorie von eben war plötzlich weg, ich kam mir vor wie mit zu viel Fleisch behangen, ich fühlte mich der Lage nicht gewachsen, ich lächelte und nickte schwach, und nach und nach entwich die letzte Luft aus mir. Avril hatte sich immer noch nicht richtig vorgestellt, sie nahm wohl an, ich müsste sie kennen, ich hätte sie wieder erkannt, aber wie denn bitte oder woher denn bitte, auch wenn sie in der ehemals Duignan'schen Haustür stand? Ich wunderte mich, dass sie so gut über die Duignans Bescheid wusste, als ob sie zur Familie gehörte, was aber wohl kaum der Fall sein konnte, jedenfalls nicht zum engsten Kreis der Familie, die ganzen Willies, Marys und Patsys, niemand von denen konnte ihr Vater oder ihre Mutter sein, sonst hätte sie es mir inzwischen doch sicher längst verraten. Und plötzlich ballte sich mein ganzer Trübsinn zusammen und verwandelte sich in eine Woge aus säuerlichem Groll auf diese Frau, als hätte sie sich aus irgendeinem grausamen Grund, den nur sie selber kannte, eigens in der Absicht hier oben eingenistet, in dieser alles andere als überzeugenden Verkleidung – das hennarote Haar, diese Altfrauenstiefeletten – eine Ecke meiner legendären Vergangenheit zu besetzen. Mir fiel auf, dass ihr gräuliches Gesicht über und über mit winzigen Sommersprossen gesprenkelt war. Aber diese Sommersprossen waren nicht rostbraun wie bei

Claire, und es waren auch nicht solche großen Flatschen wie auf Christy Duignans eigentümlich mädchenhaften Unterarmen, und wenn wir schon mal dabei sind, nein, sie hatten auch keine Ähnlichkeit mit den Besorgnis erregenden Flecken, die neuerdings auf meinen Handrücken und auf der hühnerbleichen Haut oben auf meinen Schulterrundungen beiderseits der Schlüsselbeingrübchen auftauchen, sondern waren viel dunkler und hatten die gleiche matte Braunschattierung wie Claires Mantel und waren kaum größer als Nadelstiche und ließen, wie ich zu meinem Bedauern sagen muss, auf einen chronischen und allgemeinen Mangel an Reinlichkeit schließen. An irgendetwas erinnerten sie mich, diese Sprenkel, an etwas, das irgendwie nicht sehr angenehm war, aber ich kam einfach nicht drauf, an was.

»Ach, wissen Sie, es ist bloß, weil«, sagte ich, »weil meine Frau gestorben ist.«

Ich weiß nicht, was in mich gefahren war, so damit herauszuplatzen. Hoffentlich hatte Claire dort hinten, hinter mir, das nicht gehört. Avril musterte ausdruckslos mein Gesicht, bestimmt erwartete sie, ich würde noch mehr sagen. Doch was hätte ich denn weiter sagen sollen? Manche Bekanntgaben sind eben so, dass sich jeder Kommentar erübrigt. Sie deutete ein mitfühlendes Achselzucken an, zog eine Schulter und einen Mundwinkel hoch.

»Ach, wie traurig«, sagte sie tonlos. »Das tut mir aber Leid.« Doch ich hatte irgendwie das Gefühl, dass sie es nicht ernst meinte.

Schräg fielen die Strahlen der Herbstsonne in den Hof und überzogen das Kopfsteinpflaster mit blauem Glanz, und an dem Geranientopf auf der Veranda prangten die letzten feuerroten Blüten des Jahres. Also wirklich, diese Welt.

In der wattigen, gedämpften Stille des Golf Hotels schienen wir zwei, meine Tochter und ich, die einzigen Gäste zu sein.

Claire wollte ihren Nachmittagstee, und als ich bestellt hatte, schickte man uns in einen kalten, menschenleeren Wintergarten im hinteren Teil des Raumes, von wo man auf den Strand hinausblickte und sehen konnte, wie das Wasser sich zurückzog. Hier hing, der eisigen Aura zum Trotz, noch eine Ahnung von vergangenen Zechgelagen in der Nacht. Es roch nach verschüttetem Bier und kaltem Zigarettenrauch, und in einer Ecke, auf einem Podium, stand mit offenem Deckel ein Klavier, beschwor ganz und gar unpassenderweise Assoziationen an den Wilden Westen herauf und zeigte uns seine zahnlückenklaffende Tastengrimasse. Nach dieser Begegnung auf Duignans Hof fühlte ich mich zittrig und schwermütig, wie eine Diva, die nach einer katastrophalen Vorstellung mit lauter vermasselten Höhen, verschusselten Einsätzen und eingestürzten Kulissen hinter die Bühne gestakst kommt. Wir setzten uns nebeneinander auf ein Sofa, Claire und ich, und sogleich erschien ein linkischer ingwerblonder Junge, herausgeputzt mit schwarzer Kellnerjacke und einer Hose, an deren Seiten Gallonstreifen glänzten, und brachte ein Tablett, stellte es klirrend auf dem niedrigen Tischchen vor uns ab und trollte sich wieder, wobei er über seine großen Schuhe stolperte. Der Teebeutel ist eine schlimme Erfindung, mich mit meinem vielleicht etwas überempfindlichen Blick erinnert er immer an eine aus Achtlosigkeit in der Kloschüssel zurückgebliebene Hinterlassenschaft. Ich schenkte mir eine Tasse von dem torfbraunen Tee ein und versetzte ihn mit einem Schlückchen aus meinem kleinen Flachmann – man muss immer genug Betäubungsmittel zur Hand haben, das ist eines der Dinge, die ich in diesem letzten Jahr gelernt habe. Inzwischen war das Licht des Nachmittags schmutzig und winterlich, und am Horizont baute sich eine dichte, schlammblaue Wolkenwand auf. Am Ufer schlugen die Wellen ihre Pranken in den weichen Sand, kratzten und scharrten, um keinen Boden zu verlieren, und scheiterten doch ein ums andere Mal. Draußen gab es noch mehr Palmen, zerzauste, gakelige Dinger, deren graue Borke dick und zäh wie Elefantenhaut aussah. Muss eine robuste Sorte sein, dass die hier in diesem kalten nördlichen Klima überleben können. Ob ihre Zellen sich noch an die Gluthitze der Wüste erinnern? Meine Tochter saß zusammengesunken im Mantel da und hielt sich mit beiden Händen an der Teetasse fest, um sich aufzuwärmen. Es gab mir einen Stich, als ich ihre Babyfingernägel sah, diesen blassen Lilaton. Dein Kind bleibt eben immer dein Kind.

Ich redete über das *Field*, das Chalet, die Duignans.

»Du lebst in der Vergangenheit«, sagte sie.

Ich wollte sie schon zurechtweisen, besann mich aber eines Besseren. Sie hatte ja Recht. Das Leben, das authentische Leben, sagt man, sei nichts als Kampf, unermüdliches Agieren und Nachhaken, der Wille wummere mit seinem dummen Schädel gegen die Wand der Welt, und was dergleichen mehr ist, aber wenn ich zurückblicke, erkenne ich, dass der größte Teil meiner Energie immer durch die Suche nach Geborgenheit aufgezehrt wurde, die Suche nach Behaglichkeit, nach, ja, ich gebe es zu, nach Gemütlichkeit. Das ist eine überraschende, um nicht zu sagen, erschreckende Erkenntnis. Früher habe ich mich stets als eine Art Freibeuter gesehen, einen der jedermann mit dem Entermesser zwischen den Zähnen begegnet, aber heute muss ich eingestehen, dass das eine Selbsttäuschung war. Versteckt, beschützt, behütet sein, mehr habe ich im Grunde nie gewollt, mich irgendwo verkriechen, in einem warmen Schoß, dort hocken bleiben, dem gleichgültigen Glotzen des Himmels verborgen und sicher vor den Beschädigungen, die uns die raue Luft zufügt. Darum ist die Vergangenheit für mich einfach ein Refugium, in das ich mich mit Fleiß begebe und wo ich händereibend die kalte Gegenwart und die noch kältere Zukunft von mir werfe. Und doch, was hat sie denn, real betrachtet, schon für eine Existenz, die Vergangenheit? Schließlich ist sie doch bloß das, was die Gegenwart gewesen ist, früher, die Gegenwart, die vergangen ist, nichts weiter. Und doch.

Claire zog wie eine Schildkröte den Kopf ein und verkroch sich tief in den Panzer ihres Mantels; sie streifte die Schuhe ab und stemmte die Füße gegen die Kante des Tischchens. Es hat immer etwas Anrührendes, die Füße einer Frau in Strümpfen zu sehen, ich glaube, das liegt daran, dass die Zehen so eng aneinander gepresst sind, dass sie fast wie zusammengewachsen aussehen. Die Zehen von Myles Grace waren von Natur aus so, so widernatürlich. Wenn er sie spreizte, und er konnte sie genauso leicht spreizen wie seine Finger, dehnten sich die Häutchen dazwischen wie Spinnweben im Altweibersommer, rosa und durchsichtig und wie Blätter durchzogen von einem Geflecht aus feinen Äderchen, rot wie eine abgedeckte Flamme, Erkennungsmale eines Göttleins, himmelklar.

Plötzlich, aus dem stetig dichter werdenden Blau des Abendhimmels heraus, fiel mir die Teddybärenfamilie wieder ein, die Claire ihre ganze Kindheit hindurch begleitet hatte. Ein bisschen ekelige, irgendwie lebendig aussehende Dinger, fand ich immer. Wenn ich mich im körnigen Licht der Nachttischlampe über meine Kleine beugte, um ihr Gute Nacht zu sagen, kam ich mir vor, als würde ich von oben, oberhalb des Randes ihrer Zudecke, von einem halben Dutzend glänzender, feuchtbrauner, starrer, gespenstisch wachsamer Glasaugenpaare beobachtet.

»Deine *lares familiares*«, sagte ich jetzt. »Ich nehme an, du hast sie noch, die sitzen doch bestimmt alle miteinander auf deiner jungfräulichen Couch?«

Die Sonne warf ein schrägsteiles Blitzlicht über den Strand, das den Sand an der Uferlinie weiß wie Knochen färbte, und ein weißer Seevogel, grell leuchtend vor der Wolkenwand, flog auf mit Sichelschwingen, wendete mit lautlosem Flügelschlag und stürzte sich, zu einem V sich schließend, ins ungestüme Schwarz der See. Claire saß einen Moment lang da wie erstarrt, dann fing sie an zu weinen. Kein Ton, nur die Tränen, Quecksilberperlen, schimmernd im letzten Glanz des Seelichts, die an der hohen Glaswand vor uns hinabliefen. Auf diese stille, fast beiläufige Art zu weinen, auch etwas, das sie von ihrer Mutter hat.

»Du bist nicht der Einzige, der leidet«, sagte sie.

Ich weiß so wenig über sie, wahrhaftig, über meine Tochter. Einmal, als sie noch ein Kind war, zwölf, dreizehn, glaube ich, schon an der Schwelle zur Pubertät, habe ich sie versehentlich im Badezimmer überrascht, denn sie hatte nicht daran gedacht, die Tür abzuschließen. Sie war nackt, bis auf das Handtuch, das sie sich wie einen Turban um den Kopf geschlungen hatte. Sie wandte sich um und sah mich über die Schulter an, im stillen Licht, das durch die Milchglasfensterscheibe fiel, stand sie in ihrer ganzen Fülle da, nicht im mindesten erschrocken, und schaute mich mit großen Augen an. Ihre Brüste waren noch Knospen, aber sie hatte schon dieses große, melonenartige Hinterteil. Was habe ich empfunden, damals, als ich sie dort sah? Ein innerliches Chaos, überdeckt von Zärtlichkeit und einem Gefühl wie Angst. Zehn Jahre später brach sie ihr Studium der Kunstgeschichte ab – Vaublin und der Stil der *fêtes lantes*; das sieht, oder sah, meinem Mädchen ähnlich –, geht einfach in eines der immer zahlreicher werdenden Slumviertel der Stadt, stürzt sich mitten ins Getümmel und unterrichtet zurückgebliebene Kinder. Welch eine Verschwendung von Talent. Das konnte ich ihr nicht verzeihen, kann es bis heute nicht. Ich gebe mir alle Mühe, aber es geht einfach nicht. Das war das Werk eines jungen Mannes – eines Burschen mit einem Kopf voll Bücherwissen, schiefem Kinn und extrem egalitaristischen Ansichten, an den sie ihr Herz gehängt hatte. Die Affäre, falls es denn eine war – ich habe den Verdacht, dass sie noch Jungfrau ist –, nahm für Claire ein böses Ende. Nachdem er sie überredet hatte, das, was ihr Lebenswerk hätte werden sollen, zugunsten einer unnützen sozialen Geste wegzuwerfen, hat sich der Schuft davongemacht und mein unglückliches Mädchen sitzen lassen. Am liebsten wäre ich damals hinterher und hätte ihn umgebracht. Dann lass mich dir zumindest einen guten Anwalt zahlen, sagte ich, damit er wegen Versprechensbruch angeklagt wird. Aber Anna hielt mich davon ab; ich würde alles nur noch schlimmer machen, sagte sie. Sie war damals schon krank. Was konnte ich also tun?

Draußen verdichtete die Abenddämmerung sich immer mehr. Die See, die vorhin noch so still gelegen hatte, veranstaltete jetzt einen gelinden Tumult, vielleicht wechselte die Tide. Claires Tränen hatten aufgehört zu fließen, aber sie standen ihr immer noch unabgewischt in den Augen, als ob sie sie gar nicht bemerkte. Mir lief es kalt den Rücken hinunter; bar jeglicher Empfindung trampeln neuerdings ganze Kirchhöfe voll Trauernder über mein Grab.

Lautlos, auf leisen Kellnersohlen, kam hinten von der Türe her ein Hüne im Morgenmantel und sah uns höflich forschend an, und als sich unsere Blicke trafen, ging er wieder. Claire schniefte; sie suchte in ihrer Manteltasche nach einem Taschentuch und schnaubte sich in einer Lautstärke, die eines Stentor würdig war, die Nase.

»Das hängt davon ab«, sagte ich milde, »was du unter Leiden verstehst.«

Ohne mich einer Antwort zu würdigen, steckte sie ihr Taschentuch wieder ein, stand auf und sah sich gedankenverloren um, als ob sie etwas suchte und selbst nicht wüsste, was. Sie werde im Wagen auf mich warten, sagte sie, und ging mit gesenktem Kopf und tief in den Taschen dieses pelzähnlichen Mantels vergrabenen Händen davon. Ich seufzte. Vor dem immer schwärzer werdenden Gewölbe des Himmels stiegen die Seevögel auf und flatterten, zerrissenen Stofffetzen gleich, wieder hinab. Ich merkte, dass ich Kopfweh hatte, ein bis dahin unbeachtet gebliebenes Hämmern im Schädel, das losgegangen war, sobald ich mich hier hingesetzt hatte, in diesen Glaskasten mit seiner verbrauchten Luft.

Der Kellnerknabe kam zurück, zaghaft, wie ein junges Füchslein, und beugte sich herunter, um das Geschirr abzuräumen, wobei ihm eine möhrenrote Locke in die Stirn fiel. Mit diesem Farbton hätte er gut und gerne zum Clan der

Duignans gehören können, zur jüngeren Linie der Familie. Ich fragte ihn nach seinem Namen. Er hielt inne, kippte unbeholfen den Oberkörper nach vorn und sah mich halb prüfend, halb erschrocken unter seinen fahlen Brauen an. Sein Jackett war abgewetzt, die verschlissenen Hemdmanschetten schmutzig.

»Billy, Sir«, sagte er.

Ich gab ihm eine Münze, und er bedankte sich und steckte sie weg, nahm das Tablett und drehte sich um, aber dann blieb er stehen.

»Alles in Ordnung mit Ihnen, Sir?«, fragte er.

Ich nahm die Wagenschlüssel aus der Tasche und betrachtete sie verwirrt. Irgendwie schien jedes Ding etwas ganz anderes zu sein. Ja, sagte ich, mit mir sei alles in Ordnung, und da ging er fort. Die Stille um mich herum war schwer wie die See. Das Klavier auf dem Podest grinste sein scheußliches Grinsen.

Als ich die Lobby verließ, war dort wieder dieser Mann im Morgenmantel. Er hatte ein großes, wächsernes, eigentümlich charakterloses Gesicht. Er verbeugte sich vor mir, mit strahlendem Lächeln, die zur Faust geballten Hände in übertriebener, opernhafter Geste vor der Brust. Was haben solche Leute an sich, dass man sie in Erinnerung behält? Sein Blick war schmierig und gleichzeitig drohend. Vielleicht hätte ich ihm auch ein Trinkgeld geben müssen. Ich sage doch: diese Welt.

Claire wartete mit eingezogenem Kopf, die Mantelärmel als Muff benutzend, neben dem Wagen.

»Aber warum hast du mich denn nicht um den Schlüssel gebeten?«, sagte ich. »Hast du etwa gedacht, ich gebe ihn dir nicht?«

Auf dem Rückweg saß sie hinter dem Lenkrad, sie hatte darauf bestanden, gegen meinen heftigen Widerstand. Inzwischen war es Nacht, und im großäugigen Glotzen der Scheinwerfer tauchten immer wieder jählings Gruppen von halb entlaubten Angstmachbäumen vor uns auf und sackten zu beiden Seiten der Straße ins Dunkel zurück, als hätte unser Fahrtwind sie gefällt. Claire beugte sich so weit nach vorn, dass sie mit der Nase fast die Windschutzscheibe berührte. Das Armaturenbrett, das leuchtete wie grünes Gas, warf ein gespenstisches Licht auf ihr Gesicht. Ich sagte, sie solle mich ans Steuer lassen. Sie sagte, ich sei zu betrunken zum Fahren. Und darauf ich, ich sei gar nicht betrunken. Und sie, ich hätte ja den ganzen Flachmann leer gemacht, sie habe doch genau gesehen, wie ich ihn leer gemacht habe. Ich sagte, es komme ihr nicht zu, mich in dieser Weise abzukanzeln. Da fing sie wieder an zu weinen, und gleichzeitig schrie sie mich an, schrie mich an unter Tränen. Und selbst wenn ich betrunken wäre, sagte ich, wäre ich immer noch nicht so ein großes Verkehrsrisiko wie sie in diesem Zustand. Und so ging es immer weiter, Auge um Auge, bis aufs Messer, ganz nach Belieben. Ich teilte genauso viel oder genauso wenig aus, wie ich einstecken musste, und erinnerte sie, nur der guten Ordnung halber, daran, dass sie ja den größten Teil von jenem Jahr, das ihre Mutter zum Sterben brauchte, schön weit weggewesen war, aber wieso denn schön? – wie unpräzise doch die Sprache ist, wie wenig adäquat für das, was sie ausdrücken soll –, ich meine, sich furchtbar weit weg im Ausland aufgehalten und sich mit ihrem Studium beschäftigt hatte, während ich, so gut es eben ging, mit allem alleine fertig werden musste. Das hatte gesessen. Sie stieß mit zusammengebissenen Zähnen ein heiseres Bellen hervor und knallte die Handballen aufs Lenkrad. Und dann fing sie an, mich mit Vorwürfen zu bombardieren. Ich hätte *Jerome vertrieben*, sagte sie. Ich musste einen Moment überlegen. Jerome? Jerome? Ach so, dieser kinnlose Gutmensch – ja der war natürlich wirklich ungeheuer gut zu ihr gewesen –, dieser vormalige Gegenstand ihrer Zuneigung. Jerome, unglaublich, ja, aber er hatte tatsächlich so geheißen, dieser Haderlump. Mühsam beherrscht, fragte ich, womit ich ihn denn bitte schön *vertrieben* hätte? Worauf sie höhnisch lachend den Kopf zurückwarf – die einzige Antwort, die ihr einfiel. Ich überlegte. Stimmt schon, aus meiner Sicht war er keine passende Partie gewesen, und das hatte ich ihm mehr als einmal klipp und klar gesagt, aber sie tat ja gerade so, als hätte ich die Pferdepeitsche geschwungen oder ihn mit der Flinte vom Hof gejagt. Außerdem, wenn er sich wirklich durch meinen Widerstand hatte *vertreiben* lassen, dann würde das ja auch so einiges über seinen Charakter oder seine Zielstrebigkeit aussagen, nicht wahr? Nein, nein, sie sollte froh sein, dass sie den Kerl los war, so viel war gewiss. Aber fürs Erste sagte ich nichts mehr, sondern behielt meine Meinung für mich, und nach ein paar Kilometern war ihr Feuer niedergebrannt. Auch so eine Sache, die ich bei Frauen immer wieder erlebt habe, man muss nur lange genug warten, dann kriegt man seinen Willen.

Als wir nach Hause kamen, ging ich sofort hinein, ließ Claire den Wagen parken, suchte mir aus dem Telefonbuch die Nummer der Pension *Zu den Zedern* heraus, rief Miss Vavasour an und sagte ihr, dass ich gern ein Zimmer bei ihr mieten würde. Dann ging ich hinauf und kroch in Unterhosen ins Bett. Ich war plötzlich sehr müde. Ein Streit mit der eigenen Tochter ist immer zumindest kräftezehrend. Ich war inzwischen aus unserem einstigen ehelichen Schlafgemach ausgezogen und schlief im ehemaligen Kinderzimmer über der Küche, in dem ein niedriges, schmales Bett stand, nicht viel mehr als ein Feldbett. Unten in der Küche hörte ich Claire mit Töpfen und Pfannen rumoren. Ich hatte ihr noch nicht gesagt, dass ich beschlossen hatte, das Haus zu verkaufen. Miss V. hatte am Telefon gefragt, wie lange ich denn vorhabe zu bleiben. An ihrem Ton erkannte ich, dass sie verwundert, ja sogar misstrauisch war. Ich hielt mich bewusst etwas bedeckt. Ein paar Wochen, sagte ich, oder auch Monate, vielleicht. Sie schwieg eine ganze Weile, dachte nach. Sie erwähnte den Colonel, er sei Dauergast, sagte sie, und habe seine Gewohnheiten. Dazu erlaubte ich mir keinen Kommentar. Was gingen mich irgendwelche Colonels an? Meinetwegen konnte sie ein ganzes Offizierscorps unter ihrem Dach beherbergen. Meine

Wäsche müsste ich aber weggeben, sagte sie. Ich fragte, ob sie sich an mich erinnere. »Oh ja«, sagte sie, ohne die Stimme zu heben, »ja, natürlich erinnere ich mich an Sie.«

Auf der Treppe hörte ich Claire. Ihre Wut hatte sich unterdessen gelegt, ihr Schritt war schleppend und trostlos. Sicher findet sie solche Wortgefechte auch ermüdend. Meine Tür war nur angelehnt, aber Claire kam nicht herein, sondern fragte bloß matt durch den Spalt, ob ich etwas essen wolle. Ich hatte die Lampen nicht angemacht, und der lange wogende Lichtkegel, der vom Treppenabsatz, wo sie stand, über das Linoleum fiel, war eine Straße, die geradewegs in die Kindheit führte, die ihre und die meine. Als sie klein war und hier in diesem Zimmer schlief, in diesem Bett, liebte sie es, unten im Arbeitszimmer meine Schreibmaschine klappern zu hören. Das sei ein tröstliches Geräusch, hat sie gesagt, als ob sie mir beim Denken zuhören könnte, wobei ich nicht weiß, wie die Geräusche meines Denkens jemanden trösten sollen; ganz im Gegenteil, hätte ich sagen müssen. Ach, doch wie fern sind heute diese Tage, diese Abende. Trotzdem, sie hätte mich nicht so anschreien dürfen vorhin im Wagen. Ich habe es nicht verdient, dass man mich so anschreit. »Daddy«, sagte sie wieder, und jetzt mit leicht gereiztem Unterton, »willst du nun was zu essen oder nicht?«, und als ich nicht antwortete, ging sie weg. Oh ja, ich lebe wirklich in der Vergangenheit.

Ich drehte mich zur Wand, weg vom Licht. Obwohl ich die Knie angezogen hatte, ragten meine Füße unten über die Bettkante. Als ich mich auf die andere Seite legen wollte und mit den verknäuelten Betttüchern kämpfte – mit Betttüchern habe ich schon immer meine Schwierigkeiten gehabt –, stieg mir mein eigener Käsegeruch in die Nase. Vor Annas Krankheit hatte ich nichts weiter als eine liebevolle Verachtung für meine Physis empfunden, wie die meisten anderen Leute auch – soll heißen, für die jeweils eigene, nicht für die meine –, und die Produkte meiner menschlichen Natur, aus der es leider kein Entrinnen gab, notgedrungenermaßen geduldet, die mannigfachen Ausflüsse, vorne und hinten entweichende Luft, den Nachtripper, die Schuppen, den Schweiß und andere übliche Abgänge und selbst das, was der Barde von Hartford so malerisch *der Untertat Partikel* nennt. Doch als Anna von ihrem Körper verraten wurde und sie anfing, sich vor ihm und seinen verstörenden Möglichkeiten zu fürchten, entwickelte durch einen geheimnisvollen Übertragungsvorgang auch ich einen unterschwelligen Abscheu vor meiner eigenen Fleischlichkeit. Dieses Gefühl des Ekels vor mir selbst habe ich jedoch nicht immer, oder zumindest bin ich mir dessen nicht immer bewusst, obwohl es wahrscheinlich da ist und wartet, bis ich alleine bin, nachts, oder besonders am frühen Morgen, wenn es um mich herum aufsteigt wie ein Gifthauch von Sumpfgas. Auch habe ich in letzter Zeit ein etwas zu großes, allzu sehr ins Detail gehendes Interesse an den Vorgängen entwickelt, die sich in meinem Körper abspielen, ganz allmählich, zum Beispiel daran, wie meine Haare und Fingernägel beharrlich wachsen, egal, in was für einer Verfassung ich bin und was ich vielleicht gerade durchlebe. Mein Körper kommt mir so unbesonnen vor, so ohne jede Rücksicht auf die Umstände, diese gnadenlose Fortpflanzung schon abgestorbener Materie, genau wie Tiere ihren tierischen Beschäftigungen nachgehen, ohne sich gewahr zu sein oder darauf Obacht zu geben, dass ihr Herr mit klaffendem Mund und glasigen Augen da oben auf seinem Bett liegt und nicht herunterkommen wird, nie mehr, um den Brotkorb herumzureichen oder den Schlüssel der letzten Sardinendose in die Hand zu nehmen.

Apropos Schreibmaschinen – ich habe doch, ich habe doch vor einer Minute von einer Schreibmaschine gesprochen –, heute Nacht im Traum, gerade ist es mir wieder eingefallen, wollte ich meinen letzten Willen tippen, auf einer Maschine, die kein *I* hatte – fast hätte ich gesagt, kein *Ich*, weder ein kleines noch ein großes.

Hier unten an der See hat die Stille der Nacht ihren ganz eigenen Charakter. Ich weiß nicht, ob das mein Werk ist, ich meine, ob dieser Charakter etwas ist, das ich hineintrage in die Stille meines Zimmers, ja des ganzen Hauses, oder ob er mit der Örtlichkeit zusammenhängt, mit dem Salzgehalt der Luft vielleicht, oder dem Seeklima im Allgemeinen. Ich kann mich nicht entsinnen, dass er mir, als ich jung war und im *Field* wohnte, auch schon aufgefallen wäre. Sie war angespannt, diese Stille, und gleichzeitig irgendwie hohl. Lange habe ich gebraucht, viele, viele Nächte, bis ich herausgefunden hatte, woran sie mich erinnert. Sie gleicht der Stille, die ich aus den Krankenzimmern meiner Kindheit kannte, wenn ich, wie eingesponnen in einen Kokon, fiebernd in einer Mulde aus feuchten Decken lag und mir die Leere auf die Trommelfelle drückte wie die Luft in einer Taucherglocke. Krankheit war damals ein besonderer Ort, ein eigener Ort, in den niemand anders eindringen konnte, nicht der Arzt mit seinem Schüttelfrost erregenden Stethoskop, ja nicht einmal meine Mutter, wenn sie mir ihre kühle Hand auf die glühende Stirn legte. Ein Ort wie dieser Ort, an dem ich mich jetzt wähne, meilenweit entfernt von allen anderen Orten, allen anderen Menschen. Ich denke an die anderen im Haus, Miss Vavasour, der Colonel, wie sie in ihren Zimmern schlafen, und dann denke ich, vielleicht schlafen sie gar nicht, sondern liegen auch wach, genau wie ich, und blicken trübe und mit hohlen Augen in die bleiblaue Finsternis. Vielleicht denken sie aneinander, denn der Colonel hat Absichten bezüglich unserer Schlossherrin, das ist unübersehbar. Sie hingegen lacht hinter seinem Rücken über ihn, immerhin mit verhaltener Zärtlichkeit, nennt ihn *Colonel Wagehals* oder *Unser Tapferer Soldat*. Manchmal haben ihre Augen morgens rote Ränder, als ob sie in der Nacht geweint hat. Ob sie sich wegen der Geschehnisse Vorwürfe macht, ob sie das alles immer noch quält? Was für ein Schiffchen voller Trübsal wir doch sind, das hier, in dieser dumpfen Stille, durch die Finsternis des Herbstes segelt.

Besonders nachts dachte ich an die Graces, wenn ich im Chalet unter dem offenen Fenster in meinem Metallbett lag und dem monotonen, immer wiederkehrenden, abgerissenen Geräusch der ans Ufer schlagenden Wellen lauschte, dem einsamen Schrei eines schlaflosen Seevogels, dem fernen Schnarren einer Wiesenknarre und dem leisen jazzigen Schluchzen der Kapelle, die im Golf Hotel noch einen letzten langsamen Walzer spielte, derweil sich vorne in dem anderen Zimmer meine Eltern zankten, wie sie es immer taten, wenn sie dachten, dass ich eingeschlafen sei, sich gegenseitig fertig machten, ständig mit diesem nörgelnden Unterton, Nacht für Nacht, bis schließlich jene Nacht kam, in der mein Vater uns verlassen hat, für immer. Aber das war im Winter und an einem anderen Ort und viele Jahre später. Um nicht hören zu müssen, was sie sagten, lenkte ich mich damit ab, dramatische Situationen zu erfinden, in denen ich Mrs Grace aus einer großen, ungeheuren Katastrophe errettete, einem Schiffbruch oder einem verheerenden Sturm, und sie zu ihrem Schutz in einer Höhle in Sicherheit brachte, wo es schön warm und trocken war und wo ich ihr im Mondschein – der Ozeanriese war indes gesunken, der Sturm war abgeflaut – zärtlich aus ihrem triefend nassen Badeanzug half und ihre phosphoreszierende Nacktheit in ein Handtuch hüllte und wir uns niederlegten und ihr Kopf auf meinem Arm ruhte und sie dankbar seufzend mein Gesicht streichelte und wir zusammen einschliefen, wir beide, sie und ich, umplätschert von der unermesslich weiten, weichen Sommernacht.

Die Götter haben mich zu jener Zeit sehr stark beschäftigt. Ich rede nicht von Gott, dem einen, einzigen, sondern von Göttern im Allgemeinen. Oder, genauer gesagt, von Göttern als Idee, von der Möglichkeit der Existenz von Göttern. Ich las eifrig die griechischen Sagen und kannte mich ziemlich gut aus auf dem Olymp, obwohl es gar nicht so einfach war, den einzelnen Gestalten auf der Spur zu bleiben, weil ihre Verwandlungen gar so zahlreich waren und ihre Abenteuer gar so mannigfach. Mein Bild von ihnen war zwangsläufig stilisiert – große, fast nackte Figuren, wie modelliert, wo jeder einzelne Muskel hervortritt, mit einer Brust wie ein umgedrehter Trichter – und orientierte sich an den Werken der großen Meister der italienischen Renaissance, besonders an Michelangelo; wahrscheinlich hatte ich in irgendeinem Buch oder einem Magazin Abbildungen von seinen Gemälden gefunden, ich war ja damals ständig auf der Jagd nach Gelegenheiten, nacktes Fleisch zu sehen. Das, was meine Phantasie anregte, waren natürlich die erotischen Erkundungen dieser himmlischen Wesen. Der Gedanke an so viel angespanntes, angespannt bebendes nacktes Fleisch, aufgehalten nur durch die marmornen Falten eines Gewandes oder durch einen Hauch von Gaze, die sich wie zufällig dort befand – zufällig vielleicht, aber doch ein Sichtschutz, nicht minder vollkommen, nicht minder frustrierend als Rose' Strandhandtuch oder auch, ja wirklich, Conny Grace' Badeanzug –, dieser Gedanke mästete meine unerfahrene und ohnedies schon überhitzte Phantasie mit Träumen von Liebe und Liebesuntaten, die alle immer wieder um ein und dasselbe kreisten, um Nachstellung, Eroberung und gewaltsame Übermannung. Wie diese Geplänkel sich in Griechenlands goldenem Abendglanz im Einzelnen abspielten, davon konnte ich mir kaum einen Begriff machen. Ich malte mir das Pumpen und das Beben sehniger Lenden aus und bleiche Schenkel, widerwillig, scheuend noch im Sich-Ergeben, und ich hörte das Stöhnen, halb im Wonnetaumel, halb vor süßem Schmerz. Die Mechanismen der Vereinigung indes, sie waren mir verborgen. Einmal, auf einem meiner Streifzüge durch die von Disteln gesäumten Pfade des Burrow, wie jener verwilderte Streifen zwischen dem Strand und den Feldern genannt wurde, stolperte ich beinah über ein Pärchen, das in einer flachen Mulde im Sand unter einem Regenmantel lag und sich liebte. Der Mantel war im Eifer des Gefechts nach oben gerutscht, sodass er zwar ihre Köpfe verbarg, nicht aber die Unterleiber – oder vielleicht hatten sie ihn auch extra hochgezogen, weil sie lieber ihre immerhin erheblich leichter identifizierbaren Gesichter verhüllen wollten als ihre Hintern –, und als ich sah, wie die Flanken des Mannes rhythmisch in die aufrecht stehende Gabelung zwischen den erhobenen, weit auseinander gespreizten Beinen der Frau fuhren, da geriet mein Blut in Wallung, und eine Mischung aus Entsetzen, Ekel und Erregung schnürte mir die Kehle zu. *So also*, dachte ich, oder dachte es in mir, *so also geht das, was sie tun.*

Liebe bei den Großen. Schwer, sie sich vorzustellen, zu versuchen, sie sich vorzustellen auf ihren olympischen Lagern, im Dunkel der Nacht, wenn nur die Sterne ihnen zusahen, wie sie miteinander rangen, wie sie grabschten und japsten und zärtliche Worte keuchten und vor Wollust schrien wie unter Schmerzen. Wie rechtfertigten sie dieses finstere Treiben wohl vor ihrem Taglicht-Ego? Das war eine Frage, die mich sehr beschäftigte. Warum schämten sie sich nicht? Zum Beispiel Sonntagmorgen, sie kommen in die Kirche, alles kribbelt noch von ihrer samstagnächtlichen Ausschweifung. Der Priester begrüßt sie am Portal, sie lächeln unschuldig, murmeln harmlose Worte. Die Frau tunkt ihre Fingerspitzen ins Becken, und schon haben sich Spuren des zähen Liebessafts ins Weihwasser gemischt. Die Beine zucken ihnen noch unter dem Sonntagsstaat in der Erinnerung an jüngst genossene Freuden. Sie knien nieder, ohne auf den vorwurfsvoll klagenden Blick zu achten, mit dem die Statue ihres Erlösers sie vom Kreuz herab fixiert. Und nach dem sonntäglichen Mittagsmahl schicken sie vielleicht die Kinder zum Spielen hinaus und ziehen sich ins Heiligtum ihres vorhangbewehrten Schlafzimmers zurück und legen gleich noch einmal los und ahnen nicht, dass mein blutunterlaufenes inneres Auge starr und unentwegt auf sie gerichtet ist. Ja, so ein Junge war ich. Genauer gesagt, zum Teil bin ich noch heute so ein Junge, wie ich damals war. Mit anderen Worten, ein kleines Scheusal mit schmutzigen Gedanken. Als ob es andere gäbe. Wir werden nie erwachsen. Ich jedenfalls, ich bin es nie geworden.

Tagsüber lungerte ich auf der Station Road herum und hoffte darauf, Mrs Grace zu Gesicht zu bekommen. Langsam, wie ein Schlafwandler, strich ich an dem grünen Eisentor vorbei und wünschte mir, ich könnte sie durch die Kraft meines Willens dazu bringen, aus der Tür zu treten, wie ihr Mann neulich, als ich ihn zum ersten Mal gesehen hatte, aber sie blieb stur im Haus. Verzweifelt spähte ich nach der Wäscheleine hinten im Garten, sah aber bloß die Sachen von den Kindern, ihre Shorts und ihre Socken und das eine oder andere Teil von Chloes uninteressant schmuckloser Unterwäsche und natürlich die schlabberigen, angegrauten Unterhosen des Vaters und einmal sogar seinen verwegen schief angeklammerten Buddeleimerhut. Von Mrs Grace sichtete ich nur den Badeanzug, der schlaff und skandalös leer an den Trägern aufgehängt war und jetzt, in trockenem Zustand, weniger wie ein Seehund- als wie ein Pantherfell aussah. Ich guckte auch zu den Fenstern hinauf, besonders zu den Schlafzimmerfenstern im ersten Stock, und eines Tages – oh, wie hämmerte mein Herz! – wurde ich belohnt, denn dieser nackte Schenkel, oder was ich dafür hielt, dort hinter der schattigen Scheibe, das musste ihrer sein. Aber dann machte das angebetete Fleisch eine Bewegung und verwandelte sich in die behaarte Schulter ihres Gatten, der augenscheinlich gerade sein Geschäft verrichtet hatte und nach dem Toilettenpapier langte.

Und eines Tages ging die Türe auf, doch heraus kam Rose und sah mich an mit einem Blick, dass ich die Augen niederschlug und machte, dass ich wegkam. Ja, Rose hatte mich von Anfang an durchschaut. Und tut es immer noch, da bin ich sicher.

Ich beschloss hineinzugehen, zu gehen, wo Mrs Grace ging, zu sitzen, wo sie saß, die Dinge anzufassen, die sie angefasst hatte. Um das zu schaffen, hatte ich mir überlegt, mich mit Chloe und ihrem Bruder bekannt zu machen. Das war ganz leicht, wie so was eben in der Kindheit funktioniert, selbst bei zurückhaltenden Kindern, wie ich eines war. In diesem Alter gab es noch keinen *Smalltalk*, keine Rituale höflicher Annäherung und Plauderei; man hielt sich dort auf, wo die anderen waren, und wartete ab, was daraus wurde. Eines Tages sah ich die beiden auf der Kiesfläche vor dem Strand-Café herumlungern, hatte sie erspäht, bevor sie mich erspähten, marschierte quer über die Straße auf sie zu und blieb stehen. Myles aß ein Eis, er war hochkonzentriert, leckte gleichmäßig von allen Seiten, wie eine Katze ihr Junges leckt, derweil Chloe, die ihres wohl schon aufgegessen hatte, apathisch und sichtlich gelangweilt im Türrahmen lehnte, einen Fuß – sie trug Sandalen – auf dem anderen stehen hatte, das ausdruckslose Gesicht in die Sonne hielt und auf ihren Bruder wartete. Ich sagte nichts, sie auch nicht. Wir standen einfach alle drei im Morgensonnenschein, umweht von einem Duft nach Schiffbruch und Vanille und nach dem Zeug, das sie im Strand-Café für Kaffee hielten, bis Chloe sich schließlich irgendwann dazu bequemte, den Kopf zu senken, den Blick auf meine Knie lenkte und mich nach meinem Namen fragte. Ich nannte ihn, sie wiederholte, wie man eine verdächtige Münze mit den Zähnen prüft.

»Morden?«, sagte sie. »Was ist das denn für ein Name?«

Wir schlenderten die Station Road hinauf, vorne Chloe und ich, und Myles kam oder hopste, hätte ich beinah gesagt, hinter uns her und blieb uns dicht auf den Fersen. Sie seien aus der Stadt, sagte Chloe. Darauf wäre ich auch alleine gekommen. Sie fragte, wo ich wohne. Ich zeigte vage ins Blaue.

»Da unten«, sagte ich. »An der Kirche vorbei, und dann ist man gleich da.«

»In einem Haus oder im Hotel?«

Wie schnell sie war! Ich überlegte, ob ich lügen sollte – »Na, im Golf Hotel natürlich« –, sah aber rasch, wohin so eine Lüge führen konnte.

»In einem Chalet«, nuschelte ich.

Sie nickte versonnen.

»Ich wollte auch schon immer mal in einem Chalet wohnen«, sagte sie.

Das war für mich kein Trost. Im Gegenteil. Ich sah plötzlich kurz, aber überdeutlich, das schiefe kleine Plumpsklo vor mir, das vis-à-vis von meinem Zimmerfenster in den Lupinen stand, und meinte sogar, den trockenen, holzigen Geruch des zu gleich großen Rechtecken zerrissenen Zeitungspapiers in der Nase zu haben, das auf den rostigen Nagel in der Tür aufgespießt war.

Dann waren wir an der *Zedernvilla* angelangt und blieben draußen vor dem Tor stehen. Der Wagen parkte auf dem Kieskarree. Er war offenbar gerade erst zurückgekommen, denn der abkühlende Motor war noch ganz aufgeregt und schnalzte missbilligend mit der Zunge. Aus dem Haus drangen leise die schmelzenden Toffee-Töne eines Unterhaltungsorchesters, das im Radio spielte, und ich stellte mir vor, wie Mrs Grace und ihr Mann dort drinnen tanzten, wie sie zusammen um die Möbel fegten, Connie Grace mit zurückgeworfenem Kopf und nackter Kehle und er auf den behaarten Satyrbeinen trippelnd und beflissen zu ihr hochgrinsend – sie überragte ihn um drei, vier Zentimeter –, all seine scharfen kleinen Zähne bleckend und die eisblauen Augen blitzend vor fröhlicher Lust. Chloe malte mit ihrer Sandalenspitze Muster in den Kies. Auf den Waden hatte sie feine weiße Härchen, aber die Schienbeine waren glatt und glänzend, wie aus Stein. Auf einmal machte Myles einen kleinen Hüpfer oder einen Satz, fast eine Art Freudensprung, aber dazu war er zu mechanisch, eher so wie eine Aufziehpuppe, die plötzlich zum Leben erwacht, und schlug mir mit der offenen Hand spielerisch auf den Hinterkopf, drehte sich um und kletterte rasch mit würgendem Lachen über die Gitterstäbe des Tors, ließ sich drüben auf den Kiesboden fallen, wirbelte herum, sah uns an und blieb mit gebeugten Knien und angewinkelten Ellenbogen dort hocken wie ein Akrobat, der den ihm zustehenden Applaus einfordert. Chloe verzog das Gesicht, ihr einer Mundwinkel ging nach unten.

»Kümmer dich nicht um ihn«, sagte sie in ärgerlich-gelangweiltem Ton. »Er kann nicht sprechen.«

Sie waren Zwillinge. Ich hatte noch nie ein leibhaftiges Zwillingspaar gesehen und war fasziniert und gleichzeitig ein klein wenig abgestoßen. Für mich hatte eine solche Zwangsgemeinschaft beinahe etwas Unanständiges. Sicher, sie waren Bruder und Schwester, konnten also nicht eineiig sein – bei dem bloßen Gedanken an eineiige Zwillinge lief es mir vor heimlicher, geheimnisvoller Erregung eiskalt den Rücken hinunter –, aber trotzdem, diese Tiefe der Vertrautheit zwischen ihnen musste geradezu beängstigend sein. Wie das wohl wäre? Als wenn man einen einzigen Geist hat und zwei Körper? Wenn das stimmte, das wäre ja ein fast schon Ekel erregender Gedanke. Die Vorstellung, irgendwie intim, von innen her, zu wissen, wie der Körper eines anderen ist, seine verschiedenen Teile, verschiedenen Gerüche, verschiedenen Triebe. Wie, wie würde das sein? Ich brannte darauf, es zu erfahren. Einmal an einem verregneten Sonntagnachmittag – hier greife ich voraus – guckten wir uns in dem behelfsmäßigen Kino einen Film an, in dem zwei Gefangenen, die zu einer Gruppe von Kettensträflingen gehörten, die Flucht gelang, aber sie waren immer noch mit Handschellen aneinander gefesselt, und Chloe regte sich neben mir und gab einen halb unterdrückten Laut von sich, eine Art lachendes Seufzen. »Guck mal«, flüsterte sie, »Myles und ich.« Ich war bestürzt, ich merkte, wie ich rot wurde, und war froh, dass es dunkel war. Als hätte sie mir etwas sehr Intimes, etwas Peinliches gestanden. Dabei rief doch gerade das Gefühl, dass eine solche Nähe irgendwie unanständig war, in mir den Drang hervor, mehr wissen zu wollen, und stieß mich gleichzeitig ab. Einmal – und nun greife ich noch weiter voraus –, als ich den Mut aufbrachte, Chloe rundheraus zu bitten, es mir zu sagen, weil ich doch so gerne wissen wollte, was für ein Gefühl das war, dieser Zustand unausweichlicher Vertrautheit zwischen ihr und ihrem Bruder – ihrem zweiten Ich! –, überlegte sie einen Moment, hob dann die Hände und drückte die Handflächen fast, aber nicht ganz, zusammen. »Wie zwei Magnete«, sagte sie, »bloß verkehrt rum, Anziehen und Abstoßen.« Nachdem sie das gesagt hatte, versank sie in dunkles Schweigen, als wäre diesmal sie es, die das Gefühl hatte, ein peinliches Geheimnis offenbart zu haben, und wandte sich von mir ab, und einen Augenblick lang empfand ich die gleiche panische Benommenheit, die mich jedes Mal überkam, wenn ich zu lange unter Wasser den Atem anhielt. Dass sie einen immer in Angst und Schrecken versetzen musste, diese Chloe.

Das Band zwischen den beiden war mit Händen zu greifen. Ich stellte es mir als einen unsichtbaren, feinen Faden aus irgendeinem klebrigen, glänzenden Material vor, wie Spinnenseide oder wie der glitzernde Schleimfaden, den eine Schnecke hinterlässt, wenn sie von einem Blatt zum nächsten kriecht, oder vielleicht auch aus blitzendem Stahl, wie eine straff gespannte Harfensaite oder wie ein Halseisen. Sie waren aneinander gebunden, gebunden und gefesselt. Sie fühlten das Gleiche, die gleichen Schmerzen und Empfindungen, die gleiche Angst. Sie dachten auch das Gleiche. Bei Nacht wachten sie auf, und dann lauschte eines dem Atem des anderen, und beide wussten, dass sie das Gleiche geträumt hatten. Sie erzählten einander nicht ihre Träume. Wozu auch? Sie kannten sie ja.

Myles war von Geburt an stumm. Oder besser, er sprach nicht. Die Ärzte konnten nichts finden, was sein hartnäckiges Schweigen hätte erklären können; sie gaben zu, dass sie ratlos waren oder skeptisch oder beides. Zunächst hatte man ihn nur für einen Spätzünder gehalten und geglaubt, mit der Zeit werde er schon ganz normal anfangen zu sprechen, aber dann verging ein Jahr nach dem anderen, und er sagte immer noch kein Wort. Anscheinend wusste niemand, ob er sich vielleicht bloß dafür entschieden hatte, nicht zu sprechen, aber durchaus die Fähigkeit dazu besaß. War er stumm, oder schwieg er, schwieg er, oder war er stumm? Konnte es möglich sein, dass er eine Stimme hatte, aber nie davon Gebrauch machte? Oder gebrauchte er sie etwa heimlich, wenn ihn keiner hörte?

Ich stellte mir vor, wie er nachts im Bett mit seinem verzückten Elfenlächeln unter der Decke vor sich hin flüsterte. Oder vielleicht sprach er mit Chloe. Oh, wie sie lachen würden, wenn sie einander Stirn an Stirn und eng umschlungen ihre Geheimnisse verrieten.

»Wenn er was zu sagen hat, wird er schon reden«, brummte sein Vater mit dem ihm eigenen fröhlich-drohenden Unterton.

Dass Mr Grace für seinen Sohn nicht viel übrig hatte, war unübersehbar. Wenn es sich irgend machen ließ, ging er ihm aus dem Weg, und ganz besonders war es ihm zuwider, mit Myles allein zu sein. Und das war auch kein Wunder, denn wenn man mit Myles alleine war, kam es einem stets so vor, als wäre man mit jemandem in einem Zimmer, das soeben ein anderer wutschnaubend und türenknallend verlassen hatte. Seine Stummheit erzeugte eine alles durchdringende, unbehagliche Aura. Er sagte zwar nichts, war aber auch nie wirklich still. Ständig fummelte er mit irgendetwas herum, schmiss Sachen in die Luft und fing sie wieder auf, um sie gleich danach auf den Boden zu donnern. Er machte so ein leises, trockenes Knacken ganz weit hinten im Kehlkopf. Man konnte ihn atmen hören.

Seine Mutter behandelte ihn mit einer gewissen trägen Unbestimmtheit. Mitunter, wenn sie so geistesabwesend durch ihre Tage taumelte – sie war keine richtige Trinkerin, sah aber immer so aus, als ob sie einen kleinen Schwips hätte –, blieb sie stehen, als hätte sie ihn eben erst bemerkt, schien ihn aber nicht richtig zu erkennen und zog die Stirn kraus und lächelte ihn wehmütig und hilflos an.

Die eigentliche Gebärdensprache beherrschten beide Eltern nicht, und darum kommunizierten sie mit Myles mit Hilfe einer Reihe schroffer, von Fall zu Fall verschiedener pantomimeartiger Gesten, die kaum als echte Verständigungsversuche gelten konnten, sondern eher einem ungeduldigen Wegscheuchen gleichkamen. Dennoch begriff er ganz gut, was sie sagen wollten, oft sogar schon, wenn sie noch nicht mal halb damit zu Ende waren, was sie erst recht unwirsch und ungehalten machte. Ich bin der festen Überzeugung, dass ihr Sohn ihnen im Grunde ihres Herzens geradezu ein wenig Angst machte. Was ebenfalls kein Wunder ist. Sie fühlten sich wahrscheinlich, als lebten sie mit einem Poltergeist zusammen, der allerdings nur allzu sichtbar war, nur allzu greifbar.

Mich selbst, ich schäme mich oder sollte mich zumindest schämen, es zu sagen, erinnerte Myles vor allem an einen Hund, den ich früher hatte, einen unbezähmbar enthusiastischen Terrier, den ich über alles liebte und dennoch hin und wieder, wenn niemand in der Nähe war, grausam prügelte, den armen Pongo, nur um des feuchten, schwellenden Vergnügens willen, das es mir bereitete, wenn er vor Schmerzen jaulte und flehentlich sich krümmte. Und diese zweigartigen Finger, die Myles hatte, diese zerbrechlichen, mädchenhaften Handgelenke! Manchmal ärgerte er mich, zupfte mich am Ärmel oder ging so dicht hinter mir, dass er mir in die Hacken trat, und schob alle paar Schritte grinsend seinen Schädel unter meinem Arm durch, so lange, bis ich stehen blieb, mich umdrehte und ihn niederschlug, was nicht schwer war, denn ich war schon damals groß und stark und überragte ihn um Haupteslänge. Aber lag er dann unten, war die Frage, was ich mit ihm anfangen sollte, wenn man nämlich nicht aufpasste, war er im Nu wieder auf den Beinen, wie ein Stehaufmännchen, schlug einfach einen Purzelbaum und sprang mühelos auf. Wenn ich rittlings auf ihm saß, spürte ich an meinen Weichteilen sein Herz puppern, fühlte, wie sich sein Brustkorb dehnte und wie die straffe Mulde direkt unter dem Brustbein bebte, und er lachte mich keuchend aus und streckte mir seine feuchte, unnütze Zunge heraus. Doch machte er nicht auch mir ein wenig Angst, im Grunde meines Herzens, oder wo sonst der Sitz der Angst sein mag?

Wie es die geheimnisvolle Etikette der Kindheit gebietet – aber waren wir denn Kinder? Ich finde, es müsste ein anderes

Wort geben für das, was wir waren –, lud Chloe mich damals beim ersten Mal, als ich die beiden vor dem Strand-Café angesprochen hatte, nicht ein, noch mit ins Haus zu kommen. Ich weiß nicht mehr genau, wie ich es angestellt habe, dass ich schließlich doch in die Pension hineindurfte. Ich sehe mich noch, wie ich nach jener ersten Begegnung enttäuscht vor dem grünen Tor kehrtmachte, während die Zwillinge mir nachschauten, und dann sehe ich mich an einem anderen Tag drinnen, im Allerheiligsten, als hätte ich Myles' Sprung über die oberste Torstange nachgemacht, nur in umgekehrter Richtung, und dadurch auf wirklich wundersame Weise alle Hindernisse überwunden und wäre zusammen mit jenem schräg einfallenden Sonnenstrahl, der wie Messing glänzte und aus einem festen Stoff zu bestehen schien, mitten im Wohnzimmer gelandet, wo Mrs Grace, die in einem weiten blumigen Kleid – hellblau mit einem Muster aus Blüten in dunklerem Blau – am Tisch stand, sich zu mir herumdrehte, mich vage und bedächtig anlächelte und offenbar nicht wusste, wer ich war, sich aber anscheinend durchaus erinnerte, dass dieses hier nicht unsere erste Begegnung von Angesicht zu Angesicht sein konnte. Wo war Chloe? Wo war Myles? Wieso ließen sie mich mit ihrer Mutter allein? Sie fragte, ob ich etwas möchte, ein Glas Limonade vielleicht. »Oder«, sagte sie in leicht verzweifeltem Ton, »einen Apfel …?« Ich schüttelte den Kopf. Ihre Nähe, die bloße Tatsache ihres Dortseins, erfüllten mich mit Aufregung und einer geheimnisvollen Wehmut. Wer kennt die Schmerzen, die ein Knabenherz durchbohren? Sie neigte den Kopf zur Seite, verwundert und zugleich belustigt, wie ich sah, von der zungenfesselnden Intensität meiner Gegenwart. Ich muss ausgesehen haben wie eine zuckende Motte vor einer flackernden Kerzenflamme, oder wie die Flamme selbst, bebend in der eigenen verzehrenden Glut.

Was tat sie eigentlich dort am Tisch? Blumen in eine Vase stellen – oder geht die Phantasie da mit mir durch? In meiner Erinnerung an diesen Moment sehe ich etwas Buntes, ein schimmerndes, farbenprächtiges Leuchten und darüber ihre Hände. Lasst mich ein Weilchen hier bei ihr verweilen, bevor Rose auftaucht und Myles und Chloe zurückkehren von dort, wo sie gerade sind, und ihr Mann, der alte Bock, polternd die Szene betritt; schnell genug wird sie aus dem zuckenden Mittelpunkt meiner Aufmerksamkeiten gerückt werden. Wie intensiv dieser Sonnenstrahl leuchtet. Woher kommt er bloß? Fast kirchenartig, als fiele er, was ganz unmöglich ist, schräg durch ein Rosettenfenster hoch über uns. Außer dem glimmenden Sonnenlicht herrscht die träge Düsternis eines Sommernachmittags, in der meine Erinnerung nach Einzelheiten gräbt, nach festen Gegenständen, den Komponenten der Vergangenheit. Mrs Grace, Constance, Connie, lächelt mich immer noch auf diese unbestimmte Art an, auf die gleiche Art, wenn ich jetzt darüber nachdenke, wie sie alles ansieht, als könne sie nicht recht daran glauben, dass die Welt tatsächlich ein solides Gefüge sein sollte, als rechnete sie insgeheim halbwegs damit, dass sich im nächsten Augenblick alles auf eine eigentümliche und lächerliche Weise in etwas völlig anderes verkehrte.

Damals hätte ich gesagt, sie sei schön, wäre denn jemand da gewesen, dem gegenüber ich auf die Idee gekommen wäre, so etwas zu sagen, aber wahrscheinlich war sie es in Wirklichkeit gar nicht. Sie war ziemlich stämmig und hatte dicke, rote Hände und eine Warze auf der Nasenspitze, und die beiden schlaffen blonden Strähnen, die sie sich in einem fort hinter die Ohren schob und die immer wieder nach vorn fielen, waren dunkler als ihr übriges Haar und leicht fettig und hatten die Farbe von eingeöltem Eichenholz. Ihr Gang war schwermütig und schlurfend, und die Muskeln in ihrem Gesäß vibrierten unter dem leichten Stoff ihrer Sommerkleider. Sie roch nach Schweiß und Coldcream und ein klein wenig nach Bratfett. Mit anderen Worten also eine ganz normale Frau und eine ganz normale Mutter. Für mich aber war sie in all ihrer Gewöhnlichkeit genauso unerreichbar und gerade wegen ihrer Unerreichbarkeit genauso begehrenswert wie irgendeine gemalte bleiche Dame mit Einhorn und Buch. Doch nein, ich sollte nicht so ungerecht sein mit mir selbst, denn immerhin war ich ja noch ein Kind und immerhin wohl auch schon ein Romantiker, zum mindesten im Keim. Sie war nicht bleich, noch nicht einmal für mich, und sie war auch nicht aus Ölfarbe. Sie war durch und durch wirklich, dickfleischig, beinah schon essbar. Das war überhaupt das Bemerkenswerteste an ihr, dass sie zwar einerseits eine Ausgeburt meiner Phantasie war, andererseits aber auch unverkennbar eine Frau aus Fleisch und Blut, eine Frau von echtem Schrot und Korn, aus Moschus und aus Milch. Meine bis dahin allemal noch eher keuschen Träume von Retterrolle und amourösen Tändeleien hatten sich unterdessen zu wüsten, zwar durchaus lebhaften, in den wichtigsten Dingen aber leider hoffnungslos undetaillierten Phantasien ausgewachsen, in denen sie mich wollüstig überwältigte und ich unter ihrer ganzen warmen Last zu Boden sank und mit fest an die Brust gepressten Armen und feuerrotem Gesicht zwischen ihren Schenkeln geritten und gerollt wurde, ihr dämonischer Liebhaber und ihr Kind in einem.

Manchmal schoss unwillkürlich, einem inneren Sukkubus gleich, ihr Bild in mir empor, und dann wallte eine Woge von Sehnsucht durch mich hindurch und riss mein ganzes Sein von Grund auf mit sich fort. Einmal, nach einem Regenschauer, grünliches Dämmerlicht, ein nasser Sonnenkeil im Fenster, und draußen in den triefenden Lupinen sang, nicht zu fassen, eine Drossel, so überhaupt nicht passend in die Jahreszeit, da lag ich während einer solchen starken Wallung von unstillbarem Verlangen bäuchlings auf meinem Bett, und es umfloss, dieses Verlangen, einem Nimbus gleich das Bild meiner Geliebten, umwaberte sie überall und nirgends, und plötzlich brach ich in Tränen aus, schluchzte haltlos, laut und bebend, vollkommen außer Kontrolle. Meine Mutter hörte mich und kam ins Zimmer, sagte aber, ganz gegen ihre Gewohnheit – normalerweise hätte ich mit einer brüsken Vernehmung mit anschließender Ohrfeige rechnen müssen –, kein Wort, sondern hob bloß das Kissen auf, das die Zuckungen meines Kummers vom Bett gestoßen hatten, und zögerte einen winzigen Augenblick, bevor sie wieder hinausging und lautlos die Tür hinter sich zuzog. Was glaubt sie wohl, weshalb ich weine, fragte ich mich damals und frage es mich heute noch. Hatte sie mein verzücktes Liebesleiden etwa irgendwie als das, was es war, erkannt? Das konnte ich mir nicht vorstellen. Wie sollte sie, die doch bloß meine Mutter war, etwas wissen von diesem Sturm der Leidenschaft, durch den ich hilflos trudelte, da die gnadenlose Flamme der Liebe die zarten Schwingen meiner Emotion verbrannt und verzehrt hatte? Ach, Ma, wie wenig ich dich doch verstanden habe, damals, als ich meinte, du verstündest wenig.

Da bin ich also, in jenem paradiesischen Moment, in diesem Zimmer, das mit einem Mal der Mittelpunkt der Welt war, mit jenem Sonnenbalken und den Blumen auf dem Tisch – Gartenwicke? Plötzlich ist mir so, als ob ich Gartenwicke sehe – und der blonden Mrs Grace, die mir einen Apfel anbietet, obwohl nirgendwo einer zu sehen ist, und alles das sollte im nächsten Moment jäh durch das mahlende Geräusch von Zahnrädern beendet werden und durch ein entsetzliches Schlingern, das mir den Magen umstülpte. Plötzlich passierte alles Mögliche, und alles gleichzeitig. Durch eine offene Tür kam ein kleiner, wolliger schwarzer Hund von draußen hereingehuscht – irgendwie hat sich die Handlung jetzt aus dem Wohnzimmer in die Küche verlagert –, ich höre noch das wilde Ratschen seiner Krallen auf den Pechkieferndielen. Er hatte einen Tennisball im Maul. Auch Myles tauchte auf einmal auf, dem Hund dicht auf den Fersen, und dahinter Rose, die wiederum ihm auf den Fersen war. Er stolperte über einen verrutschten Läufer oder tat jedenfalls so, fiel auf die Nase, machte einen Purzelbaum, war eins fix drei wieder auf den Beinen und hätte beinah seine Mutter umgerannt, die halb erschrocken, halb verdrossen aufschrie – »Herrgott nochmal, Myles!« –, während der Hund mit wehenden Schlappohren einen Haken schlug und, immer noch mit dem Ball im grinsenden Maul, unter dem Tisch verschwand. Als Rose ihn packen wollte, wich er zur Seite aus, und sie griff ins Leere. In dem Moment betrat durch eine andere Tür, ganz wie der Alte Vater Zeit höchstselbst, in Shorts, Sandalen an den Füßen, ein großes Strandhandtuch um seine Schultern, mit unverhüllt zur Schau getragenem, dicht behaartem Bauch, Carlo Grace das Zimmer. Und als er Myles erblickte und den Hund, da donnerte er in gespielter Rage los und stampfte drohend mit dem Fuß auf, und sogleich ließ das Tier den Ball fallen, und Hund und Bub stürzten genauso wild und lärmend aus der Tür, wie sie hereingekommen waren. Rose brach in hohes, wieherndes Gelächter aus, schaute rasch zu Mrs Grace hinüber und biss sich auf die Unterlippe. Die Tür schlug zu, und im nächsten Moment wurde oben, wo die unmittelbar zuvor betätigte Toilettenspülung ihr nacheilendes Gurgeln und Rülpsen vernehmen ließ, gleichsam als Echo, eine andere Tür zugeknallt. Der Ball, den der Hund fallen gelassen hatte, rollte langsam, speichelglänzend, in die Zimmermitte. Als Mr Grace mich sah, den Fremden – das Augenzwinkern neulich an dem Tag hatte er wohl vergessen –, mimte er Verblüffung, warf den Kopf in den Nacken, verzog die eine Hälfte seines Gesichts und schaute mich fragend von oben herab an. Ich hörte Chloe, die mit ihren Sandalen die Treppe hinuntergeschlappt kam. Als sie ins Zimmer trat, hatte mich Mrs Grace gerade ihrem Gatten vorgestellt – ich glaube, das war das erste Mal in meinem Leben, dass ich in aller Form jemandem vorgestellt worden war, obwohl ich meinen Namen selber nennen musste, denn den hatte sich Mrs Grace noch nicht gemerkt –, und er schüttelte mir mit gespielt feierlichem Ernst die Hand, sagte *My dear sir!* zu mir und erklärte in breitestem Cockney, die Freunde seiner Kinder seien stets willkommen in *onse beschoidne Hüdde*. Chloe verdrehte die Augen und schnob verächtlich. »Ach, halt die Klappe, Daddy«, zischte sie durch zusammengebissene Zähne, worauf er meine Hand rasch losließ, als fürchtete er sich vor ihr, sich das Handtuch wie einen Schal über den Kopf zog, die Knie einknickte und unter Ausstoßen einer Folge von schrillen kleinen Angst- und Entsetzensschreien aus dem Zimmer huschte. Mrs Grace zündete sich eine Zigarette an. Und Chloe, ohne auch nur einmal in meine Richtung zu schauen, durchquerte den Raum und ging hinüber zu der Tür, durch die ihr Vater eben verschwunden war. »Du musst mich fahren!«, rief sie ihm nach, »du musst –« Draußen fiel die Autotür ins Schloss, der Motor sprang an, die dicken Reifen mahlten auf dem Kies. »Mist«, sagte Chloe.

Mrs Grace lehnte am Tisch – an dem mit der Gartenwicke, denn wie durch Zauberhand sind wir wieder im Wohnzimmer –, rauchte ihre Zigarette auf diese ganz bestimmte Weise, die seinerzeit bei Frauen so beliebt war, einen Arm quer vor dem Magen, den anderen Ellenbogen in die Hand gestützt. Sie sah mich mit hochgezogener Augenbraue an, lächelte gequält, zuckte die Achseln und tupfte sich einen Tabakkrümel von der Unterlippe. Rose bückte sich und hob naserümpfend mit zwei Fingern den speichelverschmierten Ball auf. Draußen vor dem Tor ertönte ein fröhliches Doppelhupen, und dann hörten wir den Wagen wegfahren. Der Hund bellte wie wild, denn er wollte hineingelassen werden, damit er sich seinen Ball wiederholen konnte.

Ach, übrigens, der Hund. Ich habe ihn nie wieder gesehen. Wem er wohl gehört haben mag?

Merkwürdig, dieses Gefühl von Leichtigkeit heute, wie soll ich sagen, geradezu flirrend. Der Wind ist wieder da, draußen bläst ein ganz schöner Sturm, was wohl auch der Grund für diese Beschwingtheit ist, die ich empfinde. Ich bin nämlich seit jeher stark beeinflussbar durch das Wetter und seine Auswirkungen. Als Kind habe ich mich an kalten Winterabenden gern vor dem Radio zusammengerollt und dem Seewetterbericht gelauscht und mir vorgestellt, wie sich all die tapferen alten Seebären mit dem Südwester auf dem Kopf bei Fogger und Disher und Jodrell Bank oder wie diese ganzen fernen Seegebiete heißen, durch die haushohen Wellen kämpfen. Und auch noch als Erwachsener hatte ich oft dieses Gefühl, wenn ich mit Anna in unserem schönen alten Haus zwischen den Bergen und der See saß und die Herbststürme in den Kaminen jaulten und die Wogen in Schwallen von brodelndem weißem Schaum über die Kaimauer schwappten. Bevor sich damals an dem Tag in der Praxis von Mr Todd, die übrigens, wenn ich so darüber nachdenke, etwas von einem finster vornehmen Frisiersalon hatte, der Abgrund unter unseren Füßen auftat, staunte ich oft darüber, wie viel Gutes mir das Leben doch geschenkt hatte. Hätte man dieses Kind, das dort am Radio träumte, gefragt, was es später einmal werden wolle, ich bin mir sicher, dass es, wenn auch stammelnd, mehr oder minder das beschrieben hätte, was ich geworden bin. Ich finde das bemerkenswert, trotz meines gegenwärtigen Kummers. Sind nicht die meisten Leute ob ihres Schicksals enttäuscht und schmachten stumm verzweifelt in ihren Ketten?

Ich frage mich, ob andere Menschen auch schon als Kinder so eine vage und doch zugleich auch detaillierte Vorstellung davon hatten, wie sie später, wenn sie erwachsen wären, sein würden. Ich rede nicht von Hoffnungen und Ambitionen, diffusen Ambitionen, so was in der Art. Die Erwartungen, die ich hatte, waren von Anfang an sehr präzise und bestimmt. Ich wollte weder Lokomotivführer werden noch ein berühmter Forscher. Wenn ich damals sehnsuchtsvoll aus meiner allzu wirklichen Gegenwart durch die Nebel hindurch in das freudig erahnte Jetzt blickte, dann sah ich meine Zukunft, wie gesagt, genau so voraus, wie sie jetzt ist, sah einen Mann mit nutzlosen Interessen und geringem Ehrgeiz in einem Zimmer sitzen, das dem hier gleicht, in meinem Kapitänsstuhl, auf meinen kleinen Tisch gestützt, genau um diese Zeit, da sich das Jahr bei mildem Wetter dem Ende zuneigt, die Blätter wirbeln, das Licht den Tagen unmerklich abhanden kommt und die Straßenlaternen jeden Abend einen Sekundenbruchteil früher angezündet werden. Ja, so habe ich mir das Erwachsensein vorgestellt, als eine Art langen Altweibersommer, einen Zustand innerer Ruhe, friedvoller Neugierlosigkeit, wo nichts mehr übrig ist von der kaum zu ertragenden rohen Unmittelbarkeit der Kindheit, wo alles Rätselhafte, das mich, als ich klein war, so verwirrt hat, aufgelöst ist, wo alle Geheimnisse geklärt, alle Fragen beantwortet sind und die Augenblicke vertröpfeln, beinah unbemerkt, ein goldener Tropfen nach dem anderen, dem letzten, beinah unbemerkten Ende zu.

Natürlich gab es Dinge, die der Knabe, der ich damals war, im Eifer seiner Vorfreude nicht vorauszusehen wagte, selbst wenn er es gekonnt hätte. Verlust, Trauer, die düsteren Tage und die schlaflosen Nächte, all das sind Überraschungen, die sich der Fotoplatte der Erinnerung im Allgemeinen ungern einprägen.

Und außerdem sehe ich, wenn ich mir die Sache aus der Nähe betrachte, dass das Bild von der Zukunft, das ich mir als Knabe ausgemalt habe, in ein merkwürdig altertümliches Licht getaucht war. Die Welt, in der ich heute lebe, wäre in meiner damaligen Phantasie doch, bei aller Hellsichtigkeit, anders gewesen, als sie tatsächlich ist, ein ganz klein wenig anders; wäre, ich sehe es vor mir, voll gewesen von Schlapphüten, schwarzen Wollmänteln und großen viereckigen Automobilen mit geflügelten Figuren, die sich von der Kühlerhaube stürzen. Woher kannte ich diese Dinge, dass ich sie mir so genau vorstellen konnte? Ich glaube, es war einfach so, dass ich mir zwar nicht im Einzelnen auszumalen vermochte, wie die Zukunft aussehen würde, mir aber sicher war, dass ich eine gewisse Bedeutung in ihr haben würde, darum habe ich sie wohl mit jenen Insignien des Erfolgs ausgestattet, die ich von den Honoratioren zu Hause in meiner Heimatstadt kannte, den Ärzten und Anwälten, den Provinzindustriellen, für die mein Vater sich krumm schuftete, den letzten paar protestantischen Aristokraten, die sich noch immer an ihre Villen auf der Sonnenseite der Straße im grünen Hinterland der Stadt klammerten.

Doch nein, das ist es auch nicht. Das ist auch keine richtige Erklärung für diese Atmosphäre von altmodischer Vornehmheit in meinen Träumen von den Dingen, die da kommen sollten. Die präzisen Vorstellungen, die ich von mir als Erwachsenem hatte – zum Beispiel, wie ich mich im Dreiteiler, mit aus der Stirn geschobenem Filzhut und einem Plaid auf den Knien im Fond meines Humber Hawk chauffieren lasse –, waren, wie mir klar wird, von jener bleichwangigen, weltverdrossenen Eleganz durchdrungen, jenem fragilen Gefühl von Ausgeglichenheit, das ich mit einer Zeit vor meiner Kindheit in Verbindung brachte, oder jedenfalls bringe ich es heute damit in Verbindung, mit jenem jüngsten Damals, das, ja, sicher doch, die Welt zwischen den Kriegen war. So dass das, was ich für die Zukunft voraussah, tatsächlich, wenn denn Tatsachen dort mit hineinspielen, ein Bild war von einer Vergangenheit, die nur eine vorgestellte sein konnte. Man könnte sagen, dass ich mir weniger ein Bild von der Zukunft machte, als vielmehr eher nostalgische Gefühle für sie zu hegen, denn was in meinen Phantasievorstellungen dermaleinst sein würde, das war in Wirklichkeit bereits vorüber. Und jetzt auf einmal finde ich das irgendwie bedeutsam. War das, worauf ich mich freute, denn wirklich die Zukunft, war es nicht vielmehr etwas jenseits der Zukunft?

Die Wahrheit ist, dass neuerdings alles ineinander läuft: Vergangenheit, mögliche Zukunft, unmögliche Gegenwart. In den aschenen Wochen von Tagesfurcht und nächtlicher Angst, bevor Anna nicht mehr umhin konnte zu akzeptieren, dass es keinen anderen Weg gab, als sich auf Mr Todd mit seinem Drängen, seinen Tränken einzulassen, kam es mir vor, als lebte ich in einer dämmerigen Unterwelt, in der es fast nicht möglich war, zwischen Traum und Wachen zu unterscheiden, weil beides, Wachen und auch Traum, sich gleichermaßen durchdringbar und dunkel samtig anfühlte, einer Unterwelt, in der ich in einem Zustand fiebriger Lethargie bald hierhin, bald dorthin getragen wurde, als wäre es nicht Anna, sondern mir bestimmt, in Bälde einer von den jetzt schon ungezählten Schatten zu sein. Das Ganze war eine grausige Variante der Phantomschwangerschaft, die ich damals durchmachte, als Anna erfuhr, dass Claire unterwegs war; denn nun war mir, als machte ich mit ihr zusammen eine Phantomkrankheit durch. Ringsherum sah ich Vorboten der Sterblichkeit. Koinzidenzen peinigten mich; längst vergessene Dinge kamen plötzlich wieder hoch; seit Jahren verschollene Gegenstände tauchten wieder auf. Mein Leben schien an mir vorüberzuziehen, nicht in einem kurzen Augenblick, wie es angeblich geschieht, wenn jemand ertrinkt, sondern in einer Art trägem Zucken, in dem es sich seiner Geheimnisse entledigte und der Mysterien seines Alltags und sich bereitmachte für den Moment, da ich, die kalte Münze für die Überfahrt in meiner bereits erkaltenden Hand, den schwarzen Kahn besteigen musste auf dem schattigen Fluss. Und doch, so merkwürdig es sich auch ausnehmen mag, war mir dieser imaginierte Ort des vorweggenommenen Fortgehens nicht völlig fremd. Mitunter in der Vergangenheit, in Augenblicken unerklärlicher Erschütterung, in meinem Arbeitszimmer vielleicht, an meinem Schreibtisch, versunken in Worte, und mochten sie auch noch so dürftig sein, denn selbst der Mittelmäßige hat bisweilen eine Eingebung, hatte ich gespürt, wie ich die Membran des bloßen Bewusstseins durchstieß und eintrat in einen anderen Zustand, einen Zustand, der keinen Namen hat, in dem keine normalen Gesetze gelten, wo die Zeit ganz anders geht, wo ich weder am Leben noch das andere bin und doch lebhafter gegenwärtig, als ich es jemals hätte sein können in der, wie wir es, weil wir müssen, nennen, in der wirklichen Welt. Und selbst Jahre zuvor, wenn ich zum Beispiel mit Mrs Grace in jenem sonnendurchfluteten Wohnzimmer stand oder mit Chloe in der Dunkelheit des Kinos saß, selbst da war ich dort und gleichzeitig nicht dort gewesen, ich selbst und gleichzeitig ein Geist, war eingemauert in den Augenblick und schwebte dabei doch gleichsam an der Schwelle zum Fortgehen. Vielleicht ist ja das ganze Leben nicht mehr als eine lange Vorbereitung auf den Moment des Fortgehens.

Für Anna mit ihrer Krankheit waren die Nächte am schlimmsten. Wie nicht anders zu erwarten. So vieles war jetzt, wo das absolut Unerwartete eingetroffen war, nicht anders zu erwarten. Im Dunkeln wich bei ihr die ganze atemlose Ungläubigkeit des Tages – *das kann doch nicht sein, dass gerade mir das passiert!* – einem dumpfen, reglosen Staunen. Wenn sie schlaflos neben mir lag, konnte ich die Angst buchstäblich fühlen, die unaufhörlich in ihr kreiste, wie ein Dynamo. Manchmal lachte sie laut auf in der Dunkelheit, es war so etwas wie ein Lachen, vor schierer Verwunderung über das Faktum dieser Misere, in die sie so gnadenlos, so niederträchtig hineingestoßen worden war. Meistens aber blieb sie still, lag wie ein Forschungsreisender in seinem Zelt zusammengerollt auf der Seite, halb dämmernd, halb benommen, und es schien, als ließe sie die Aussicht auf Überleben genauso kalt wie die auf Auslöschung. Bis jetzt waren alle ihre Erfahrungen vorübergehender Natur gewesen. Jedes Leid war gelindert worden, und sei es auch nur durch die Zeit, jede Freude war zur Gewohnheit erstarrt, ihr Körper hatte seine kleinen Kränkeleien noch stets von selbst geheilt. Das hier aber war ein Absolutum, eine Einmaligkeit, ein Ende an sich, und doch konnte sie es nicht begreifen, nicht annehmen. Wenn Schmerzen da wären, sagte sie, dann gäbe es wenigstens etwas, was das alles glaubhaft machen würde, etwas, das ihr sagte, dass das, was mit ihr geschah, wirklicher war als jede Wirklichkeit, die sie bis jetzt erlebt hatte. Aber sie hatte keine Schmerzen, noch nicht; sie hatte nur dieses Gefühl, das sie als allgemeine Erregung beschrieb, eine Art innerliches Flattern, als krabbelte ihr armer, armer Körper inwendig wie verrückt herum, richtete verzweifelt Barrieren auf gegen den Eindringling, der sich doch längst, mit seinen schwarzen Scheren schnappend, auf verborgenem Wege Zutritt verschafft hatte.

Wenn wir in jenen endlosen Oktobernächten im Dunkel nebeneinander lagen wie zwei umgestürzte Statuen unserer selbst, versuchten wir einer unerträglichen Gegenwart zu entfliehen, fort in die einzig mögliche Zeitform, nämlich die Vergangenheit, die weit zurückliegende Vergangenheit. Dann gingen wir zurück zu den allerersten Anfängen unserer gemeinsamen Zeit, erinnerten uns gegenseitig an Dinge, berichtigten, ergänzten einander, wie ein Greisenpaar, das Arm in Arm an den Mauern einer Stadt entlanghumpelt, in der es einst, vor langer Zeit, gelebt hat.

Besonders erinnerten wir uns an den dunstigen Londoner Sommer, in dem wir uns kennen gelernt und geheiratet hatten. Anna war mir auf einer Party aufgefallen, bei irgendjemandem in der Wohnung, an einem heißen, stickigen Nachmittag; alle Fenster standen weit offen, die Luft war blau von den Abgasen draußen auf der Straße, und durch den Lärm und Dunst in den überfüllten Zimmern klang das Hupen der vorüberfahrenden Busse ganz und gar unpassenderweise wie Nebelhörner. Ihre Größe war es, die meinen Blick auf sie lenkte. Nicht, dass sie so unerhört groß gewesen wäre, nein, sie hatte einfach eine Statur, wie ich sie noch nie bei einer Frau gesehen hatte. Breite Schultern, lange Arme, große Füße und dieser enorme Schädel mit der dichten schwarzen Mähne. In einem Kleid aus Windelstoff, Sandalen an den Füßen, stand sie zwischen mir und dem Fenster und unterhielt sich auf diese ganz eigene Art, die sie an sich hat, vollkommen konzentriert und gleichzeitig geistesabwesend, mit einer anderen Frau, wobei sie sich verträumt eine Haarlocke um den Finger wickelte, und im ersten Moment fiel es mir schwer, meinen Blick auf Tiefenschärfe einzustellen, denn weil Anna so viel größer als die andere Frau war, hatte ich den Eindruck, dass der Abstand zwischen uns beiden wesentlich kürzer war als der zwischen mir und der Frau, mit der sie sprach.

Ach ja, diese Partys, andauernd gab es damals welche. Wenn ich daran denke, sehe ich uns immer, wie wir ankommen, einen Moment zusammen in der Tür stehen bleiben, ich mit dem Arm um ihre Taille, und meine Hand spürt durch die spröde Seide die tiefe, kühle Einbuchtung dort, und in meiner Nase ihr wilder Geruch und an meiner Wange die Wärme ihres Haars. Herrlich müssen wir ausgesehen haben, wir zwei, wenn wir unseren großen Auftritt hatten und, alle anderen überragend, den Blick über die Köpfe schweifen ließen, als schauten wir zu irgendeiner schönen Aussicht, die nur uns beiden offen stand.

Damals wollte sie Fotografin werden, ihr Thema waren ganz in Ruß und Rohsilber gehaltene Morgenstimmungen von den eher trübsinnigen Ecken der Stadt. Sie wollte arbeiten, etwas machen, etwas darstellen. Das East End zog sie an, Brick Lane, Spitalfields, so etwas in der Art. Ich habe das alles nie ernst genommen. Hätte ich vielleicht tun sollen. Sie wohnte mit ihrem Vater in einer Mietwohnung in einem leberfarbenen Mietshaus in einem dieser düsteren, eher öden Viertel um den Sloane Square herum. Die Wohnung war riesig, eine ganze Flucht großer, hoher Räume mit riesigen Schiebefenstern, die aussahen, als hätten sie ihre verglasten Augen von dem rein menschlichen Spektakel abgewandt und wechselten nur noch untereinander Blicke. Annas Daddy, der alte Charlie Weiss – »Keine Bange, das ist kein Judenname« –, hat mich gleich gemocht. Ich war groß, jung und linkisch, und er fand es amüsant, mich dort in diesem Protzquartier um sich zu haben. Er war ein lustiger kleiner Mann mit winzigen, zarten Händen und winzigen Füßen. Sein Kleiderschrank erstaunte mich: unzählige Anzüge, alle Savile Row, seidene Hemden von Charvet in Creme und Flaschengrün und Aquamarin, Dutzende Paar kleiner maßgefertigter Schuhe. Sein Schädel, den er jeden zweiten Tag zum Rasieren zu Trumper's trug – die Haare, pflegte er zu sagen, sind ein Fell, und das hat an einem Menschen nichts zu suchen –, war ein vollkommenes, blank poliertes Ei, er trug eine mächtige, schwere Brille, wie sie seinerzeit vor allem bei Großindustriellen beliebt war, mit geflanschten Bügeln und Gläsern, so groß wie Untertassen, in denen seine stechenden Äuglein wie neugierige exotische Fische hin und her schossen. Er konnte nie ruhig sein, unablässig sprang er auf und setzte sich wieder, um sogleich von neuem aufzuspringen; in diesen hohen, luftigen Räumen wirkte er wie eine glänzende kleine Nuss, die in einer viel zu großen Schale herumklappert. Als ich das erste Mal bei ihnen zu Besuch war, zeigte er mir stolz die Wohnung, wies mich auf die Gemälde hin, allesamt alte Meister, wie er meinte, den gewaltigen, in einem Schrank aus Walnussholz untergebrachten Fernsehapparat, die Flasche Dom Perignon und den Korb voll makelloser, aber nicht essbarer Früchte, der ihm am selben Tag von einem geschäftlichen Bekannten geschickt worden war – Charlie hatte keine Freunde, Partner, Kunden, er hatte nur Bekannte. Sommerlicht, so dick wie Honig, fiel durch die hohen Fenster herein und schimmerte auf den gemusterten Teppichen. Anna saß auf einem Sofa, hatte das Kinn in die Hand gestützt und ein Bein untergeschlagen und sah leidenschaftslos zu, wie ich mich bemühte, bei ihrem lächerlichen kleinen Vater Eindruck zu schinden. Anders als die meisten kleinen Menschen ließ er sich von uns Großen nicht im mindesten einschüchtern und schien meine Körperlänge vielmehr Vertrauen erweckend zu finden und drängte sich immerzu an mich, fast wie ein Verliebter, und während er mir die glänzenden Früchte seines Erfolgs zeigte, sah es ein paar Mal so aus, als wollte er plötzlich mit einem Satz in die Höhe springen und sich gemütlich auf meinem Arm niederlassen. Als er zum dritten Mal seine geschäftlichen Interessen erwähnt hatte, fragte ich ihn, was das denn für Geschäfte seien, die er trieb, und da schenkte er mir einen makellos aufrichtigen Blick, und seine beiden Goldfischgläser blitzten.

»Schwermaschinen«, sagte er und schaffte es tatsächlich, nicht zu lachen.

Charlie betrachtete das Schauspiel seines Lebens mit Ergötzen und einer gewissen Verwunderung darüber, dass er mit so vielem so einfach durchgekommen war. Er war ein Halunke, wahrscheinlich sogar ein gefährlicher, und durch und durch ein fröhlich unmoralischer Mensch. Anna behandelte ihn liebevoll und ein wenig mitleidig. Es war mir ein Rätsel, wie so ein winziges Männchen eine so mächtige Tochter haben konnte. Trotz ihrer Jugend kam sie mir wie die geduldige Mutter vor und er wie das ungeratene und dennoch jeden sogleich für sich einnehmende Mannkind. Ihre Mutter war gestorben, als Anna zwölf war, und seitdem hatten Vater und Tochter der Welt die Stirn geboten wie ein Abenteuererpärchen aus dem neunzehnten Jahrhundert, ein Hasardeur auf einem Flussdampfer zum Beispiel und sein Alibi-Mädchen. Zwei-, dreimal die Woche fanden in der Wohnung Partys statt, wüste Feste, bei denen der Champagner floss wie ein prickelnder, leicht ranzig riechender Strom. Eines Abends gegen Ende des Sommers kamen wir aus dem Park zurück – ich liebte es, mit ihr in der Abenddämmerung spazieren zu gehen, zwischen den staubigen Schatten unter den Bäumen, die schon langsam jenes mürrische, trockene, papierne Rascheln vernehmen ließen, das den Herbst ankündigt –, und noch bevor wir in die Straße eingebogen waren, hörten wir aus der Wohnung die trunkenen Fetengeräusche. Anna fasste nach meinem Arm; wir blieben stehen. Irgendwie lag eine dunkle Verheißung in der Luft. Anna wandte sich zu mir um, nahm einen meiner Jackettknöpfe zwischen Daumen und Zeigefinger und drehte ihn rechtsherum und linksherum wie das Schloss eines Panzerschranks und schlug mir auf ihre übliche sanfte und sanft geistesabwesende Art vor, ich solle sie doch heiraten.

Diesen ganzen erwartungsgeladenen, hitzeflirrenden Sommer hindurch hatte ich gleichsam nur mit angehaltenem Atem gelebt, wie ein Wasserspringer, der angespannt auf dem höchsten Brett steht, hoch oben über jenem kleinen blauen Quadrat so unglaublich weit unter ihm. Und nun hatte Anna mich eindringlich gemahnt *zu springen, spring*! Heute, wo nur die geistig Minderbemittelten und die letzten paar Adligen, die noch übrig sind, sich die Mühe machen zu heiraten und alle anderen sich einfach einen Partner nehmen, als ob das Leben ein Tanz wäre, oder ein Geschäft, kann man sich vielleicht nur schwer vorstellen, was für ein Schwindel erregender Sprung es damals war, sich das Eheversprechen zu geben. Ich war in die dubiose Welt, in der Anna und ihr Vater lebten, eingetaucht wie in ein anderes, ein phantastisches Medium, in dem die Spielregeln, die ich bis dahin kannte, nicht galten, wo alles nur Schein war und nichts echt, oder aber echt war, jedoch so aussah, als wäre es falsch, genau wie diese Schale mit den vollkommenen Früchten in Charlies Wohnung. Und nun war ich aufgefordert, selbst ein Bewohner dieser aufregend fremden Tiefen zu werden. Was Anna mir dort in der staubigen Sommerabenddämmerung an der Ecke Sloane Street antrug, war weniger die Ehe als vielmehr die Chance, meine Phantasievorstellung von mir selbst zu verwirklichen.

Die Hochzeitsparty wurde unter einem gestreiften Markisenzelt in dem unerwartet weiträumigen Garten hinter der Stadtvilla gefeiert. Es war einer der letzten Tage der Hitzewelle jenes Sommers, die Luft, wie zerkratztes Glas, verrückt vor flimmerndem Sonnenlicht. Den ganzen Nachmittag fuhren draußen glänzende Autos vor und lieferten immer mehr Gäste an, reiherartige Ladys mit großen Hüten und Mädchen mit weißem Lippenstift und kniehohen Stiefeln aus weißem Leder, ordinäre Kerle in Nadelstreifen, zarte Jünglinge, die einen Schmollmund machten und Pot rauchten, und eher unbedeutende, unbestimmbare Typen, Charlies geschäftliche Bekannte, aalglatt, immer auf der Hut und ohne Lächeln, in glänzenden Anzügen und Hemden mit andersfarbigem Kragen und spitzen Knöchelstiefeln mit Gummieinsatz an den Seiten. Und zwischen ihnen hüpfte Charlie mit seiner bläulich glänzenden Platte herum, und der Stolz troff an ihm hinunter wie Schweißperlen. Später am Tag tauchte gleich einem Taubenschwarm ein Häufchen warmäugiger, sich langsam vorwärts bewegender, scheuer, dicklicher Männer auf, alle mit Gutra und Akal und blütenweißen Galabijas angetan. Und noch später hatte sich eine untersetzte Witwe mit Hut bis zum Umfallen besoffen, sodass sie ihr Chauffeur, ein Mann mit versteinerter Kinnlade, auf seinen Armen wegtragen musste. Als das Licht in den Bäumen dichter wurde und der Schatten des Nachbarhauses sich nach und nach wie eine Falltür auf den Garten senkte und die paar betrunkenen Pärchen, die noch da waren, ein letztes Mal in ihren clownsbunten Kleidern über den grob zusammengezimmerten Tanzboden schlurften und jeder den Kopf auf die Schulter seines Partners hatte fallen lassen und alle Augen geschlossen waren und alle Lider zuckten, da standen Anna und ich an den zerfransten Rändern, und plötzlich brach wie aus dem Nichts gleich einer dunklen Salve ein Starenschwarm hervor und schoss im Tiefflug über das Markisenzelt hinweg, und das Schlagen ihrer Flügel rauschte wie ein jäher, überschwänglicher, sarkastischer Applaus.

Annas Haar. Ich muss plötzlich an ihr Haar denken, an diese lange dunkle, glänzende Welle, die ihr so schwungvoll aus der Stirn zur Seite fiel. Selbst als sie schon in mittleren Jahren war, hatte sie noch kaum ein graues Haar. Einmal, als wir vom Krankenhaus heimfuhren, hob sie eine lange Partie Haare, die ihr über die Schulter hingen, hoch, hielt sie sich dicht an die Augen und untersuchte mit finsterer Miene Strähne für Strähne.

»Gibt es eigentlich so etwas wie ein Glatzhuhn?«, fragte sie.

»Ein Blässhuhn gibt es«, sagte ich vorsichtig. »Wieso?«

»Weil es ganz so aussieht, als ob ich in ein, zwei Monaten auch so ein Blässhuhn bin.«

»Wer hat das gesagt?«

»Eine Frau im Krankenhaus; sie hatte die gleiche Behandlung, die ich auch kriegen soll. Sie war vollkommen kahl, also wird sie ja wohl Bescheid wissen.« Anna schaute eine Weile zu, wie die Häuser und Geschäfte lautlos und gleichgültig, wie es ihre Art ist, am Wagenfenster vorbeihuschten, dann wandte sie sich von neuem an mich. »Aber was ist denn ein Blässhuhn?«

»Das ist ein schwarzes Huhn mit einem weißen Fleck auf dem Kopf.«

»Ach so.« Sie lachte leise. »Na, wenn sie alle ausgefallen sind, dann sehe ich genauso aus wie Charlie.«

So war es.

Der alte Charlie, ein paar Monate nach unserer Hochzeit war er gestorben, an einem Blutgerinnsel im Gehirn. Anna hatte all sein Geld geerbt. Es war zwar nicht ganz so viel, wie ich erwartet hatte, aber viel war es schon.

Das Merkwürdige an meiner Leidenschaft für Mrs Grace, oder besser, eines der Dinge, die daran merkwürdig waren, ist, dass sie nahezu im selben Moment, in dem sie ihre, man könnte sagen, ihre Apotheose erreichte, auch schon wieder in sich zusammenfiel. Beides geschah an jenem Nachmittag, als wir das Picknick machten. Inzwischen gingen wir überall zusammen hin, Chloe und Myles und ich. Wie stolz ich war, wenn man mich mit ihnen sah, mit diesen Gottheiten, denn für mich waren sie natürlich Götter, weil sie so vollkommen anders waren als alle anderen Menschen, die ich bis dahin kennen gelernt hatte. Meine früheren Spielkameraden aus dem *Field*, mit denen ich nun nicht mehr spielte, nahmen mir meine Fahnenflucht übel. »Der ist ja jetzt bloß noch andauernd mit seinen vornehmen neuen Freunden zusammen«, hörte ich meine Mutter eines Tages zu einer anderen Mutter sagen. »Ach, wissen Sie, der Junge«, fügte sie mit so einem komischen Unterton hinzu, »der ist halt nicht so helle.« Zu mir sagte sie, sie wundere sich nur, wieso ich noch nicht bei den Graces angefragt hätte, ob sie mich nicht adoptieren wollten. »Ich hätte nichts dagegen«, sagte sie. »Dann rennst du mir wenigstens nicht mehr ständig vor den Füßen rum.« Und dabei sah sie mich fest an, hart und ungerührt, mit diesem Blick, mit dem sie mich so oft betrachtete, seit mein Vater weg war, als wollte sie sagen, *ich nehme an, du bist der Nächste, der mich verrät.* Ich nehme an, sie hatte Recht.

Meine Eltern waren Mr und Mrs Grace noch nicht begegnet, und sie sollten auch keine Gelegenheit dazu bekommen. Die Leute, die in einem richtigen Haus wohnten, hatten mit denen aus den Chalets nichts zu schaffen, und wir unsererseits rechneten auch gar nicht damit, etwas mit ihnen zu schaffen zu haben. Wir tranken keinen Gin und bekamen am Wochenende keinen Besuch aus der Stadt oder ließen unbekümmert irgendwelche französischen Straßenkarten hinten im Auto liegen, dass sie jeder sehen konnte – von den Leuten aus dem *Field* haben die wenigsten überhaupt einen Wagen. Die Sozialstruktur unserer Sommerwelt war fest gefügt und schwer erklimmbar wie ein Zikkurat. Ganz oben waren die paar Familien, die Ferienhäuser besaßen, dann kamen die, die es sich leisten konnten, im Hotel abzusteigen, wobei das Beach begehrter als das Golf war, dann die, die Häuser gemietet hatten, und dann unsereins. Die, die das ganze Jahr über hier waren, spielten in dieser Hierarchie keine Rolle, die ganz normalen Dörfler wie Duignan der Milchmann oder der taube Colfer, der Golfbälle sammelte, oder die beiden protestantischen alten Jungfern in der Ivy Lodge oder die Französin, der die Tennisplätze gehörten und die angeblich regelmäßig mit ihrem Deutschen Schäferhund Geschlechtsverkehr hatte, sie alle waren eine extra Klasse, deren Anwesenheit nur den verschwommenen Hintergrund zu unserem grelleren, sonnenlichtbeschienenen Treiben bildete. Dass ich es geschafft hatte, von der untersten Stufe dieser steilen Gesellschaftsleiter emporzuklettern bis hinauf auf jene Ebene, auf der sich die Graces befanden, darin sah ich, genau wie in meiner heimlichen Leidenschaft für Connie Grace, einen Beweis dafür, dass ich etwas Besonderes war, dass ich der eine Auserwählte unter all den vielen Unerwählten war. Ich war der, den die Götter sich zu ihrem Günstling erwählt hatten.

Das Picknick. An jenem Nachmittag fuhren wir in Mr Grace' rassigem Wagen den ganzen *Burrow* hinunter, bis zum Ende der gepflasterten Straße. Der erste Anflug von Wollust war rasch wieder verflogen, als ich merkte, wie mir das getüpfelte Leder der Sitze hinten an den kurzbehosten Schenkeln festklebte. Mrs Grace saß vorne neben ihrem Mann, halb ihm zugewandt, einen Ellenbogen auf der Rückenlehne ihres Sitzes, sodass ich ihre aufregend stoppelige Achselhöhle sehen konnte, und hin und wieder, wenn der durch das offene Fenster hereinwehende Fahrtwind in meine Richtung blies, stieg mir sogar ein Hauch des Zibetdufts ihrer schweißfeuchten Haut in die Nase. Sie trug ein Kleidungsstück, das, glaube ich, sogar schon damals, in jenen prüderen Tagen, mit anschaulicher Freizügigkeit Bustier genannt wurde, im Grunde nichts weiter als ein trägerloser weißer Wollschlauch, der sehr eng war und sehr deutlich die unteren Rundungen ihrer schweren Brüste offenbarte. Dazu hatte sie ihre weiß gerandete Filmstarsonnenbrille auf und rauchte eine dicke Zigarette. Es erregte mich, ihr zuzusehen, wie sie einen tiefen Zug nahm und den schlaffen Mund einen Moment offen hängen ließ und zwischen diesen scharlachroten wächsern glänzenden Lippen reglos eine üppige Rauchwolke schwebte. Auch ihre Fingernägel waren in grellem Blutrot lackiert. Ich saß direkt hinter ihr auf dem Rücksitz, auf der anderen Seite Myles und in der Mitte zwischen uns Chloe, die ihren heißen, knochigen Schenkel achtlos an mein Bein drückte. Die Geschwister führten wieder einmal einen ihrer wortlosen Privatwettkämpfe auf, sie rangelten und wanden sich, kniffen einander mit Zwickfingern und versuchten sich in dem engen Raum zwischen Vorder- und Rücksitzen gegenseitig ans Schienbein zu treten. Die Regeln dieser Spiele habe ich nie herausbekommen, falls es überhaupt welche gab, obwohl zum Schluss immer einer von ihnen als Sieger daraus hervorging, und das war meistens Chloe. Ich erinnere mich, und dabei regt sich noch heute ein Hauch von Mitleid mit dem armen Myles in mir, ich erinnere mich daran, wie ich sie das erste Mal so miteinander spielen oder eher kämpfen sah. Es war an einem verregneten Nachmittag, und wir saßen in der *Zedernvilla* fest und konnten nicht nach draußen. Was konnte so ein Regentag doch bei uns Kindern für barbarische Triebe zum Ausbruch kommen lassen! Die Zwillinge hockten im Wohnzimmer auf dem Fußboden, Auge in Auge, Knie an Knie, und funkelten sich an und hatten die Finger ineinander verhakelt und schwankten und zerrten, konzentriert wie zwei kämpfende Samurai, bis endlich etwas passierte – was es war, das konnte ich nicht sehen, aber es war etwas Entscheidendes – und Myles sich urplötzlich ergeben musste. Er riss seine Hand aus dem Griff ihrer stahlharten Klauen, schlang die Arme um seinen Oberkörper – er war ein großer Selbstumklammerer und Umarmer seines verwundeten oder gekränkten Egos – und fing vor lauter Wut und Frustration zu heulen an, schob die Unterlippe vor, gab ein hohes, ersticktes Jaulen von sich, hatte die Augen zusammengekniffen und weinte dicke, formlose Tränen – alles ein bisschen allzu dramatisch, um wirklich überzeugend zu sein. Und Chloe, was für einen hämischen Katzenblick warf sie mir über die Schulter zu, die Siegerin, mit ihrem Gesicht, zu spitz, um schön zu sein, und mit blitzendem Eckzahn. Jetzt im Auto war sie schon wieder Siegerin, machte etwas mit Myles' Handgelenk, was ihn zum Kreischen brachte. »Hört doch mal auf, ihr zwei«, sagte ihre Mutter müde, ohne recht nach ihnen zu schauen. Chloe, immer noch mit ihrem dünnen Triumphgrinsen, presste die Hüfte fester an mein Bein, während Myles das Gesicht verzog und die Lippen schürzte, sodass sie ein O bildeten, diesmal aber die Tränen zurückhielt, wenn auch nur gerade so, und sich das gerötete Handgelenk rieb.

Am Ende der Straße hielt Mr Grace an, der Korb mit den belegten Broten, den Teetassen und den Weinflaschen wurde aus dem Kofferraum geholt, und dann gingen wir einen breiten harten Sandstreifen entlang, der von einem unvergesslichen, halb eingesackten rostigen Stacheldrahtzaun gesäumt war. Ich hatte diese wilden Gegenden von Marschland und Morast noch nie gemocht, ja sie machten mir sogar ein wenig Angst, alles schien dort dem Lande abgewandt, alles blickte verzweifelt in die Ferne, zum Horizont, gleichsam stumm auf der Suche nach einem Zeichen der Rettung. Blau wie ein neuer Bluterguss schimmerte der Morast, es gab Teichbinsen und vergessene Markierungsbojen, die an Holzpfählen, auf denen fauliger Schlick wucherte, festgebunden waren. Die Flut war hier nie mehr als ein paar Zentimeter hoch, rasch und quecksilbrig glänzend kam das Wasser über die Flachküste herein und war durch gar nichts aufzuhalten. Mr Grace rannte säbelbeinig vorneweg, einen Klappstuhl unter dem Arm und diesen komischen Buddeleimerhut schief aufs Ohr geschoben. Wir bogen um die Landspitze und sahen auf der anderen Seite der Meerenge die Stadt auf ihrem Hügel kauern, ein lavendelfarbenes Durcheinander von Flächen und Winkeln, wie aus einer Spielzeugkiste, und darüber thronte ein Kirchturm. Mr Grace schien ganz genau zu wissen, wo er hinwollte, denn jetzt verließ er den Weg und ging querfeldein über eine Wiese, die von hohen, dichten Farnstauden überwuchert war. Wir anderen folgten ihm, Mrs Grace, Chloe, Myles, ich. Das Farnkraut reichte mir bis an den Kopf. Unter einer Schirmtanne auf einer mit Gras bewachsenen Böschung am Rande der Wiese wartete Mr Grace auf uns. Ich hatte mir, ohne es zu merken, den nackten Knöchel seitlich über dem Riemen meiner Sandale an einem abgebrochenen Farnstängel aufgeschnitten.

Im Gras, zwischen der flachen Böschung und der Wand aus Farnstauden war ein weißes Tuch ausgebreitet. Mrs Grace, eine Zigarette im Mundwinkel und ein Auge zugekniffen, damit kein Rauch hineinkam, stellte alles für das Picknick hin, indes ihr Mann, dem der Hut noch weiter auf die Seite gerutscht war, mit einem widerspenstigen Weinkorken kämpfte. Myles war schon im Farnkraut verschwunden. Chloe hockte breitbeinig wie ein Frosch auf dem Hintern und aß ein Sandwich mit Ei. Rose – wo ist eigentlich Rose? Sie ist da, in ihrem scharlachroten Hemd und ihren Tanzpumps und den engen schwarzen Tänzerhosen mit dem Steg, der unter den Schuhsohlen durchgeht, und mit ihrem Haar, schwarz wie ein Krähenflügel, das sie hinten auf ihrem feinknochigen Kopf zu einem pluderigen Etwas zusammengesteckt trägt. Aber wie ist sie hergekommen? Mit uns im Wagen war sie nicht. Ein Fahrrad, ja, ich sehe ein verlassenes Fahrrad im Farnkraut liegen, der Lenker seitwärts gedreht, und das Vorderrad ragt in leicht unanständigem Winkel empor, aus heutiger Sicht ein verstohlener Hinweis auf die Dinge, die da kommen sollten. Mr Grace klemmte sich die Weinflasche zwischen die Knie und zerrte und zerrte; er hatte schon ganz rote Ohrläppchen. Hinter mir nahm Rose an einer Ecke des Tischtuchs Platz, stützte sich auf einem Arm auf, sodass ihre Wange fast auf der Schulter ruhte, die Beine seitlich angewinkelt, in einer Haltung, die eigentlich unbeholfen hätte aussehen müssen, es aber nicht tat. Ich hörte Myles durch das Farnkraut rennen. Plötzlich kam der Korken mit einem lustigen Plopp aus der Weinflasche, erschrocken zuckten wir alle zusammen.

Wir verspeisten unser Picknick. Myles spielte Raubtier und kam alle naselang zwischen den Farnbüschen hervorgerannt, schnappte sich eine Hand voll Essen und hopste schreiend und wiehernd wieder davon. Mr und Mrs Grace tranken ihren Wein, und Mr Grace öffnete schon die nächste Flasche, diesmal mit weniger Schwierigkeiten. Sie habe gar keinen Hunger, sagte Rose; Unfug, meinte Mrs Grace und befahl ihr, etwas zu essen, und Mr Grace hielt ihr grinsend eine Banane hin; es war ein windiger Nachmittag unter einem vorerst noch unbewölkten Himmel. Über uns rauschte die knorrige Tanne, es roch nach Tannennadeln, nach Gras und nach zerquetschtem Farnkraut und nach dem salzigen Aroma der See. Rose war beleidigt, ich nehme an, weil Mrs Grace sie zurechtgewiesen und Mr Grace ihr diese obszöne Banane hingehalten hatte. Chloe polkte sich gedankenverloren den Schorf von einer rubinroten Schramme direkt unter dem Ellenbogen, die sie sich gestern an einem Dorn gerissen hatte. Ich untersuchte die Farnwunde an meinem Knöchel, eine zornrosa Rille zwischen durchschimmernden Büttenrändern aus weißlicher Haut; geblutet hatte es nicht, aber in den Tiefen der Rille glänzte ganz deutlich etwas Wundflüssigkeit. Mr Grace saß in sich zusammengesunken mit übereinander geschlagenen Beinen auf einem Klappstuhl, rauchte eine Zigarette und hatte sich den Hut tief in die Stirn gezogen, um seine Augen vor der Sonne zu schützen.

Ich spürte etwas Kleines, Weiches an der Wange. Chloe hatte aufgehört, an ihrem Schorf zu pulen, und stattdessen mit einem Brotkrümel nach mir geworfen. Ich guckte zu ihr hinüber, und sie guckte ausdruckslos zurück und warf den nächsten Krümel. Diesmal traf sie daneben. Ich klaubte den Krümel aus dem Gras und warf ihn zurück, traf aber auch nicht. Mrs Grace lag unmittelbar vor mir, an dem sanften, grünen Böschungshang, auf der Seite, hatte den Kopf in die Hand gestützt und sah uns träge zu. Sie hatte ihr Weinglas mit dem Fuß ins Gras gestellt und den Kelch schräg an eine ihrer schlaff zur Seite hängenden Brüste gelehnt – ich fragte mich, und nicht zum ersten Mal, ob es ihr nicht wehtat, diese zwei dicken runden Gebilde aus milchigem Fleisch mit sich herumzuschleppen –, und nun leckte sie an ihrer Fingerspitze und ließ sie um den Rand des Glases kreisen und wollte es zum Singen bringen, doch es kam kein Ton. Chloe nahm ein Brotkügelchen in den Mund, befeuchtete es mit Spucke, holte es wieder heraus, knetete es langsam und bedächtig zwischen den Fingern, zielte in aller Seelenruhe und warf damit nach mir, aber zu kurz. »Chloe!«, sagte ihre Mutter in leise zurechtweisendem Ton, doch Chloe beachtete sie nicht, sondern lächelte mich mit ihrem dünnen, hämischen Katzenlächeln an. Sie war ein hartherziges Mädchen, meine Chloe. Einmal fing ich zu ihrer Unterhaltung eine Hand voll Grashüpfer und riss jedem ein Hinterbein aus, damit sie nicht entkommen konnten, legte die zuckenden Torsi auf den Deckel einer Schuhcremebüchse, tauchte sie in Paraffin und zündete sie an. Und Chloe hockte davor, die Hände auf die Knie gestützt, und sah verzückt zu, wie die unglückseligen Kreaturen schmorten und im eigenen Fett gebraten wurden.

Sie machte noch ein Kügelchen. »Chloe, du bist ekelhaft«, seufzte Mrs Grace, und da verlor Chloe plötzlich die Lust an dem Spiel, spuckte das Brot aus, fegte sich die Krümel vom Schoß, stand auf und verzog sich beleidigt in den Schatten der Tanne.

Hatte Connie Grace meinen Blick gesucht? War das ein Verschwörerlächeln? Sie holte tief Luft und wälzte sich herum und lag nun auf dem Rücken, den Kopf zurückgelehnt im Gras, ein Bein aufgestellt, sodass ich ihr plötzlich unter den Rock gucken konnte, an der Innenseite ihres Oberschenkels hoch und bis hinauf zu der prallen, straff von weißer Baumwolle überspannten Erhebung in ihrem Schoß. Auf einmal verlangsamte sich alles. Ihr geleertes Glas kippte ohnmächtig um, und ein letzter Tropfen Wein lief zum Rand, blieb dort einen Moment lang glitzernd hängen und fiel. Ich starrte und starrte, die Stirn wurde mir heiß, die Hände feucht. Mr Grace unter seinem Hut schien sich über mich lustig zu machen, aber das war mir egal, sollte er sich doch lustig machen. Seine große Frau, die von Minute zu Minute immer größer wurde, eine perspektivisch verkürzte, kopflose Riesin, zu deren gewaltigen Füßen ich kauerte, von einem Gefühl ergriffen, das fast schon an Angst grenzte, machte eine schlängelnde Bewegung und zog das Knie sogar noch etwas höher, sodass nun auch die halbmondförmige Falte hinten an ihrem üppig-fleischigen Bein entblößt war, dort, wo der Rumpf anfing. Ein dumpfes Trommeln in meinen Schläfen trübte das Tageslicht. Ich spürte den pochenden Schmerz in meinem aufgeritzten Knöchel. Und nun kam von weit her, mitten aus dem Farn, ein dünner, schriller Ton, ein archaisches Pfeifen, das die gelackte Luft durchbohrte, und Chloe da oben am Baum machte ein finsteres Gesicht, als wäre sie zur Ordnung gerufen worden, riss einen Grashalm ab, klemmte ihn sich zwischen die Daumen und blies auf der Muschelschale ihrer gewölbten Hände einen Antwortton.

Nach ein paar zeitlosen Augenblicken streckte meine lümmelnde Maja ihr Bein aus, wälzte sich wieder auf die Seite und schlief verblüffend unvermittelt ein – ihr sanftes Schnarchen war wie das Geräusch eines kleinen, leisen Motors, der starten will, aber immer wieder abgewürgt wird –, und ich richtete mich auf, vorsichtig, als könnte bei der kleinsten abrupten Bewegung in meinem Innern etwas kaputtgehen, etwas, das ohnedies nur mühsam im Gleichgewicht gehalten wurde. Auf einmal hatte ich so ein Gefühl von Übelkeit, als ob die Luft aus mir entwichen war. Die Erregung von eben war verschwunden, etwas Dumpfes schnürte mir die Brust ab, auf meinen Lidern und über der Oberlippe lag ein feiner Schweißfilm, und die klamme Haut unter dem Bund meiner kurzen Hosen juckte und war ganz heiß. Ich war bestürzt und auch irgendwie merkwürdig angeekelt, als wäre es meine Intimsphäre, die da verletzt und geschändet worden war, und nicht die ihre. Was ich gerade erlebt hatte, war ohne Frage eine Manifestation der Göttin gewesen, nur der Moment von Göttlichkeit war so verwirrend kurz. Unter meinem gierigen Blick hatte sich Mrs Grace aus einer Frau in einen Dämon verwandelt, um eine Sekunde später wieder eine Frau zu sein. Eben noch war sie Connie Grace gewesen, die Gattin ihres Mannes, die Mutter ihrer Kinder, und dann auf einmal ein Objekt hilfloser Verehrung, ein gesichtsloses Idol, urzeitlich und elementar, heraufbeschworen durch die Kraft meines Verlangens, dann aber, plötzlich, war etwas in ihr erschlafft, und da befielen mich Abscheu und Scham, doch schämte ich mich nicht für mich und dafür, was ich ihr entwendet hatte, sondern unerklärlicherweise für sie, für diese Frau, und auch nicht für etwas, was sie getan hatte, sondern für das, was sie war, als sie sich mit heiserem Stöhnen auf die Seite gedreht hatte und in den Schlaf gekippt war, nämlich keine dämonische Verführerin mehr, sondern bloß noch sie selbst, eine sterbliche Frau.

Und doch, trotz all meiner Verwirrung, ist es die sterbliche Sie und nicht die göttliche, die für mich noch heute leuchtet, inmitten all der Schatten dessen, was vergangen ist, mag auch ihr Glanz getrübt sein. In meiner Erinnerung ist sie ihr eigener Avatara. Was ist wirklicher, die liegende Frau an der Rasenböschung, die ich im Geiste vor mir sehe, oder das bisschen Staub und eingetrocknetes Mark, das Einzige, was auf der Erde noch von ihr geblieben ist? Sicher, für andere anderswo ist sie noch da, eine Gestalt, die sich bewegt im Wachsfigurenkabinett der Erinnerungen, doch wird das Bild, das jene von ihr haben, anders sein als meines und auch als das, das sie untereinander von ihr haben. So verästelt und verstreut sich das eine im Gedächtnis der vielen. Es dauert nicht, es kann nicht dauern, es ist nicht die Unsterblichkeit. Wir tragen die Toten nur so lange bei uns, bis wir selber sterben, und dann sind wir diejenigen, die eine kleine Weile mit herumgetragen werden, und dann ist es an denen, die uns tragen, selbst umzufallen, und so geht es immer weiter, von Generation zu Generation, bis in unvorstellbare Ewigkeiten. Ich erinnere mich an Anna, unsere Tochter Claire wird sich an Anna und an mich erinnern, dann wird Claire nicht mehr sein, und es wird welche geben, die sich an sie erinnern, aber nicht an uns, und das wird dann endgültig unsere Auslöschung sein. Gewiss, irgendetwas wird von uns bleiben, eine verblassende Fotografie, eine Haarlocke, ein paar Fingerabdrücke, das Rieseln der Atome in der Luft des Zimmers, in dem wir unseren letzten Atemzug getan haben, doch nichts davon wird wirklich wir sein, das, was wir sind und waren, nein, es ist nur der Staub der Toten.

Als Junge war ich ziemlich religiös. Aber nicht aus Inbrunst, nur gezwungenermaßen. Der Gott, den ich verehrte, war Jaweh, der Zerstörer der Welten, nicht das Jesulein süß, das sich alles gefallen ließ. Für mich war die Gottheit eine Drohung, und ich reagierte mit Furcht und ihrer unweigerlichen

Begleiterscheinung, mit Gewissensbissen. Oh ja, in puncto Gewissensbisse war ich in meinen Jugendtagen ein wahrer Virtuose und bin es eigentlich auch immer noch, auch jetzt, in vorgerücktem Alter. Um die Zeit meiner Erstkommunion herum oder, genauer gesagt, der ersten Beichte, die ihr vorausging, kam jeden Tag ein Priester in die Klosterschule, um unsere Klasse, all die angehenden Beichtkinder, in die Vertracktheiten der christlichen Lehre einzuweihen. Der Mann war ein magerer, bleicher Fanatiker, dem ständig etwas Weißes in den Mundwinkeln klebte. Besonders deutlich erinnere ich mich daran, wie er uns an einem schönen Maienmorgen völlig verzückt einen Vortrag über die Sünde des Schauens hielt. Ja, des Schauens. Über die verschiedenen Kategorien von Sünde waren wir schon belehrt worden, die Sünde des bösen Tuns und die Sünde des bösen Unterlassens, die sterbliche Sünde und die lässliche Sünde, die sieben Todsünden und die ganz schlimmen Sünden, für die, hatte man uns gesagt, allein der Bischof Absolution erteilen kann, doch das hier war anscheinend eine neue Kategorie: die passive Sünde. Ob wir uns vorstellen könnten, begehrte Pater Sabberfleck in höhnischem Ton zu wissen, während er ungestüm mit wehender Soutane zwischen Tür und Fenster hin und her lief und auf seiner schmalen Stirn, aus der das Haar bereits zurückwich, wie der Widerschein des göttlichen Effluviums selbst ein Lichtstern funkelte, ob wir denn etwa meinten, die Sünde müsse immer die Ausübung einer Handlung einschließen? Wollüstig, neidisch oder hasserfüllt zu schauen ist Wollust, Neid, Hass; der Wunsch, dem keine Tat folgt, befleckt die Seele nicht minder. Habe nicht der Herr selber, schrie er, denn bei dem Thema geriet er ordentlich in Fahrt, habe nicht der Herr selber ausdrücklich erklärt, dass ein Mann, der eine Frau mit ehebrecherischem Herzen anschaue, den Akt schon so gut wie begangen? Inzwischen hatte er uns mehr oder weniger vergessen, und wir saßen wie die Mäuschen da und starrten in verständnisloser Ehrfurcht zu ihm hoch. Für mich war das alles genauso neu wie für jeden anderen in der Klasse – was war das überhaupt, Ehebruch, eine Sünde, die nur Ehepaare begehen konnten, also bloß Erwachsene? –, aber trotzdem verstand ich es ganz gut, jedenfalls auf meine Weise, und begrüßte es durchaus, denn wenn ich auch erst sieben war, so hatte ich doch schon ein Händchen, oder sollte ich besser sagen, ein Auge dafür, heimlich gewisse Akte auszuspähen, bei denen ich eigentlich gar nicht zusehen durfte; und das dunkle Vergnügen, Dinge in Augenschein zu nehmen, und die noch dunklere Scham, die danach kam, waren mir wohl vertraut. Und als ich mich also satt gesehen hatte – und hingesehen hatte ich gewiss und satt war ich gewisslich auch –, als ich an Mrs Grace' silbrigem Schenkel hinaufgesehen hatte bis zum Zwickel ihres Schlüpfers und zur Falte oben am dicken Ende ihres Beins, gleich unterm Hinterteil, da war es nur natürlich, dass ich mich gleich erst mal umsehen musste aus Angst, es könnte mich die ganze Zeit einer beobachtet haben, mich, den Beobachter. Myles, der aus dem Farngestrüpp zurück war, hatte vollauf damit zu tun, Rose schöne Augen zu machen, und Chloe stand immer noch traumverloren unter der Tanne, doch Mr Grace, hatte der mich denn nicht beobachtet, die ganze Zeit, unter seinem komischen Hut? Er saß da, scheinbar in sich zusammengesackt, das Kinn auf der Brust, und der pelzige Bauch ragte aus dem offenen Hemd, der nackte Knöchel seines einen Beins lag quer über dem nackten Knie des anderen, sodass mein Blick auch bei ihm an der Beininnenseite hinaufwandern konnte, bis hoch zu den großen prallen, zwischen den dicken Schenkeln fast bis zum Platzen zusammengequetschten Eiern in seinen Khaki-Shorts. Den ganzen langen Nachmittag, derweil der Purpurschatten der Tanne unmerklich immer tiefer wurde und sich über die Wiese ausgebreitet hatte bis hin zu ihm, hatte er seinen Klappstuhl kaum verlassen, außer, um seiner Frau Wein nachzuschenken oder sich etwas zu essen zu holen – ich sehe ihn noch vor mir, wie er ein halbes Schinkenbrötchen zwischen Fingern und Daumen zerdrückt und sich den ganzen so erzeugten Matsch, alles auf einmal, in das rote Loch in seinem Bart stopft.

Für uns damals, in diesem Alter, waren alle Erwachsenen grundsätzlich unberechenbar, wenn nicht sogar ein bisschen verrückt, aber bei Carlo Grace musste man besonders aufpassen und vorsichtig sein. Er hatte eine Schwäche dafür, die Leute zu überrumpeln, unerwartet zuzuschlagen. So saß er zum Beispiel im Sessel, scheinbar ganz in seine Zeitung vertieft, und plötzlich streckte er, wenn Chloe vorüberging, blitzschnell und gewandt wie eine Schlange die Hand aus und packte sie am Ohr oder schnappte ihre Haare und drehte die Strähnen, die er gerade erwischt hatte, kräftig und schmerzhaft herum, und immer ohne ein Wort, oder ohne von seiner Lektüre aufzublicken, als handelten sein Arm und seine Hand selbstständig und aus eigenem Willen. Oder er sagte irgendwas, und auf einmal unterbrach er sich mit voller Absicht mitten im Wort, verharrte reglos wie ein Standbild, eine Hand in der Luft, starrte mit leerem Blick über die nervös zuckende Schulter seines Gegenübers hinweg ins Nichts, als gewärtigte er etwas furchtbar Erschreckendes oder als hätte er in der Ferne einen Tumult vernommen, den nur er allein hören konnte, griff dir dann jäh an den Hals, als wollte er dir die Gurgel umdrehen, und lachte zischend durch die Zähne. Oder er fragte den Briefträger, der nicht der Hellsten einer war, allen Ernstes nach seiner Meinung über die Wetteraussichten oder den wahrscheinlichen Ausgang eines Fußballspiels und nickte, legte die Stirn in Falten oder raufte sich den Bart, als vernähme er wahre Perlenschätze an Weisheit, und wenn der arme, hinters Licht geführte Kerl dann wieder fort war, drehte er sich stolz pfeifend zu uns herum und grinste mit hochgezogenen Brauen und geschürzten Lippen und wackelte vor lauter lautlosem Vergnügen mit dem Kopf. Damals waren es die anderen, die meine ganze Aufmerksamkeit in Anspruch nahmen, heute aber glaube ich, der Erste, der mir das Gefühl vermittelte, mich in der Gegenwart von Göttern zu befinden, war Carlo Grace. Denn trotz all seiner Unnahbarkeit und belustigten Gleichgültigkeit war er es, der uns offenbar alle miteinander beherrschte, eine lachende Gottheit, der Poseidon unseres Sommers, der nur mit dem Finger schnipsen musste, und schon fügte sich unsere kleine Welt artig in ihre Gesetze und Gesetzesteile.

Doch jener Tag der Zügellosigkeit und der verbotenen Verlockung war noch nicht zu Ende. Während Mrs Grace, im Gras der Böschung ausgestreckt, nach wie vor leise schnarchte, senkte sich auf uns andere, dort in jener kleinen Mulde, eine allgemeine Trägheit nieder, ein unsichtbarer Schleier, wie er sich über jede Gruppe breitet, wenn eines ihrer Mitglieder ausschert und einschläft. Myles lag bäuchlings neben mir im Gras, nur mit dem Kopf in die entgegengesetzte Richtung, und guckte verliebt zu Rose hinüber, die immer noch hinter mir an einer Ecke des Tischtuchs saß und wie üblich keinerlei Notiz von seinen begehrlichen Blicken nahm. Chloe stand immer noch im Schatten der Tanne, hielt irgendetwas in der Hand, hatte das Gesicht nach oben gewandt und schaute interessiert hinauf, zu einem Vogel vielleicht, oder einfach ins Flechtwerk der Äste, durch das der Himmel schien mit seinen weißen Wolkenbäuschen, die nach und nach herüberkamen von der See. Wie nachdenklich sie war, und doch, wie scharf umrissen mit jenem Tannenzapfen – oder was es war – in den Händen, wie sie so ganz versunken hinaufsah in den sonnenheißen Wipfel. Mit einem Mal war sie der Mittelpunkt der Szene, der Fluchtpunkt, in dem alles zusammenlief, plötzlich war sie es, für die all die Muster und all die Schatten mit solch kunstloser Sorgfalt arrangiert worden waren: das weiße Tuch im glänzenden Gras, der blaugrüne, gebeugte Baum, das fransige Farnkraut, sogar die Wolken, die sich hoch am grenzenlosen, maritimen Himmel droben redlich mühten, Stillstand vorzutäuschen. Ich warf einen kurzen Blick hinüber auf die schlafende Mrs Grace, einen fast verächtlichen Blick. Und mit einem Mal war sie nichts mehr weiter als ein großer, lebloser archaischer Torso, das geschleifte Standbild irgendeiner Göttin, zu dem der Stamm nicht länger betete und das man auf den Abfallhaufen geworfen hatte – als Zielscheibe für die Dorfbuben mit ihren Steinschleudern, ihrem Pfeil und Bogen.

Doch plötzlich, als hätte meine Verachtung sie kalt berührt, richtete sie sich auf und blickte benebelt blinzelnd um sich. Sie guckte in ihr Weinglas und schien zu staunen, dass es leer war. Der Tropfen Wein, der auf ihr weißes Bustier gefallen war, hatte einen rosa Fleck hinterlassen; sie rubbelte mit der Fingerspitze, schnalzte mit der Zunge. Dann blickte sie von neuem um sich, sah uns, räusperte sich und verkündete, wir sollten jetzt alle mal eine Runde Fangen spielen. Alle starrten sie an, sogar Mr Grace. »Ohne mich«, rief Chloe von ihrem Platz im Schatten des Baumes herüber und lachte ungläubig-spöttisch, und als ihre Mutter sagte, sie müsse aber mitmachen, und sie eine Spielverderberin nannte, kam sie heran, bezog neben dem Stuhl ihres Vaters Stellung, stützte sich mit dem Ellenbogen auf seine Schulter und sah ihre Mutter mit zusammengekniffenen Augen an, und Mr Grace, der grienende alte Ziegenbockgott, legte ihr den Arm um die Taille und zog sie in seine haarige Umarmung. Da wandte sich Mrs Grace an mich. »Aber du spielst doch mit, nicht wahr?«, sagte sie. »Und Rose.«

Ich sehe dieses Spiel als Folge lebhaft bewegter Bilder, rascher Augenblicke, hastig vorüberhuschender Bewegungen und Farben: Rose von der Taille aufwärts, in ihrem roten Hemd durchs Farnkraut rennend, den Kopf hoch aufgereckt und hinter ihr das wehende schwarze Haar; Myles, mit einer Farnsaftschliere wie eine Kriegsbemalung auf der Stirn, versucht sich aus meinen Klauen zu winden, während ich ihm die Fingernägel nur noch tiefer ins Fleisch bohre und spüre, wie seine Schulterkugel in der Gelenkpfanne knirscht; noch ein flüchtiges Bild von Rose, wie sie rennt, aber diesmal auf dem harten Sand hinter der Lichtung, wohin die wild lachende Mrs Grace sie gejagt hatte, zwei barfüßige Mänaden, einen Moment lang eingerahmt vom Stamm und den Ästen der Tanne, und hinter ihnen die Bucht, wie angelaufenes Silber schimmernd, und der Himmel, bis hinab zum Horizont von gleich bleibend mattem Blau. Und da ist ja auch Mrs Grace, auf einer Lichtung mitten im Farngestrüpp kauert sie auf einem Knie, wie eine Sprinterin, die auf den Startschuss wartet, und als ich sie überrasche, flüchtet sie nicht, wie es die Spielregeln verlangen, sondern winkt mich eindringlich zu sich heran, bedeutet mir, mich neben sie zu kauern, und legt den Arm um mich und zieht mich fest an sich, sodass ich die sanft nachgebende Rundung ihrer Brust spüre und ihr Herz klopfen höre und mir ihr Geruch nach Milch und Essig in die Nase steigt. »Pst!« macht sie und legt mir den Finger an die Lippen – mir, nicht sich selbst. Sie bebt von den unterdrückten Lachsalven, die sie durchzucken. So nah wie ihr jetzt war ich, seit meine Mutter mich als kleines Kind im Arm hielt, nie mehr einer erwachsenen Frau gewesen, doch anstelle von Verlangen empfinde ich nur so etwas wie furchtsame Verdrossenheit. Rose entdeckt uns beide, wie wir da unten kauern, und zieht ein beleidigtes Gesicht. Mrs Grace packt das Mädchen bei der Hand, als wolle sie sich von ihr hochziehen lassen, aber stattdessen zerrt sie sie hinunter, auf uns drauf, und dann gibt es ein Drunter und Drüber von Armen und Beinen und Rose' wehendem Haar, und dann liegen wir alle drei da, zurückgelehnt, auf die Ellenbogen gestützt, keuchend, Zeh an Zeh, sternförmig ausgestreckt, mitten im zertrampelten Farn. Ich rappele mich mühsam hoch, auf einmal besorgt, Mrs Grace, meine plötzlich verflossene Liebe, könnte mich noch einmal mit Absicht unter ihren Rock gucken lassen, und sie hebt die Hand, um ihre Augen vor der Sonne zu schützen, und sieht mich mit einem undurchdringlichen, harten, wärmelosen Lächeln an. Auch Rose springt auf, streicht sich das Hemd glatt und murmelt ungehalten irgendetwas, das ich nicht richtig mitbekomme, und marschiert farnwärts davon. Mrs Grace zuckt die Achseln. »Eifersüchtig«, sagt sie, und dann bittet sie mich, ihr die Zigaretten zu holen, denn jetzt muss sie ganz dringend eine rauchen.

Als wir wieder zu der Rasenböschung mit der Tanne zurückkamen, waren Chloe und ihr Vater weg. Es hatte etwas Absichtsvolles, wie die Picknickreste auf dem weißen Tuch verstreut waren, als hätte jemand sie dort arrangiert, gleichsam als chiffrierte Nachricht, die wir entschlüsseln sollten. »Ach, das ist ja nett«, sagte Mrs Grace säuerlich, »und wir dürfen jetzt aufräumen.« Myles tauchte wieder auf aus dem Farn, ließ sich auf die Knie fallen, riss einen Grashalm aus, klemmte ihn sich zwischen die Daumen, blies noch einmal darauf und wartete vollkommen reglos und verzückt; wie ein gipserner Faun sah er aus, sein strohbleiches Haar glänzte in der Sonne, und im nächsten Augenblick kam von sehr weit her ein reiner, hoher Pfeifton, Chloes Antwort, die den zur Neige gehenden Sommertag durchbohrte.

Was das Thema Beobachten und Beobachtetwerden angeht, so muss ich davon berichten, wie ich mich heute Morgen lange und grimmig im Badezimmerspiegel betrachtet habe. Normalerweise befasse ich mich in letzter Zeit nie länger als nötig mit meinem Spiegelbild. Es gab eine Zeit, da fand ich das, was mir der Spiegel zeigte, gar nicht übel, aber das ist vorbei. Inzwischen erschreckt mich die Visage, die da so jählings auftaucht und nie und nimmer dem entspricht, was ich erwartet habe, und Erschrecken ist noch milde ausgedrückt. Mich hat eine Parodie meiner selbst beiseite gedrängt, eine beklagenswert verlotterte Gestalt mit einer Halloweenmaske aus schlaffem, rosagrauem Gummi, die allenfalls entfernte Ähnlichkeit hat mit dem Bild von meinem Aussehen, das ich im Kopf habe und mir hartnäckig bewahre. Hinzu kommt mein Problem mit Spiegeln. Das heißt, ich habe viele Probleme mit Spiegeln, die aber meistens metaphysischer Natur sind, wohingegen dieses, von dem ich hier rede, ein ganz und gar praktisches ist. Wegen meiner geradezu absurden Überlänge sind nämlich die Rasierspiegel und dergleichen für mich grundsätzlich zu tief an der Wand angebracht, sodass ich mich hinunterbeugen muss, damit ich mein Gesicht im Ganzen sehen kann. Wenn ich mich in der letzten Zeit aus dem Spiegel gucken sehe, in dieser gebeugten Haltung, mit diesem Ausdruck, in dem sich tumbe Verblüffung mit einer unbestimmten, schleichenden Ängstlichkeit paart und den ich neuerdings andauernd habe – der Mund hängt schlaff herunter, die Brauen hochgezogen wie in müdem Staunen –, dann kann ich mich des Eindrucks nicht erwehren, dass ich unverkennbar etwas von einem Erhängten habe.

Als ich herkam, hatte ich zunächst erwogen, mir einen Bart stehen zu lassen, in erster Linie aus Faulheit, aber nach drei, vier Tagen merkte ich, dass die Stoppeln, ganz anders als die Haare oben auf dem Kopf, so eine eigenartige dunkelrostrote Farbe hatten, an manchen Stellen mit silbernem Raureif darin – jetzt weiß ich, wie es kommt, dass Claire ein Rotschopf ist. Dieses rotbraune Zeug, kratzig wie Sandpapier, und der unstete, blutunterlaufene Blick, beides zusammen sorgte dafür, dass ich aussah wie ein Verbrecher aus einem Comic, so ein richtig schwerer Junge, der zwar vielleicht noch nicht am Galgen baumelt, aber eindeutig in der Todeszelle sitzt. Meine Schläfen, an denen das ergrauende Haar schon schütter ist, sind mit schokoladenbraunen, avrilösen Sprenkeln getüpfelt, vermutlich Leberflecken, von denen jeder einzelne, wie mir nur allzu sehr bewusst ist, im nächsten Augenblick zum Sprung ansetzen kann, einfach, weil irgendeine Schurkenzelle es so will. Auch fällt mir auf, dass meine Rosacea sich neuerdings schneller ausbreitet. Auf der Stirn sind überall rötliche Stellen, auf den Nasenflügeln wütet ein Ausschlag, und selbst die Wangen kriegen nach und nach so eine unansehnliche Röte. Aus meinem altehrwürdigen und reichlich abgegriffenen Exemplar von *Black's Medical Dictionary* des hoch geschätzten und durch nichts aus der Ruhe zu bringenden William A.R. Thomson, M.D., Adam & Charles Black, London, dreizehnte

Auflage, mit 441 Schwarzweiß- beziehungsweise Grau-in-grau-Illustrationen und vier Farbtafeln, bei deren Anblick mir besonders kalt ums Herz wird, erfahre ich, dass Rosacea, so ein hübscher Name für so ein unangenehmes Leiden, durch eine *chronische Verstopfung der Wallungsgefäße im Gesicht und auf der Stirn* verursacht wird, *die zur Bildung roter Hautknötchen* führt; das daraus resultierende Erythem, wie wir Mediziner die Hautröte bezeichnen, tritt bisweilen stärker und bisweilen schwächer auf, wird aber letzten Endes chronisch *und kann*, wie uns der Doktor unverblümt warnt, *mit einer starken Vergrößerung der Talgdrüsen einhergehen (siehe* HAUT*), die zu einer starken Vergrößerung der Nase führt, dem so genannten Rhinophym (q. v.), auch bekannt als Knollennase oder Schnapsnase.* Diese Wiederholung – *starke Vergrößerung … starke Vergrößerung* – ist ein für den ansonsten so wohlklingenden, wenn auch etwas antiquiert anmutenden Prosastil des Dr. Thomson ganz und gar untypischer Lapsus. Ob er auch Hausbesuche macht? Er hätte sicher eine sehr beruhigende Aura am Krankenbett, und außerdem muss er eine wahre Fundgrube an Wissen sein, durchaus nicht nur zu Themen, die die Gesundheit betreffen. Mediziner sind vielseitiger, als ihnen gemeinhin nachgesagt wird. Roget von *Roget's Thesaurus* war Arzt, hat wichtige Untersuchungen zu Schwindsucht und Lachgas durchgeführt und nebenbei zweifellos jede Menge Patienten geheilt. Aber eine Schnapsnase, na, das ist doch mal was, worauf man sich freuen kann.

Wenn ich mein Gesicht so im Spiegel betrachte, denke ich natürlich an die letzten Studien, die Bonnard gegen Ende des Krieges, nachdem seine Frau gestorben war, in Le Bosquet im Badezimmerspiegel von sich selbst gemacht hat – die Kritiker bezeichnen diese Porträts als unbarmherzig, obwohl ich nicht verstehe, was Barmherzigkeit dabei zu suchen haben soll –, aber eigentlich erinnert mich mein Spiegelbild, wie ich soeben festgestellt habe, vor allem an dieses Selbstporträt von van Gogh, nein, nicht das berühmte mit dem Verband und der Tabakspfeife und dem kaputten Hut, sondern dieses eine, das aus einer früheren Serie, die er 1887 in Paris gemalt hat, stammt und auf dem er barhäuptig ist, mit Stehkragen und provenzalisch blauer Halsbinde, sämtliche Ohren noch dran, und aussieht, als ob man ihn gerade zur Strafe untergetaucht hat, fliehende Stirn, eingedrückte Schläfen und hohle, vom Hunger eingefallene Wangen; er guckt schräg aus dem Rahmen, argwöhnisch, zornig und zugleich ahnungsvoll, wie jemand, der mit dem Schlimmsten rechnet, wozu er ja auch allen Grund hatte.

Heute früh hat mich der Zustand meiner Augen auf das heftigste erschreckt, das Weiße hatte eine regelrechte Krakelüre aus hellroten Äderchen, und die feuchten Unterlider waren entzündet und standen ein bisschen von den Augäpfeln ab. Mir fällt auf, dass ich kaum noch Wimpern habe, und dabei hatte ich in meiner Jugend doch so lange, seidige, um die mich jedes Mädchen hätte beneiden können. Innen am Oberlid, am inneren Augenwinkel, direkt an der Wölbung, ist so ein kleiner Huckel, eigentlich ganz apart, nur dass die Wölbung ständig gelb ist, wie entzündet. Und diese Knospe da im Augenwinkel selbst, wozu ist die wohl gut? Nichts am menschlichen Gesicht hält längerer eingehender Betrachtung stand. Die rötlich überhauchte Blässe meiner Wangen, die, fürchte ich, ja, eingefallen sind, genau wie die vom armen Vincent, trat durch das grelle Weiß der Wände und der Emaille des Waschbeckens noch deutlicher hervor und wirkte so noch kränklicher. Was da leuchtete, war nicht das Licht eines nördlichen Herbstes, sondern erinnerte mehr an das harte, gnadenlose, trockene Gleißen tief drunten im Süden. Es funkelte vor mir im Spiegel und versank im Kränkeln der Wände und verlieh ihnen die welke, spröde Struktur von Kuttelfischknochen. Ein Lichtfleck in der Wölbung des Handwaschbeckens strahlte gleich einem riesengroßen, fernen Nebelfleck nach allen Richtungen. Und wie ich dort in diesem weißen Geviert aus Licht stand, verschlug es mich für einen Augenblick an eine ferne Küste, ob wirklich oder in der Phantasie, ich weiß es nicht, obwohl die

Einzelheiten etwas bemerkenswert Traumartiges hatten, wo ich auf einer harten Bank aus schieferhaltigem Sand saß und einen großen, flachen, glatten blauen Stein in meinen Händen hielt. Der Stein war trocken und warm, ich drückte ihn wohl an die Lippen, er schmeckte wohl salzig, nach den Tiefen und Weiten der See, nach fernen Inseln, verlorenen Orten unter hängenden Blättern, nach den zarten Skeletten von Fischen, nach Tang und Fäulnis. Die kleinen Wellen vor mir am Ufer sprachen mit munterer Stimme, flüsterten eifrig etwas von einer alten Katastrophe, vielleicht dem Fall von Troja oder Atlantis' Untergang. Nichts als Ränder, brackig und schimmernd. Wasserperlen platzen und fallen als silberne Kette von der Ecke eines Ruderblatts. Ich sehe in der Ferne das schwarze Schiff, das unmerklich von Sekunde zu Sekunde weiter aus dem Nebel aufragt. Ich bin da. Ich höre deinen Sirenengesang. Ich bin da, bin beinah da.

II

Chloe, Myles und ich, wir verbrachten unsere Tage zum größten Teil im Wasser. Egal, ob es regnete oder ob die Sonne schien, wir gingen schwimmen; wir gingen morgens schwimmen, wenn die See wie eine zähe Suppe war, wir gingen abends schwimmen, wenn uns das Wasser wie wogender schwarzer Taft über die Arme floss; eines Nachmittags blieben wir während eines Gewitters im Wasser, und ganz in unserer Nähe schlug ein Gabelblitz ein, so nah, dass wir das Knistern hören und die verbrannte Luft riechen konnten. Ich war kein besonders guter Schwimmer. Die Zwillinge hatten schon als Babys schwimmen gelernt und teilten die Wellen mühelos wie zwei schimmernde Scheren. Was mir an Können und Grazie fehlte, machte ich durch Ausdauer wett. Ich konnte lange Strecken schwimmen, ohne einmal anzuhalten, und kraulte, wenn ich Zuschauer hatte, oft unentwegt in Seitenlage vor mich hin, so lange, bis nicht nur ich selbst erschöpft war, sondern auch die Geduld der Schaulustigen am Strand.

Und einmal, am Ende einer dieser tristen kleinen Galavorstellungen, bekam ich dann eine erste Ahnung davon, dass sich etwas in Chloes Wahrnehmung meiner Person verändert hatte, oder besser gesagt, eine Ahnung davon, dass sie mich überhaupt wahrnahm und dabei eine Veränderung vor sich ging. Es war spät am Abend, und ich hatte die Strecke von – ja, wie lang war sie eigentlich, hundert oder sogar zweihundert Meter? –, die Strecke zwischen zwei von den mit grünem Schlick überzogenen Betonbuhnen zurückgelegt, die vor langer Zeit in dem vergeblichen Bemühen, die schleichende Erosion des Strandes aufzuhalten, in den Meeresboden gerammt worden waren. Als ich wankend aus den Wellen kam, sah ich, dass Chloe die ganze Zeit über, während ich im Wasser gewesen war, am Ufer auf mich gewartet hatte. Sie stand, in ein Handtuch gewickelt, und fing alle paar Minuten anfallartig an zu bibbern; ihre Lippen waren lavendelblau. »Du brauchst gar nicht so anzugeben, weißt du«, sagte sie ärgerlich. Bevor ich noch etwas antworten konnte – und was hätte ich ihr auch sagen sollen, denn sie hatte ja Recht, ich hatte wirklich angegeben –, kam mit schlenkernden Beinen über uns aus den Dünen Myles angehüpft und bewarf uns beide mit Sand, und plötzlich sah ich ein Bild vor mir, ganz deutlich und merkwürdig anrührend, ein Bild von Chloe, wie ich sie zum ersten Mal gesehen hatte, neulich an dem Tag, als sie von jener anderen Düne gesprungen war, mitten hinein in mein Leben. Jetzt reichte sie mir mein Handtuch. Außer uns dreien war niemand am Strand. Die dunstige graue Abendluft fühlte sich an wie feucht gewordene Asche. Ich sehe uns noch kehrtmachen und auf den Einschnitt zwischen den Dünen zugehen, durch den man auf die Station Road gelangt. Chloes Handtuch schleift mit einem Zipfel im Sand. Mein Handtuch habe ich über der Schulter drapiert und die nassen Haare zurückgestrichen – ein kleiner römischer Senator. Myles rennt voraus. Doch wer ist das, der dort im Zwielicht am Strand zurückbleibt, an der dunkler werdenden See, die aussieht, als böge sie gleich einem wilden Tier den Rücken durch, derweil vom dunstverhangenen Horizont die Nacht sich naht? Was für eine Phantomversion meiner selbst ist das, die uns beobachtet – nein, nicht uns, sondern sie –, jene drei Kinder, die in der aschenen Luft verschwimmen und dann im Dünental verschwunden sind, das sie durchqueren, um wieder aufzutauchen, wo die Station Road anfängt?

Ich habe Chloe noch nicht beschrieben. Rein äußerlich

unterschieden wir uns wenig, sie und ich, in diesem Alter, ich meine, im Hinblick auf die messbaren Dinge. Selbst ihr Haar, an sich fast weiß, das aber dunkler wurde, wenn es feucht war, und dann die Farbe von poliertem Weizen annahm, war kaum länger als das meine. Sie hatte einen Pagenkopf mit Ponyfransen, die ihr in die hübsche, hohe Stirn hingen, eine eigentümlich nach außen gewölbte Stirn übrigens, die – plötzlich fällt es mir wieder ein, die eine erstaunliche Ähnlichkeit mit der Stirn jener geisterhaften Gestalt im Profil hatte, die sich auf Bonnards Gemälde *Tisch am Fenster* am Rand aufhält, diesem Bild mit der Obstschale und dem Buch und dem Fenster, das selber wie die Hinteransicht einer auf der Staffelei stehenden Leinwand aussieht; ich stelle immer wieder und immer öfter fest, dass für mich jedes Ding ein anderes ist. Einer der Jungen aus dem *Field* gab mir eines Tages kichernd zu verstehen, so ein Pony, wie Chloe ihn trage, sei ein sicheres Zeichen dafür, dass ein Mädchen an sich selber spiele. Ich hatte keine Ahnung, was er meinte, war mir aber sicher, dass Chloe nicht spielte, weder an sich selber noch sonst irgendwie. Rundball oder Fangen oder was ich früher so alles mit den Kindern aus dem *Field* gespielt hatte, diese Dinge waren nichts für sie. Und als ich ihr erzählte, dass es auf dem *Field* Mädchen in ihrem Alter gab, die immer noch mit Puppen spielten, da schnob sie bloß verächtlich durch die geblähten Nüstern. Überhaupt hatte sie für die Mehrheit ihrer Altersgenossen nur Spott und Hohn übrig. Nein, Chloe spielte nicht, außer mit Myles, und was die zwei zusammen machten, das konnte man eigentlich nicht als Spielen bezeichnen.

Der Junge, der diese Bemerkung über ihren Pony gemacht hatte – ich sehe ihn auf einmal vor mir, als würde er hier stehen, Joe Sowieso, ein ungeschlachter, grobknochiger Bursche mit abstehenden Ohren und Igelschnitt –, hatte auch gesagt, Chloe habe grüne Zähne. Ich war außer mir, aber er hatte Recht; als ich das nächste Mal Gelegenheit bekam, sie aus der Nähe zu betrachten, stellte ich tatsächlich fest, dass der Schmelz auf ihren Schneidezähnen einen ganz leichten Stich ins Grünliche hatte, so ein zartes, dunstiges Graugrün allerdings, wie das dunstige Licht unter den Bäumen, wenn es geregnet hat, oder wie das matte Apfelgrün, in dem die Unterseiten der Blätter schimmern, wenn sie sich im unbewegten Wasser spiegeln.

Äpfel, ja, auch ihr Atem roch ein bisschen nach Äpfeln. Kleine Tiere waren wir, die sich beschnüffelten. Als ich später die Gelegenheit hatte, ihn zu riechen, mochte ich besonders den käsigen Duft ihrer Ellenbogenbeugen und ihrer Kniekehlen. Ich muss zugeben, dass Chloe keinen allzu großen Wert auf Hygiene legte, und normalerweise verströmte sie einen im Laufe des Tages immer stärker werdenden dumpfig dunkelbräunlichen Geruch, wie er im Laden aus den blechernen Keksdosen kommt oder besser kam, wenn sie leer waren – ob es eigentlich noch Läden gibt, wo lose Kekse aus diesen großen viereckigen Blechdosen verkauft werden? Ihre Hände. Ihre Augen. Ihre abgeknabberten Fingernägel. An alles das erinnere ich mich, erinnere mich ganz deutlich, bloß, dass nichts zum andern passt und es mir einfach nicht gelingen will, die Teile zu einem Ganzen zusammenzufügen. Ich kann mir noch so große Mühe geben, kann mir noch so sehr etwas vormachen, ich schaffe es einfach nicht, sie genauso deutlich vor meinem inneren Auge heraufzubeschwören, wie ich es bei ihrer Mutter kann oder zum Beispiel bei Myles oder selbst bei diesem Joe aus dem *Field* mit seinen Segelohren. Kurzum, ich vermag sie nicht zu sehen. Sie verschwimmt in stets gleich bleibender Entfernung vor meinem inneren Auge, immer knapp außerhalb des Fokus, und bewegt sich genau in dem Tempo rückwärts, in dem ich mich vorwärts bewege. Aber wieso kann ich sie denn nicht einholen, wo doch das Tempo, in dem ich selbst mich vorwärts bewege, seit geraumer Weile immer weiter abnimmt? Ich sehe sie sogar heute noch auf der Straße, ich meine, Leute, die sie sein könnten, die die gleiche gewölbte Stirn haben, das fahle Haar, den gleichen stürmischen und dennoch merkwürdig verhaltenen, taubenfüßigen Schritt, nur dass die immer viel zu jung sind, Jahre, Jahre zu jung. Das ist das Rätsel, das mich damals schon verwirrt hat und mich nach wie vor verwirrt. Wie war es nur möglich, dass sie eben noch bei mir war und im nächsten Augenblick schon nicht mehr? Wie war es möglich, dass sie an einem anderen Ort war, so unabänderlich? Ich konnte das nicht verstehen, mich nicht damit aussöhnen, kann es bis heute nicht. Wie konnte es denn mit rechten Dingen zugehen, dass sie, einmal aus meiner Gegenwart verschwunden, nur mehr ein reines Phantasiegebilde sein sollte, ein Teil meiner Erinnerung, ein Teil meiner Träume, wo doch jedes Indiz mir sagte, dass sie selbst außerhalb meiner Gegenwart noch immer unumstößlich, unbeugsam und unbegreifbar die blieb, die sie war? Und doch gehen Menschen weg, verschwinden einfach. Das ist das größere Rätsel; das allergrößte. Auch ich könnte weggehen, oh ja, von einer Sekunde auf die andere könnte ich weggehen, und dann wäre es so, als wäre ich nie da gewesen, nur dass die lange Gewohnheit zu leben mich weniger geneigt sein lässt zu sterben, wie Dr. Browne es auszudrücken beliebt.

»*Patient*«, sagte Anna eines Tages, als es schon aufs Ende zuging, zu mir, »was für ein merkwürdiges Wort. Das hat doch etwas mit Geduld zu tun, mit Nachsicht. Also, ich muss dir sagen, ich habe weder Nachsicht, noch bin ich geduldig.«

Wann genau der Zeitpunkt war, da ich meine Zuneigung – wie unverbesserlich versessen ich doch auf diese altmodischen Formulierungen bin! – von der Mutter auf die Tochter übertrug, das weiß ich gar nicht mehr so ganz genau. Bei diesem Picknick gab es einen Augenblick der Einsicht und der Einkehr, wie Chloe dort unter der Tanne stand, aber diese Kristallisation war eher ästhetischer als amouröser oder erotischer Natur. Nein, an einen großen Moment der Erkenntnis und Anerkenntnis kann ich mich nicht erinnern, auch nicht daran, dass Chloes Hand schüchtern in die meine geglitten wäre, an keine jähe, stürmische Umarmung, kein gestammeltes Bekenntnis ewiger Liebe. Das heißt, manches davon muss es doch gegeben haben, vielleicht sogar das alles, es muss ein erstes Mal gegeben haben, wo wir Händchen hielten, uns umarmten, Eide schworen, aber diese ersten Male sind verschollen in den Falten einer Vergangenheit, die immer flüchtiger wird. Nicht einmal an jenem Abend, als ich zähneklappernd aus dem Wasser gewatet kam und sie mit blauen Lippen in der Abenddämmerung am Ufer stand und auf mich wartete, nicht einmal da erlebte ich die lautlose Explosion, die doch die Liebe selbst in einer angeblich so unempfindsamen Knabenbrust auslösen sollte. Ich sah, wie sie fror, und da vergegenwärtigte ich mir, wie lange sie gewartet hatte, ich registrierte auch die ruppig-zärtliche Geste, mit der sie einen Zipfel ihres Handtuchs um meine dürren, von krisseliger Gänsehaut überzogenen Rippen schlang und mir den Rest über die Schulter legte, sah und registrierte das alles mal gerade so mit einem dankbar-milden Aufleuchten, als wäre ein warmer Atem über eine Flamme irgendwo in meinem Innern, in der Nähe meines Herzens, gestrichen und hätte sie kurz flackern lassen. Und doch muss dabei eine Transmutation, um nicht zu sagen, eine Transsubstantiation mit mir vor sich gegangen sein, ganz im Verborgenen.

Doch, ich erinnere mich an einen Kuss, einen von so vielen, die ich vergessen habe. Ob dieser Kuss der erste war, den wir uns gaben, weiß ich nicht mehr. Küsse hatten ja damals so eine große Bedeutung, meistens setzten sie das ganze andere Pipapo erst mal in Gang – die lodernden Flammen, die Feuerwerksraketen, die emporschießenden Geysire, das ganze Zeug. Dieser Kuss fand statt – nein, wurde ausgetauscht – nein, vollzogen, das ist das Wort, wurde vollzogen in dem Wellblechkino, das sich just zu diesem Zweck verstohlen aus den vielen Andeutungen zusammensetzt, die ich bereits ganz geschickt verschiedentlich eingestreut habe. Dieses Kino war eine Art Scheune und stand auf einer verkrauteten Brache zwischen der Cliff Road und dem Strand. Ein fensterloser Bau mit steilem Schrägdach und nur einer einzigen Tür, die sich an der Seite befand und vor der ein langer Vorhang war – aus Leder, glaube ich, oder irgendeinem anderen starren, schweren Material –, der dafür sorgte, dass die Leinwand nicht jedes Mal, wenn jemand zu spät kam, ausgeblendet wurde – während der Nachmittagsvorstellungen durch das Tageslicht oder am Abend durch die Sonne, die ihre letzten grellen Strahlen hinter den Tennisplätzen hervorschießen ließ. Zum Sitzen gab es Holzbänke – wir nannten sie Bretter, weil sie keine Rückenlehne hatten –, und die Leinwand war ein großes viereckiges Stück Stoff, das beim kleinsten Luftzug melancholisch-sehnsuchtsvoll zu wabern begann und damit die silberumspannten Hüften so mancher Heldin zusätzlich zum Wogen und die Schusshand von so manchem furchtlosen Revolverhelden ungehörig zum Zittern brachte. Der Besitzer war ein Mr Reckett oder Rickett, ein kleiner Mann im schafwollenen Fair-Isle-Pullover, dem seine beiden großen, hübschen halbwüchsigen Söhne zur Hand gingen, denen dieses Familienunternehmen mit seinem Touch von Peepshow und Burleske ein ganz klein wenig peinlich war, wie mir immer schien. Es gab nur einen einzigen Projektor, ein lautes Ding, das die Neigung hatte, heiß zu laufen – ich könnte schwören, dass ich einmal Rauch aus seinen Eingeweiden kommen sah –, sodass bei einem normalen Spielfilm mindestens zweimal die Spule gewechselt werden musste. In den dadurch entstehenden Pausen knipste Mr R., der auch der Vorführer war, kein Licht an und bot auf diese Weise – gewiss nicht ohne Absicht, denn der Ruf von Recketts oder Ricketts Lichtspielhaus war einladend unanständig – den zahlreichen Pärchen im Saal, auch denen, die noch nicht volljährig waren, ein paar Minuten lang die Chance zum erotischen Gefummel in totaler Finsternis.

An jenem Nachmittag, dem verregneten Samstagnachmittag, an dem dieser entscheidende Kuss, den ich beschreiben will, vollzogen wurde, saß ich mit Chloe in der Mitte einer solchen Bank, ziemlich weit vorn, so nah an der Leinwand, dass ich das Gefühl hatte, sie würde im nächsten Moment herunterkippen und auf uns fallen, und dass unter all den Schwarzweißphantomen, die flackernd darauf umherhuschten, selbst noch die Besten von den »Guten« drohend und mit geradezu manischer Intensität vor uns aufragten. Ich hatte so lange Chloes Hand gehalten, dass ich sie schon gar nicht mehr spürte – nicht einmal die Urbegegnung hätte zweierlei Fleisch so gründlich miteinander verschmelzen können, wie diese ersten Male, da wir uns bei den Händen hielten –, und als die Leinwand schlingernd und stotternd schwarz wurde und Chloes Finger wie Fische zuckten, da zuckte auch ich. Die Leinwand über uns glimmte noch einen Moment in pulsendem grauem Halbdunkel, bevor sie erlosch, und selbst als das Glimmen aufgehört hatte, schien da noch etwas zu sein, der Geist von einem Geist. Im Dunkel ertönten wie üblich Johlen und Pfeifen und donnerndes Getrampel. Und unter diesem Baldachin aus Lärm drehten Chloe und ich wie auf ein Zeichen gleichzeitig die Köpfe herum und bewegten unsere Gesichter andächtig wie zwei fromme Trinker aufeinander zu, bis sich unsere Münder trafen. Dass wir nichts sehen konnten, verstärkte die Empfindungen noch. Ich fühlte mich, als flögen wir ganz mühelos, so langsam wie im Traum, durch die dichte, pulverige Finsternis. Der Radau um uns herum war auf einmal unendlich weit weg und klang nur mehr wie das leise Grollen eines fernen Tumults. Chloes Lippen waren kühl und trocken. Ich schmeckte ihren heftig gehenden Atem. Als sie ihr Gesicht endlich mit einem merkwürdigen kleinen pfeifenden Seufzer von meinem abwandte, lief mir ein Schauer den Rücken hinunter, als hätte sich in meinem Innern etwas Heißes jäh verflüssigt und flösse langsam eine lange, hohle Röhre hinab. Dann erweckte Mr Rickett oder Reckett – oder hieß er vielleicht Rockett? – den Projektor wieder zum Leben, der Apparat lief sabbernd und hustend

an, und die Menge kam nach und nach mehr
zur Ruhe. Die Leinwand leuchtete in grellem W
schnurrte durchs Bildfenster, und in der Sekun
Ton einsetzte, hörte ich, wie der Regen, der di
auf das Wellblechdach über unseren Köpfen getr
te, plötzlich verstummte.

Glück war in der Kindheit etwas anderes. Es war ganz und gar reine Akkumulation damals, man nahm die Dinge – neue Erfahrungen, neue Gefühle – und verbaute sie sozusagen wie glänzende neue Fliesen in jenem Gebäude, das eines Tages der wunderbar perfekte Pavillon des eigenen Ichs sein würde. Und Ungläubigkeit, auch sie gehörte sehr zum Glücklichsein dazu, ich meine jene euphorische Unfähigkeit, das eigene schlichte Glück vollkommen glauben zu können. Plötzlich saß ich hier, hielt ein Mädchen im Arm, tat, zumindest bildlich gesprochen, die gleichen Dinge wie die Erwachsenen, hielt ihre Hand, küsste sie im Dunkeln, und als der Film zu Ende war, räusperte ich mich und wartete höflich und mit feierlichem Ernst, damit sie vor mir unter dem schweren Vorhang hindurch aus der Tür und in das vom Regen sauber gewaschene Licht der Sommerabendsonne hinaustreten konnte. Ich war ich und gleichzeitig jemand anders, ein ganz anderer, völlig Neuer. Als ich hinter ihr durch die sich langsam verlaufende Menge in Richtung Strand-Café ging, strich ich mir mit der Fingerspitze über die Lippen, meine Lippen, die die ihren geküsst hatten, fast so, als erwartete ich, an ihnen eine unendlich geringfügige, aber dennoch folgenschwere Veränderung wahrzunehmen. Ich erwartete, alles müsse verändert sein, genauso wie der Tag selbst, der vorhin, am Nachmittag, als wir uns auf den Weg ins Kino gemacht hatten, düster und feucht gewesen war, mit dickbäuchigen Wolken am Himmel, und jetzt, am Abend, ganz und gar aus lohfarbenem Sonnenlicht und schrägen Schatten zu bestehen schien, und von den hohen, struppigen Grasbüscheln tropften Juwelen, und draußen in der Bucht drehte ein rotes Segelboot seinen Bug

.erum und nahm Kurs auf die schon dämmerblauen Weiten des Horizonts.

Das Café. Hinein in das Café. In dem Café, wir.

Es war genau so ein Abend wie damals, wie jener Sonntagabend, an dem ich hierher kam, um zu bleiben, nachdem Anna schließlich gegangen war. Nur dass es Herbst war und nicht Sommer, doch das dunkelgoldene Sonnenlicht und die langen, schlanken tintigen Schatten, deren Form an gefällte Zypressen erinnert, waren die gleichen, und auch dieses Gefühl, als wäre alles voll gesogen und mit Juwelen besetzt, war das gleiche, und auf der See lag das gleiche ultramarinblaue Glitzern. Ich fühlte mich auf eine unerklärliche Weise erleichtert; es war, als hätte dieser Abend, dieser voll gesogene, von falschem Pathos triefende Abend mir für eine Weile die Bürde meiner Trauer abgenommen. Unser Haus, oder mein Haus, denn das war es jetzt ja wohl, war noch nicht verkauft, ich hatte es noch nicht über mich gebracht, das Verkaufsinserat aufzugeben, aber ich hätte keine Sekunde länger mehr dort bleiben können. Nach Annas Tod war dort alles so hohl geworden, eine riesige Echokammer. Und außerdem lag etwas Feindseliges in der Luft, etwas wie der knurrende Ingrimm eines alten Hundes, der nicht versteht, dass sein geliebtes Frauchen fort ist, und der das Herrchen, das noch da ist, nicht verknusen kann. Anna ließ nicht zu, dass jemand über ihre Krankheit informiert wurde. Die Leute ahnten, dass irgendwas nicht stimmte, aber dass es für Anna ums Ganze ging, das erfuhren sie erst im Endstadium. Nicht einmal Claire hatte gewusst, dass ihre Mutter starb. Und nun war es vorbei, und etwas anderes hatte angefangen, für mich, nämlich das schwierige Geschäft des Weiterlebens als derjenige, der übrig geblieben war.

Meine Ankunft hatte Miss Vavasour in scheue Aufregung versetzt; hoch oben auf ihren fein gefältelten Wangen leuchteten zwei kleine runde Flecke wie aufgepappte Kreise aus rosa Krepppapier, sie hielt die ganze Zeit die Hände vor der Brust gefaltet und schürzte die Lippen, um nur ja nicht lächeln zu müssen. Als sie die Tür öffnete, stand hinter ihr auf dem Gang Colonel Blunden, sein Kopf tauchte mal rechts, mal links hinter ihr auf; ich sah sofort, dass ihm mein Anblick nicht behagte. Was ich ihm freilich nachfühlen kann, denn immerhin war er der Hahn im Korb gewesen, bevor ich kam und ihn von seiner Stange schubste. Den cholerisch funkelnden Blick auf mein Kinn geheftet, das sich auf einer Ebene mit seinen Augen befand, denn er ist trotz seiner kerzengeraden Haltung eher klein, drückte er mir mit pumpender Bewegung die Hand und räusperte sich, ganz Bissigkeit und Schmissigkeit, ließ bellend ein paar Bemerkungen über das Wetter fallen und spielte den alten Soldaten doch ein bisschen sehr übertrieben, wie ich fand. Irgendetwas an ihm ist nicht ganz stimmig, irgendetwas ist zu glatt, zu bemüht vertrauenerweckend. Diese gewienerten Brogues, dieses Jackett aus Harris-Tweed mit den Lederflecken auf den Ellenbogen und diese Hemdmanschetten, die kanariengelbe Weste, in die er sich am Wochenende immer wirft, das wirkt alles ein bisschen zu schön, um echt zu sein. Er hat die gelackte Makellosigkeit eines Schauspielers, der zu lange ein und dieselbe Rolle spielt. Ich frage mich, ob er wirklich ein alter Militär ist. Seinen Belfaster Dialekt verbirgt er wirklich gut, aber manchmal kommt doch etwas durch, wie ein versetzter Wind. Und wieso verbirgt er ihn überhaupt, was fürchtet er denn wohl, was dieser Dialekt uns sagen könnte? Miss Vavasour erzählt im Vertrauen, sie habe ihn mehr als einmal am Sonntagmorgen zur ersten Messe in die Kirche huschen sehen. Ein katholischer Colonel aus Belfast? Komisch; sehr komisch.

Im Erker in der Lounge, dem früheren Wohnzimmer, war der Jagdtisch vor dem Fenster schon zum Tee gedeckt. Der Raum sah im Großen und Ganzen noch genauso aus, wie ich ihn in Erinnerung hatte, oder jedenfalls sah er so aus, als sähe er noch genauso aus, wie ich ihn in Erinnerung hatte, denn wenn man an einen Ort aus der Vergangenheit zurückkehrt, sind die Erinnerungen stets bestrebt, sich nahtlos an die Dinge und Gegebenheiten, die dort herrschen, anzupassen. Der Tisch, war das noch derselbe Tisch, an dem Mrs Grace damals gestanden und die Blumen in die Vase gestellt hatte, damals an dem Tag mit dem Hund mit dem Ball? Er war mit Bedacht gedeckt: große silberne Teekanne mit passendem Sieb, feinstes Knochenporzellan, antiker Sahnegießer, Zange für die Zuckerwürfel, Spitzendeckchen. Miss Vavasour war auf ihren Japan-Modus eingestellt, sie hatte das Haar zum Knoten aufgesteckt, der von zwei langen, gekreuzten Nadeln zusammengehalten wurde, bei deren Anblick ich ganz und gar unpassenderweise an diese japanischen erotischen Drucke aus dem achtzehnten Jahrhundert denken musste, auf denen porzellangesichtige Matronen gleichmütig die derben Aufmerksamkeiten Grimassen schneidender Herren mit unverschämt großem Glied und, wie ich jedes Mal von neuem verblüfft feststelle, bemerkenswert biegsamen Zehen über sich ergehen lassen.

Die Unterhaltung wollte nicht recht in Schwung kommen. Miss Vavasour war immer noch nervös, und dem Colonel knurrte der Magen. Draußen im windgezausten Garten strich das späte Sonnenlicht durch einen Busch und blendete uns, sodass man meinte, die Dinge auf dem Tisch zittern und sich von der Stelle bewegen zu sehen. Ich kam mir überdimensional vor, unbeholfen, eingeengt, wie ein dickes, pflichtvergessenes Kind, das die verzweifelnden Eltern aufs Land geschickt haben, zu einem älteren Ehepaar aus der Verwandtschaft, damit es Zucht und Ordnung lernt. War alles ein scheußlicher Irrtum? Sollte ich eine Entschuldigung murmeln und über Nacht in einem Hotel Zuflucht suchen oder gar wieder nach Hause fahren und mich der Leere und den Echos stellen? Dann ging mir durch den Kopf, dass ich ja gerade darum hergekommen war: Es sollte doch ein Irrtum sein, es sollte scheußlich sein, es sollte, ich sollte, wie Anna sagen würde, unangemessen sein.

»Du bist verrückt«, hatte Claire gesagt, »da unten langweilst du dich doch zu Tode.« Für sie sei ja alles in Ordnung, hatte ich sie angeherrscht, sie habe ja ihre hübsche neue Wohnung – *und keine Zeit verloren*, verkniff ich mir hinzuzufügen. »Dann komm doch, du kannst bei mir wohnen«, hatte sie gesagt, »Platz ist genug für zwei.« Bei ihr wohnen! Platz genug für zwei! Aber ich hatte bloß dankend abgelehnt und ihr gesagt, ich wolle lieber für mich sein. Ich kann es nicht ertragen, wie sie mich in letzter Zeit ständig ansieht, diese ganze Zärtlichkeit und töchterliche Fürsorglichkeit, wie sie den Kopf zur Seite neigt, genau wie Anna immer, die eine Augenbraue hochzieht und mitleidig die Stirn in Falten legt. Ich will kein Mitleid. Ich will Wut, Schmähreden, Gewalt. Ich bin wie der Mann mit dem rasenden Zahnweh, der trotz der Schmerzen ein rachsüchtiges Vergnügen daran hat, mit der Zungenspitze ein ums andere Mal tief in das pochende Loch zu fahren. Ich stelle mir eine Faust vor, die aus dem Nichts herangeflogen kommt und mich voll ins Gesicht trifft, spüre es geradezu krachen und höre das Nasenbein brechen, schon der Gedanke daran schenkt mir ein Körnchen trauriger Genugtuung. Nach der Trauerfeier, als die Leute wieder mit ins Haus kamen – das war schrecklich, beinah unerträglich – ich hatte ein Weinglas genommen und so fest zugedrückt, dass es in meiner Faust zersprungen war. Zutiefst befriedigt hatte ich mein eigenes Blut tropfen sehen, als wäre es das Blut eines Feindes, dem ich einen wilden Peitschenhieb versetzt hatte.

»So, und Sie sind also auf dem Kunstmarkt tätig«, sagte der Colonel argwöhnisch. »Da ist ja ganz hübsch was drin, nicht wahr?«

Er meinte Geld. Miss Vavasour funkelte ihn wütend mit verkniffenen Lippen an und schüttelte vorwurfsvoll den Kopf. »Er schreibt doch nur darüber«, flüsterte sie und verschluckte die Worte gleichsam beim Sprechen, als wollte sie mir dadurch ersparen, sie anhören zu müssen.

Der Colonel schaute rasch zwischen uns beiden hin und her

und nickte stumm. Er rechnet immer damit, dass er irgendetwas falsch versteht, dagegen ist er schon abgehärtet. Er trinkt seinen Tee mit abgespreiztem kleinem Finger. Der kleine Finger seiner anderen Hand ist ständig fest in die Handfläche gekrümmt, das ist irgendein Syndrom, das gar nicht so selten auftritt, ich habe vergessen, wie es heißt; es sieht schmerzhaft aus, aber er sagt, es tut nicht weh. Mit dieser Hand macht er merkwürdig elegante Gesten, wie ein Dirigent, der die Holzbläser aufruft oder dem Chor ein Fortissimo abverlangt. Er hat auch einen leichten Tremor, ist ein paar Mal klirrend mit der Teetasse an die Vorderzähne gestoßen, die so weiß sind, dass es sich nur um eine Prothese handeln kann. Die Haut in seinem wettergegerbten Gesicht und auf seinen Handrücken ist faltig, braun und glänzend, wie glänzendes braunes Packpapier, das man dazu benutzt hat, etwas einzuwickeln, das nicht einzuwickeln geht.

»Verstehe«, sagte er, ohne auch nur das Mindeste zu verstehen.

Im Jahre 1893 schlich Pierre Bonnard eines Tages heimlich einem Mädchen hinterher, das aus einer Pariser Straßenbahn gestiegen war, und folgte ihr, angezogen von ihrer Zerbrechlichkeit und bleichen Hübschheit, bis zu ihrer Arbeitsstelle, einer *pompes funèbres*, wo sie ihre Tage damit zubrachte, Perlen an Grabkränze zu nähen. So wob der Tod sein schwarzes Band von Anfang an in ihrer beider Leben. Schnell machte er ihre Bekanntschaft – ich nehme an, in der *Belle Époque* bewerkstelligte man diese Dinge locker und mit Schmiss –, und wenig später gab sie ihre Arbeit und alles andere in ihrem Leben auf und zog bei ihm ein. Sie erzählte ihm, sie heiße Marthe de Méligny und sei sechzehn Jahre alt. In Wirklichkeit aber, doch das sollte er erst über drei Jahrzehnte später erfahren, als er sich endlich dazu durchgerungen hatte, sie zu heiraten, in Wirklichkeit hieß sie Maria Boursin und war, als sich die beiden kennen lernten, nicht sechzehn, sondern Mitte zwanzig, genauso alt wie er selbst. Die beiden blieben zusammen, gin-

gen durch dick und dünn, oder, genauer gesagt, du
und dünner, bis Marthe fast fünfzig Jahre später starb
Natanson, einer von Bonnards ersten Mäzenen, ze
seinen Erinnerungen an den Maler mit raschem, i
nistischem Strich die elfengleiche Marthe und schr
ihr *wildes, vogelhaftes Aussehen, ihre Bewegungen wie auf Zehenspitzen.* Sie war heimlichtuerisch, eifersüchtig, leidenschaftlich besitzergreifend, litt an Verfolgungswahn und besaß eine starke hypochondrische Veranlagung, die sie hingebungsvoll pflegte. 1927 kaufte Bonnard in der wenig spektakulären Kleinstadt Le Cannet an der Côte d'Azur ein Haus, Le Bosquet, und lebte dort mit Marthe, an sie gefesselt in periodisch auftretenden Phasen qualvoller Isolation, die letzten fünfzehn Jahre bis zu ihrem Tod. In Le Bosquet gewöhnte sie sich an, täglich viele Stunden im Bad zu verbringen, und dort, in ihrer Badewanne, hat Bonnard sie wieder und wieder gemalt und hat an der Serie sogar noch weitergearbeitet, nachdem sie schon gestorben war. Die *Baignoires* bilden den triumphalen Höhepunkt seines Schaffens. Auf dem Gemälde *Akt im Bad mit Hund*, das 1941, also ein Jahr vor Marthes Tod, begonnen und erst 1946 fertig gestellt wurde, liegt sie da, ganz Rosa, Mauve und Gold, eine Göttin der schwimmenden Welt, perspektivisch verschmälert, alterslos, tot und lebendig in einem, und neben ihr auf den Fußbodenfliesen ihr kleiner brauner Hund, ihr Intimus, ein Dackel, glaube ich, wachsam zusammengerollt auf seiner Matte, oder vielleicht ist es auch ein Viereck aus schuppigem Sonnenlicht, das durch ein unsichtbares Fenster hereinfällt. Um sie herum der schmale Raum, ihre Zuflucht, vibriert in pulsenden Farben. Es sieht aus, als hätte ihr Fuß, der linke, angespannte, in den das unglaublich lange Bein mündet, die Form der Wanne verschoben, sodass sie sich am linken Ende ausbeult, und der Boden darunter ist auf dieser Seite, im selben Kraftfeld, ebenfalls verzogen und scheint nach der Ecke hin fließen zu wollen, er sieht überhaupt nicht aus wie ein Fußboden, sondern eher wie eine sich bewegende Pfütze

aus gesprenkeltem Wasser. Alles bewegt sich hier, bewegt sich im Stillstand, in wässrigem Schweigen. Man hört es förmlich tropfen und plätschern, hört ein schauderndes Seufzen. Die kleine rostrote Fläche neben der rechten Schulter der Badenden könnte Rost sein, aber auch altes Blut. Ihre Rechte liegt auf dem Oberschenkel, verharrt mitten in der Aufwärtsdrehung, und ich denke an Annas Hände auf dem Tisch, damals an dem Tag, als wir von unserem ersten Besuch bei Mr Todd zurück waren, ihre hilflosen Hände, deren Innenflächen nach oben gekehrt waren, als wollte sie ein nicht vorhandenes Gegenüber um etwas bitten.

Auch sie, auch meine Anna gewöhnte es sich, als sie krank wurde, an, nachmittags ausgiebig zu baden. Sie werde dadurch ruhiger, sagte sie. Den Herbst und Winter jener zwölfmonatigen Frist, die ihr langsames Sterben währte, lebten wir ganz zurückgezogen in unserem Haus an der See, wie Bonnard und seine Marthe in Le Bosquet. Das Wetter war mild, von Wetter konnte eigentlich gar keine Rede sein, der scheinbar nicht enden wollende Sommer wich vielmehr unmerklich einer dunstüberwölbten Jahresendstille, die genauso gut zu jeder anderen Jahreszeit gepasst hätte. Anna fürchtete sich vor dem herannahenden Frühling, vor dieser ganzen unerträglichen Geschäftigkeit, diesem ganzen Radau, sagte sie, vor all dieser Lebendigkeit. Um uns herum staute sich eine tiefe, verträumte Stille, weich und dicht, wie Schlick. So still war sie dort unten in ihrem Badezimmer, auf halber Treppe zwischen dem Parterre und dem ersten Stock, dass ich es manchmal mit der Angst zu tun bekam. Ich stellte mir vor, wie sie sich ohne einen Laut in der riesigen alten, klauenfüßigen Badewanne hinabgleiten ließ, bis ihr Gesicht unter Wasser war, und gurgelnd einen letzten tiefen Atemzug tat. Dann schlich ich mich die Treppe hinunter und blieb auf dem Absatz stehen, völlig lautlos, gleichsam schwebend, als wäre ich derjenige, der unter Wasser ist, und horchte verzweifelt an der Tür nach einem Lebenszeichen. In einem ganz geheimen schurkischen, heimtückischen Winkel meines Herzens wünschte ich mir natürlich, sie hätte es getan, wünschte mir, es wäre alles vorbei, für mich genauso wie für sie. Und wenn ich dann das Wasser leise wogen hörte, weil sie sich regte, das sanfte Schwappen vernahm, wenn sie die Hand hob, um nach der Seife zu greifen oder nach einem Handtuch, dann wandte ich mich ab, schleppte mich wieder in mein Zimmer, zog die Tür hinter mir zu, setzte mich an meinen Schreibtisch und starrte hinaus in das schimmernde Grau des Abends und versuchte, an nichts zu denken.

»Ach, mein armer Max«, sagte sie eines Tages zu mir, »jedes Wort musst du auf die Goldwaage legen und musst andauernd nett sein.« Da war sie schon in dieser Privatklinik, hatte ein Zimmer ganz hinten im alten Flügel, mit einem Eckfenster, aus dem man ein keilförmiges, angenehm ungetrimmtes Rasenstück sah und eine unruhige, in meinen Augen geradezu beunruhigende Gruppe großer, hoher, schwärzlich grüner Bäume. Der Frühling, vor dem sie sich gefürchtet hatte, war gekommen und wieder gegangen, und sie war schon zu krank gewesen, um seine Erschütterungen wahrzunehmen, und jetzt war schwüler, klebrig heißer Sommer, der letzte, den sie noch erleben sollte. »Wie meinst du das«, sagte ich, »dass ich nett sein muss?« Sie sagte in dieser Zeit oft so merkwürdige Sachen, als ob sie schon woanders wäre, irgendwo jenseits von mir, wo selbst die Wörter eine andere Bedeutung hatten. Sie bewegte den Kopf auf dem Kissen und lächelte mich an. Ihr fast bis auf die Knochen abgemagertes Gesicht hatte eine fürchterliche Schönheit erhalten. »Jetzt darfst du mich gar nicht mehr hassen, nicht mal ein ganz klein wenig«, sagte sie, »wie früher immer.« Sie schaute ein Weilchen hinaus zu den Bäumen, und dann kehrte ihr Blick zu mir zurück, und sie lächelte wieder und streichelte meine Hand. »Nun guck nicht so bekümmert«, sagte sie. »Ich habe dich ja auch gehasst, ein klein wenig. Wir waren schließlich Menschen.« Damals war die Vergangenheit bereits die einzige Zeitform, die sie noch benutzen mochte.

»Möchten Sie jetzt gern Ihr Zimmer sehen?«, fragte Miss Vavasour. Wie Glasscherben in einem brennenden Haus fielen die letzten Sonnengarben durch das Erkerfenster vor uns. Der Colonel rubbelte verdrossen an seiner gelben Weste herum, die er sich mit Tee bekleckert hatte. Er sah ungehalten aus. Wahrscheinlich hatte er irgendetwas zu mir gesagt, und ich hatte nicht hingehört. Miss Vavasour trat vor mir auf den Korridor hinaus und ging voraus. Ich hatte Angst vor diesem Augenblick, dem Augenblick, da ich es mit dem Haus aufnehmen, es gleichsam aufsetzen oder anlegen musste wie ein Kleidungsstück, das ich früher einmal getragen hatte, in einem anderen, prälapsalen Leben, einen alten, aus der Mode gekommenen Hut vielleicht oder ein paar altmodische Schuhe oder einen nach Mottenkugeln riechenden Hochzeitsanzug, der um den Bauch herum nicht mehr so richtig passte und zu eng war unter den Armen, aber ganz ausgebeulte Taschen hatte von all den vielen Erinnerungen, die er mit sich herumtrug. Den Korridor erkannte ich überhaupt nicht mehr wieder. Er ist kurz, eng und schlecht beleuchtet, und die Wände haben auf halber Höhe eine Zierleiste und sind unten mit überstrichener Anaglypta-Tapete beklebt, die aussieht, als ob sie mindestens hundert Jahre alt ist. Ich kann mich gar nicht erinnern, dass es hier einen Korridor gab. Ich dachte immer, von der Haustür kommt man direkt in – ach, ich weiß auch nicht, was ich dachte, wohin man von der Haustür kommt. In die Küche? Während ich mit meiner Tasche in der Hand wie der wohlerzogene Mörder in irgendeinem alten Schwarzweißthriller hinter Miss Vavasour hertappte, erlebte ich, dass die Vorstellung von dem Haus, die ich im Kopf gehabt hatte, redlich bemüht war, sich dem Original entsprechend anzupassen, dabei aber immer wieder auf hartnäckigen Widerstand stieß. Alles war ein bisschen verzogen und verzerrt, jeder Winkel ein klein wenig schief. Die Treppe war steiler, der Treppenabsatz weniger großzügig, das Toilettenfenster ging nicht, wie ich gemeint hatte, zur Straße hinaus, sondern nach hinten, auf die

Felder. Als ich sah, wie die Wirklichkeit, die krasse, selbstgefällige Wirklichkeit von den Dingen, an die ich mich erinnerte, Besitz ergriff und sie so lange zurechtschüttelte, bis sie die ihr genehme Gestalt hatten, erfasste mich ein beinahe panisches Gefühl. Etwas Kostbares war im Begriff, sich aufzulösen und mir durch die Finger zu rinnen. Und doch, wie leicht ließ ich es am Ende los. Die Vergangenheit, ich meine, die wirkliche Vergangenheit, wiegt gar nicht so schwer, wie wir uns immer einreden. Als Miss Vavasour mich in dem Raum zurückließ, der fortan *mein Zimmer* sein würde, warf ich den Mantel über einen Stuhl und setzte mich aufs Bett und atmete die abgestandene, unbewohnte Luft tief ein und fühlte mich, als wäre ich lange auf Reisen gewesen, viele Jahre lang, und wäre endlich angelangt an jenem Ort, zu dem ich, ohne es zu wissen, all die Zeit über unterwegs gewesen war und wo ich nun bleiben musste, weil er, jedenfalls bis auf weiteres, für mich der einzig mögliche Ort war, meine einzig mögliche Zuflucht.

Eben tauchte mein freundliches Rotkehlchen im Garten auf, und plötzlich fiel mir ein, woran mich Avrils Sprenkel erinnert hatten, damals an dem Tag, als ich ihr auf Duignans Hof begegnet war. Der Vogel bleibt wie üblich auf seinem dritthöchsten Ausguck im Ilexstrauch sitzen, schaut trotzig umher und überblickt mit seinem perlenklaren Auge die Lage. Rotkehlchen sind berühmt für ihre Furchtlosigkeit, und dieses hier scheint völlig unbesorgt zu sein, als Tiddles von nebenan durch das lange Gras geschlichen kommt, lässt es sogar ein nachgerade sardonisches »Tschiep« vernehmen, plustert sich auf und bläht die blutorangenfarbene Brust, als ob es höhnisch demonstrieren wollte, was für ein fetter, feiner Leckerbissen es doch wäre, könnten Katzen fliegen. Und wie ich ihn da oben sitzen sehe, erinnere ich mich plötzlich mit einem Schmerz, der exakt die gleiche Größe und exakt die gleiche Einzigartigkeit hat wie der Vogel selbst, an das geplünderte Nest damals im Ginsterbusch. Als Junge war ich ein ziemlicher Vogelnarr. Aber keiner von denen, die Vögel beobachten, mit dem Beobachten hab ich es nie gehabt, sie auszukundschaften, zu verfolgen, einer Gattung zuzuordnen, das alles wäre nichts für mich gewesen und hätte mich eher gelangweilt; nein, ich konnte die einzelnen Arten nur mit Mühe auseinander halten und wusste wenig über ihre Geschichte oder ihre Gewohnheiten, und diese Dinge interessierten mich auch nicht. Aber dafür konnte ich ihre Nester aufspüren; das war meine Spezialität. Etwas, das nicht nur Geduld, Aufgewecktheit und ein rasches Auge verlangt, sondern noch etwas anderes, die Fähigkeit, eins zu sein mit diesen winzigen Geschöpfen, die ich bis in ihr Versteck verfolgte. Ein Gelehrter, dessen Name mir im Moment gerade nicht einfällt, hat erklärt, mit der Behauptung, dass es dem Menschen unmöglich sei, sich wirklich umfassend in eine Fledermaus hineinzuversetzen, werde irgendeine andere Theorie widerlegt oder so ähnlich. Im Großen und Ganzen teile ich seine Auffassung, auch wenn ich glaube, dass ich ihm als Junge, als ich selbst noch ein halbes Tier war, eine ganze Menge über diesen Teil der Schöpfung hätte erzählen können.

Ich war nicht grausam, ich habe nie einen Vogel getötet oder seine Eier gestohlen, bestimmt nicht. Was mich antrieb, war die reine Neugier, die schlichte Leidenschaft, hinter die Geheimnisse anderer, fremder Lebewesen zu kommen.

Eine Sache, die mich jedes Mal von neuem erstaunt hat, war der Gegensatz zwischen dem Nest und dem Ei, ich meine, zwischen der Beliebigkeit des Ersteren, wie gut oder meinetwegen sogar schön es auch gestaltet sein mochte, und der Vollkommenheit des Letzteren, seiner urtümlichen Vollendung. Ein Ei ist schon vor seinem Anbeginn ein absolutes Ende. Es ist die Selbstgenügsamkeit an sich. Es war mir immer schrecklich, ein zerbrochenes Ei zu sehen, so eine Tragödie im Kleinsten. Bei der Begebenheit, die ich im Sinn habe, musste ich wohl, ohne es zu merken, irgendwen zu dem bewussten

Nest geführt haben. Es befand sich in einem Ginstergebüsch an einem abschüssigen Rain, mitten auf freiem Feld; ich war gut zu sehen, wenn ich dorthin ging, was ich schon seit Wochen regelmäßig getan hatte; darum hatte sich die kleine Henne dort bereits an mich gewöhnt. Was war es überhaupt, eine Drossel, eine Amsel? Irgendwas Größeres jedenfalls. Und dann kam ich eines Tages hin, und die Eier waren weg. Zwei hatte jemand mitgenommen, das dritte lag zertrümmert unter dem Gebüsch auf der Erde. Nur ein verschmierter Dotterklecks mit Eiweißschlieren war noch übrig und ein paar Überreste von der Schale, alle mit diesen winzigen dunkelbraunen Sprenkeln getüpfelt. Ich darf diesen Augenblick nicht zu übertrieben darstellen; ich war bestimmt genauso herzlich herzlos wie jeder andere Junge, aber trotzdem sehe ich den Ginster immer noch vor mir und rieche den Butterduft seiner Blüten, und ich kann mich noch ganz genau an die Farbschattierung dieser braunen Sprenkel erinnern, die so sehr den Sprenkeln auf Avrils bleichen Wangen und ihrer Nase ähnelten. Ein volles halbes Jahrhundert lang habe ich mir die Erinnerung an diesen Augenblick bewahrt, gleichsam als Symbol für etwas Endgültiges, Kostbares und Unwiederbringliches.

Anna beugt sich seitlich aus ihrem Krankenhausbett und kotzt auf den Fußboden, die glühende Stirn in meine Handfläche gedrückt, rund, zart und zerbrechlich wie ein Straußenei.

Ich bin im Strand-Café, mit Chloe, nach dem Kino und diesem denkwürdigen Kuss. Wir saßen an einem Plastiktisch und tranken unser Lieblingsgetränk: prickelnde Orangenlimonade mit einem Klecks Vanilleeis darin, serviert in hohen Gläsern. Erstaunlich, die Deutlichkeit, mit der ich uns dort sehen kann, wenn ich mich konzentriere. Ja, wirklich, man müsste nur sein Gedächtnis richtig anstrengen, dann könnte man beinahe sein ganzes Leben noch einmal durchleben. Unser Tisch stand neben der offenen Tür, durch die ein fetter Flatschen Sonne direkt auf unsere Füße fiel. Hin und wieder kam von draußen ein zerstreuter Windzug herein und ließ eine Hand voll feinen Sand über den Fußboden rieseln oder wehte ein Bonbonpapier in den Raum, das sich mit schleifendem Geräusch ein kleines Stück vorwärts bewegte, innehielt und sich von neuem vorwärts bewegte. Außer uns waren kaum Gäste da, hinten in einer Ecke ein paar Jungen, eher junge Männer, die Karten spielten, und hinter der Theke die Frau des Besitzers, eine üppige, ganz und gar nicht hässliche Person mit sandblondem Haar, die mit leerem Blick durch die Tür ins Freie schaute und vor sich hin träumte. Sie trug ein blassblaues, mit weißer Langettenstickerei abgesetztes Kleid, oder vielleicht war es auch eine Kittelschürze. Wie war noch gleich ihr Name? Wie hieß sie noch? Nein, es will mir nicht einfallen – von wegen sagenhaftes Gedächtnis des Gedächtnisses. Mrs Strand, ich werde sie Mrs Strand nennen, wenn sie denn unbedingt einen Namen haben muss. Sie hatte so eine ganz bestimmte Art und Weise dazustehen, oh ja, daran kann ich mich noch gut erinnern, robust und vierschrötig, den sommersprossigen Arm ausgestreckt, die Hand zur Faust geballt und die Fingerknöchel auf den hohen Rücken der Registrierkasse gestemmt. Das Gemisch aus Eis und Orangenlimonade in unseren Gläsern hatte eine Krone aus blässlichem Schaum. Wir tranken mit Papierstrohhalmen und vermieden es in einem neuerlichen Anfall von Schüchternheit, einander anzusehen. Ich fühlte mich, als senkte etwas Großes, Weiches sich auf alles nieder, als breitete ein riesiges Laken sich aus und fiele auf ein Bett oder als sackte ein Zelt in sich zusammen und stürzte auf sein eigenes Polster aus Luft. Die Tatsache jenes Kusses in der Dunkelheit des Kinos – je länger ich darüber nachdenke, desto sicherer bin ich mir, dass es wirklich unser erster Kuss gewesen sein muss –, diese Tatsache hockte zwischen uns wie ein Erstaunen, unübersehbar und gewaltig. Chloe hatte einen ganz leichten Anflug von Schnurrbart, ich hatte die blonden Härchen an meinen Lippen gespürt. Mittlerweile war mein Glas fast leer, und ich hatte Angst, dass der letzte Rest Flüssigkeit im Innern des Strohhalms gleich dieses schnorchelnde Verdauungsgeräusch machen würde. Heimlich, unter gesenkten Lidern, betrachtete ich Chloes Hände, erst die eine, die auf dem Tisch lag, und dann die andere, in der sie das Glas hielt. Bis zum ersten Gelenk waren ihre Finger dick, aber dann, nach oben hin, verjüngten sie sich: Die gleichen Hände wie ihre Mutter, ging es mir durch den Sinn. Mrs Strands Radio spielte einen Song, dessen benebelnde Melodie Chloe gedankenverloren mitsummte. Diese Songs hatten ja damals so eine große Bedeutung, klagende Weisen von Sehnsucht und Verlust, und dieses Geklimper, glaubten wir, wäre die Liebe. Wenn ich nachts im Chalet in meinem Bett lag, kamen die Melodien zu mir, ein fernes, schepperndes Plärren, das der Seewind aus den Ballsälen des Beach Hotels oder des Golf herüberwehte, und dann stellte ich mir die Pärchen vor, die Mädchen mit ihren Dauerwellen und ihren Kleidern in sprödem Blau oder giftigem Grün, die jungen Männer mit der flotten Tolle in ihren bulligen Sakkos und den Schuhen mit den zentimeterdicken Kreppsohlen, wie sie dort im heißen, staubigen Halbdunkel ihre Kreise drehten. *O darling lover lonesome moonlight kisses heart and soul!* Und hinter alledem, da draußen, unsichtbar in der Finsternis, der Strand, der Sand, der oben kühl war, doch darunter noch die Wärme des Tages hielt, und die langen Reihen weißer Wellen, die sich am schrägen Ufer brachen und die irgendwie von innen heraus zu leuchten schienen, und über allem die Nacht, still, heimlich und gespannt.

»War das aber ein blöder Film!«, sagte Chloe. Sie kam mit dem Gesicht ganz nah an den Rand des Glases heran, ihre Ponyfransen hingen in der Luft. Ihr Haar war genauso fahl wie der Sonnenfleck auf dem Boden zu ihren Füßen … Doch halt, da stimmt etwas nicht. Das kann nicht der Tag mit dem Kuss gewesen sein. Als wir aus dem Kino kamen, war es Abend, ein Abend nach dem Regen, und jetzt ist es mitten am Nachmittag, daher auch das weiche Sonnenlicht, der mäandernde Luftzug. Und wo ist Myles? Er war doch mit uns im Kino, also wo soll er hingegangen sein, er, der seiner Schwester nie von der Seite wich, es sei denn, sie scheuchte ihn weg. Madame Mnemosyne, ich nehme alles zurück, was ich an Lobendem von mir gegeben habe, wenn es denn Mnemosyne selbst ist, die hier wirkt, und nicht irgendeine andere Muse mit mehr Phantasie. Chloe lachte höhnisch auf. »Die haben doch ganz genau gewusst, dass dieser Wegelagerer eine Frau war.«

Ich sah wieder auf ihre Hände. Die eine, die das Glas hochgehalten hatte, war jetzt hinabgeglitten und umkreiste dessen Fuß, in dem beständig ein spitzer Pfeil aus reinem weißen Licht funkelte, während die andere, die graziös mit Daumen und Zeigefinger den Strohhalm ihren Lippen entgegenneigte, einen fahlen Schatten in Form eines Vogelkopfes mit Schnabel und aufgestelltem Federbusch auf die Tischplatte warf. Abermals dachte ich an ihre Mutter, und diesmal spürte ich ein kurzes, scharfes Brennen in der Brust, als hätte eine heiße Nadel mein Herz berührt. War das etwa ein Anflug von schlechtem Gewissen? Denn was würde Mrs Grace wohl empfinden, was würde sie sagen, wenn sie mich hier sehen könnte, wie ich am Tisch sitze und diese Nuance von Mauve in der Wangenhöhlung ihrer Tochter anglotze, derweil diese den letzten Rest von ihrer Eislimonade schlürft? Doch im Grunde war mir das egal, im tiefsten Grunde, einem Grund, tief jenseits von Affekten wie Gewissensbissen und dergleichen. Die Liebe, wie wir sie nennen, ist wankelmütig und neigt dazu, durch einen herzlosen Seitwärtsschwung und unter denkbar unpassenden Umständen von dem einen strahlenden Objekt auf ein noch strahlenderes überzugehen. Wie viele Hochzeiten enden nicht damit, dass der beschwipste, missgestimmte Bräutigam trübsinnig von oben auf seine nagelneue Braut schaut, die sich auf dem Doppelbett der Flitterwochensuite beflissen unter ihm abmüht, und dabei das Gesicht ihrer besten Freundin vor sich sieht, oder das ihrer hübscheren Schwester oder gar, der Himmel steh uns bei, das ihrer frohgemuten Mutter?

Ja, ich war im Begriff, mich in Chloe zu verlieben – hatte mich schon in sie verliebt, die Sache war bereits erledigt. Ich empfand die bange Euphorie, dieses Gefühl, hilflos umherzuwanken vor lauter Glück, und alles, was einer, der weiß, dass er das Lieben von nun an übernehmen muss, im allerersten, überstürzten Anfang fühlt. Denn selbst in diesem zarten Alter war mir schon klar, dass stets einer derjenige ist, der lieben muss, und einer ist der, der geliebt wird, und mir war auch klar, welches in diesem Fall die Rolle war, die ich zu spielen hatte. Diese Wochen mit Chloe waren für mich eine Folge von mehr oder minder verzückt erlebten Demütigungen. Mit geradezu verstörender Selbstgefälligkeit duldete sie mich als Anbeter in ihrem Tempel. In ihren zerstreuteren Momenten ließ sie sich kaum dazu herab, von meiner Gegenwart Notiz zu nehmen, und selbst wenn sie mich ihrer vollsten Aufmerksamkeit würdigte, war immer irgendetwas nicht ganz perfekt, war stets ein Quäntchen Geistesabwesenheit dabei, ein Hauch Gedankenlosigkeit. Diese mutwillige Unbestimmtheit quälte mich bis zur Raserei, noch schlimmer aber war die Möglichkeit, dass sie eben doch nicht mutwillig war. Dass es ihre Entscheidung war, mich zu verachten, konnte ich akzeptieren, konnte es sogar begrüßen und auf eine verschwommene Weise als wohltuend empfinden, der Gedanke aber, dass es Phasen gab, in denen ich einfach durchsichtig wurde für ihren Blick, nein, dieser Gedanke war nicht zu ertragen. Wenn ich in ihr traumverlorenes Schweigen einbrach, schrak sie oft leicht zusammen und schaute sich rasch um, wo diese Stimme herkam, die sie angesprochen hatte, guckte hinauf zur Decke oder in eine Zimmerecke, irgendwohin, nur nicht zu mir. War das eine herzlose Form, mich für dumm zu verkaufen, oder waren diese kurzzeitigen Absencen echt? Wütend, bis aufs äußerste gereizt, packte ich sie an den Schultern und schüttelte sie, verlangte, sie solle mich ansehen, nur mich, aber dann sackte sie in meinen Händen in sich zusammen, verdrehte die Augen nach innen und ließ wie eine Stoffpuppe den Kopf nach vorne baumeln, lachte heiser, was sich genauso zermürbend wie bei Myles anhörte, und wenn ich sie schließlich grob und angewidert von mir stieß, plumpste sie rücklings in den Sand oder aufs Sofa und blieb mit verrenkten Gliedern liegen, streckte alle viere von sich, verzog das Gesicht zu einer grotesk grinsenden Fratze und stellte sich tot.

Warum ich mir ihre Launen gefallen ließ, ihr anmaßendes Gehabe? Ich bin nie jemand gewesen, der Kränkungen leicht wegsteckt, ich habe immer zugesehen, wie ich sie den anderen heimzahlen konnte, selbst bei Menschen, die ich liebte, war das so, besonders bei denen, die ich liebte. Dass ich in Chloes Fall so nachgiebig war, hing, glaube ich, mit diesem starken Beschützerinstinkt zusammen, den ich ihr gegenüber hatte. Ich will versuchen, das zu erklären, es ist interessant, ich finde es jedenfalls interessant. Was hier am Werke war, das war ein feines, ein vorzüglich feines Taktgefühl. Da sie diejenige war, die ich mir auserkoren hatte, um sie mit meiner Liebe zu überschütten, oder da ich dazu auserkoren war, dieses zu tun, musste ich sie mir so annähernd makellos wie irgend möglich bewahren, im Denken wie in ihrem Handeln. Es war unabdingbar, dass sie vor sich selbst und ihren Schwächen beschützt werden musste. Und diese Aufgabe fiel natürlich mir zu, denn ihre Schwächen waren nun einmal ihre Schwächen, es war nicht damit zu rechnen, dass es ihr gelänge, den schlimmen Auswirkungen dieser Schwächen aus eigenem Willen zu entrinnen. Auch musste sie nicht nur vor diesen Schwächen und ihren Folgen für ihr eigenes Betragen bewahrt werden, sondern obendrein musste jegliches Wissen darüber von ihr fern gehalten werden, soweit mir dieses möglich war. Und das betraf nicht allein ihre Schwächen im Handeln. Nein, auch Dummheit, Uneinsichtigkeit, tumbe Selbstgefälligkeit und dergleichen mussten verschleiert und in allen denkbaren Formen, in denen sie auftreten konnten, geleugnet werden.

So bekam sie zum Beispiel durch die Tatsache, dass sie, dass ausgerechnet sie nicht wusste, dass sie in meiner Zuneigung erst an zweiter Stelle, nämlich nach ihrer Mutter, gekommen war, in meinen Augen eine geradezu bemitleidenswerte Verletzlichkeit. Wobei es, wohlgemerkt, nicht um die Tatsache ihrer Zweitrangigkeit in meiner Zuneigung ging, sondern um die Tatsache ihrer diesbezüglichen Unwissenheit. Sollte sie irgendwann einmal hinter mein Geheimnis kommen, dann würde sie gewiss an Selbstachtung verlieren, würde sich für dumm halten, weil sie nicht gemerkt hatte, was ich für ihre Mutter empfand, und wäre womöglich gar versucht, sich ihrer Mutter gegenüber zweitrangig zu fühlen, weil sie für mich nur zweite Wahl gewesen war. Und das durfte nicht sein.

Falls nun der Eindruck entstehen sollte, ich rücke mich mit dem, was ich hier sage, in ein allzu günstiges Licht, beeile ich mich hinzuzufügen, dass meine Sorgen und Besorgnisse im Hinblick auf Chloe und ihre Unzulänglichkeiten nicht etwa ausschließlich ihrem eigenen Wohlergehen galten. Ihre Selbstachtung war für mich von erheblich geringerer Bedeutung als die meine, obschon das eine mit dem anderen zusammenhing. Denn wenn ihr Selbstwertgefühl etwa durch Zweifel oder durch das Gefühl, dumm zu sein, oder auch durch einen Mangel an Scharfblick beschädigt werden würde, dann wäre auch meine Achtung für sie beschädigt. Und darum durfte es zu keinen Konfrontationen kommen, zu keinen brutalen Offenbarungen, zu keinem Aussprechen schrecklicher Wahrheiten. Ich konnte sie bei der Schulter schütteln, bis die Knochen klapperten, ich konnte sie angewidert zu Boden schleudern, aber ich durfte ihr nicht sagen, dass ich, ehe ich sie liebte, ihre Mutter geliebt hatte, dass sie nach altbackenen Plätzchen roch oder dass Joe aus dem *Field* eine Bemerkung über den Grünschimmer ihrer Zähne gemacht hatte. Wenn sie großspurig durch die Gegend stolzierte und ich demütig hinter ihr hertrottete, den zärtlichen, zärtlich gequälten Blick auf ihren Nacken geheftet, auf das blonde Komma aus Haaren dort, oder auf die haarfeinen Risse in ihren porzellanenen Kniekehlen, dann kam ich mir vor, als trüge ich in meinen Händen eine Phiole, die gefüllt war mit einem ungeheuer kostbaren, unglaublich leicht entflammbaren Stoff. Nein, keine heftigen Bewegungen, auf gar keinen Fall.

Und es gab noch einen anderen Grund, weshalb es wichtig war, dass sie unberührt und unbefleckt blieb, bewahrt vor einem Zuviel an Selbsterkenntnis oder eigentlich vor einem zu scharfsichtigen Erkennen meiner Person. Und das war ihre *Andersartigkeit*. Bei ihr erlebte ich zum ersten Mal das absolute Anderssein von anderen Menschen. Ich kann ohne Übertreibung behaupten – nun gut, ein gewisses Maß an Übertreibung ist durchaus mit im Spiel, aber ich behaupte trotzdem –, dass die Welt für mich erst durch Chloe als objektiv existierendes Phänomen manifest geworden ist. Weder meine Eltern noch meine Lehrer oder die anderen Kinder, ja nicht einmal Connie Grace, niemand war für mich bis dahin auf eine solche Weise real gewesen wie Chloe. Und wenn sie real war, war ich es plötzlich auch. Ich glaube, für mich war sie der wahre Ursprung meines Bewusstseins von mir selbst. Vorher hatte es ein Etwas gegeben, und ich war Teil davon gewesen, jetzt aber gab es mich und all das andere, das nicht ich war. Aber auch hierbei gibt es wieder einen Dreh, einen Knick in der Komplexität. Indem sie mich von der Welt loslöste und mich dadurch erkennen ließ, dass ich ein losgelöstes Wesen war, schloss sie mich von dem Gefühl der Immanenz allen Seins aus, von dem Allsein, das mich umfangen hatte, in dem ich bis dahin in mehr oder minder glücklicher Unwissenheit gelebt hatte. Vorher war ich behaust gewesen, jetzt war ich im Freien, auf der Lichtung, wo weit und breit kein schützendes Dach zu sehen war. Mir war nicht klar, dass ich nie wieder dort hineingelangen würde durch das Tor, das immer enger wurde.

Nie wusste ich, wie ich mit ihr dran war oder was für eine Behandlung ich von ihr zu erwarten hatte, und vermutlich machte eben das einen großen Teil der Anziehungskraft aus, die sie für mich besaß, denn so ist es nun einmal, das quichoteske Wesen der Liebe. Eines Tages, als wir am Strand spazieren gingen und am Ufer nach einer ganz bestimmten Art von kleinen rosa Muscheln suchten, die Chloe brauchte, weil sie sich eine Halskette daraus machen wollte, blieb sie plötzlich stehen, drehte sich zu mir herum, packte mich, ohne sich um die Badenden im Wasser und die Picknickausflügler im Sand zu kümmern, bei der Hemdbrust und küsste mich so heftig, dass mir die Oberlippe an die Vorderzähne gequetscht wurde und ich das Blut schmecken konnte, und Myles, der hinter uns war, machte sein heiseres Kichern. Und im nächsten Moment stieß sie mich weg, mit äußerster Verachtung, wie es schien, und ging mit finsterer Miene weiter, den Blick wie zuvor auf die Uferlinie geheftet, wo der festgestampfte Sand gierig schmatzend das überschwappende Wasser einer jeden herandrängenden Welle aufleckte. Ängstlich schaute ich mich um. Was, wenn meine Mutter in der Nähe war und uns gesehen hatte, oder Mrs Grace oder auch nur Rose? Doch Chloe schien das nicht zu interessieren. Ich kann mich noch an dieses schleifende Gefühl erinnern, als das weiche Fleisch unserer Lippen zwischen unseren Zähnen zermalmt wurde.

Sie liebte es, andere zu provozieren, aber wenn man darauf einging, wurde sie böse. Einmal an einem gespenstisch stillen Morgen, in der Ferne am Horizont zogen Gewitterwolken herauf, die See war matt und hatte einen grauen Schimmer, stand ich bis zu den Hüften im lauen Wasser und wollte gerade untertauchen und, falls sie mich ließ, was sie bisweilen tat, zwischen ihren Beinen hindurchschwimmen. »Na mach schon, los«, sagte sie und kniff die Augen zusammen, »ich hab eben Pipi gemacht.« Und ich, ehrgeiziger kleiner Gentleman, der ich war, konnte nicht umhin, ihren Befehl zu befolgen. Doch als ich wieder hochkam, sagte sie, ich sei ekelhaft, und tauchte bis zum Kinn ins Wasser ein und schwamm langsam davon.

Sie neigte zu jähen, zermürbenden Gewaltausbrüchen. Ich muss an einen verregneten Nachmittag denken, als wir beide allein im Wohnzimmer der *Zedernvilla* saßen. Die klamme Luft im Raum war mit dem traurigen Geruch nach Ruß und Cretonnevorhängen geschwängert, der solchen Regentagen eigentümlich ist. Chloe war aus der Küche gekommen und ging ans Fenster, und ich stand vom Sofa auf und trat auf sie zu, wahrscheinlich in der Hoffnung, sie irgendwie in den Arm nehmen zu können. Als ich vor ihr stand, blieb sie plötzlich stehen, hob die Hand, beschrieb damit einen raschen, kurzen Bogen und gab mir eine schallende Ohrfeige. Der Schlag war so jäh und so perfekt, dass er mir geradezu wie die Begriffsbestimmung eines einzigartigen kleinen, lebendigen Wesens erschien. Ich hörte ihn aus einer Ecke oben an der Decke widerhallen. Wir blieben einen Augenblick reglos stehen, ich mit abgewandtem Gesicht, und sie trat einen Schritt zurück und lachte, und dann zog sie einen Flunsch und setzte mürrisch ihren Weg zum Fenster fort, wo sie irgendeinen Gegenstand vom Tisch nahm und ihn mit wütend gerunzelten Brauen betrachtete.

Eines Tages am Strand nahm sie einen Jungen aus der Stadt aufs Korn. Es war ein windiger grauer Nachmittag gegen Ende der Ferien, in der Luft lag schon ein leichter Hauch von Herbst, und sie langweilte sich und hatte Lust, etwas Gemeines zu tun. Der Junge aus der Stadt war ein in seiner schlabberigen schwarzen Badehose bibbernder blasser, hohlbrüstiger kleiner Kümmerling, dessen Brustwarzen von der Kälte dick angeschwollen und gebleicht waren. Wir nahmen ihn in die Zange, alle drei, hinter einer Betonbuhne. Er war größer als die Zwillinge, ich aber überragte ihn um ein Stück, und weil ich unbedingt bei meinem Mädchen Eindruck schinden wollte, schubste ich ihn mit voller Wucht, sodass er nach hinten kippte und mit dem Rücken an die von grünem Schlick überzogene Mauer knallte, und Chloe pflanzte sich vor ihm auf und fuhr ihn in ihrem herrischsten Ton an, wie er heiße und was er überhaupt hier zu suchen habe. Er sah sie an, bedripst, verdutzt, verstand anscheinend nicht, wieso wir uns ausgerechnet ihn vorgenommen hatten und was wir eigentlich von ihm wollten, und wir wussten es natürlich auch nicht. »Naaa?«, brüllte Chloe, die die Arme in die Seiten gestemmt hatte und mit einem Fuß im Sand klopfte. Er lächelte unsicher, aber anscheinend weniger aus Angst vor ihr als vielmehr aus Verlegenheit. Er sei nur für einen Tag hier, nuschelte er, mit seiner Mami, mit der Eisenbahn. »Ach so, mit deiner Mami, ja?«, sagte Chloe höhnisch, und als ob dies das Signal gewesen wäre, trat jetzt Myles hervor und schlug dem Jungen mit der flachen Hand kräftig auf die Wange. *Tock!* machte es beeindruckend laut und scharf. »Siehst du?«, sagte Chloe schrill. »Das hast du davon, wenn du uns frech kommst!« Der Junge aus der Stadt, das dumme Schaf, zog ein verdattertes Gesicht und hielt sich die Wange, als wollte er sich noch einmal der erstaunlichen Tatsache vergewissern, dass er geschlagen worden war. Dann herrschte einen Augenblick lang eine angespannte Stille, in der alles Mögliche hätte passieren können. Und nichts geschah. Der Kleine zuckte bloß traurig und gleichsam resigniert die Achseln und trollte sich, immer noch die Hand an der Wange, und Chloe schaute mich trotzig an, sagte aber nichts, und Myles, der lachte nur.

Was mir von diesem Zwischenfall in Erinnerung geblieben ist, ist weder Chloes wütendes Funkeln noch das Gekicher von Myles, sondern einzig und allein der Blick, den mir der Junge aus der Stadt am Ende zuwarf, bevor er sich so trostlos davonschlich. Er kannte mich, er wusste, dass auch ich ein Stadtkind war, genau wie er, ganz gleich, wie ich mich hier gebärdete. Hätte in diesem Blick ein Vorwurf des Verrats gelegen, etwas von Wut auf mich, weil ich mich mit Fremden gegen ihn verbündete, irgendetwas in der Art, es wäre mir egal gewesen, es hätte mir sogar, bei aller Scham, eine gewisse Genugtuung bereitet. Nein, was mir Unbehagen machte, war dieser duldende Ausdruck in seinem Blick, dieses schafsgleiche Nichtüberraschtsein angesichts meiner Niedertracht. Ich hatte den Drang, ihm nachzulaufen, ihm die Hand auf die Schulter zu legen, aber nicht so, als ob ich mich herausreden oder entschuldigen wollte, weil ich mitgeholfen hatte, ihn zu demütigen, sondern bloß, damit er mich wieder ansah, damit er diesen anderen Blick zurücknahm, ihn aufhob, damit er ihn aus seinem Augenspeicher löschte. Denn ich konnte den Gedanken nicht ertragen, dass jemand mich so kennen sollte, wie er mich zu kennen schien. Besser, als ich mich selber kannte. Schlechter.

Ich fand es schon immer unangenehm, fotografiert zu werden, besonders unangenehm aber fand ich es, von Anna fotografiert zu werden. Ich weiß, es klingt merkwürdig, aber wenn sie eine Kamera vor dem Gesicht hatte, war sie wie eine Blinde, etwas in ihren Augen war abgestorben, ein Wesenslicht war ausgelöscht. Sie schaute durch den Sucher, doch schien sie den Blick nicht auf ihr Objekt zu richten, sondern gleichsam nach innen, in sich hinein, als suchte sie dort drinnen nach einer charakteristischen Perspektive, nach einem wesentlichen Blickpunkt. Sie behielt die Kamera die ganze Zeit vor den Augen und kam alle paar Sekunden mit ihrem Raubvogelkopf seitlich dahinter hervor, vermutlich ohne etwas zu sehen, als wären die Gesichtszüge ihres Gegenübers in einer Art Brailleschrift niedergeschrieben, die sie von weitem zu entziffern imstande war; und wenn sie endlich auf den Auslöser drückte, dann schien das eine reine Nebensächlichkeit zu sein, einfach nur eine Geste zur Beschwichtigung des Apparats. In unserer ersten Zeit war ich so unklug, mich von ihr überreden zu lassen, ihr bisweilen Modell zu sitzen; die Ergebnisse waren schockierend grob, schockierend aufschlussreich. Auf diesem Halbdutzend schwarzweißer Porträtaufnahmen, die sie von mir geschossen hat – geschossen ist das richtige Wort –, komme ich mir ausgezogener vor, als ich es auf einer splitternackten Ganzkörperstudie jemals hätte sein können. Ich war jung und geschmeidig und sah – in aller Bescheidenheit – nicht übel aus, aber auf diesen Fotos wirke ich wie ein in die Länge geschossener Homunkulus. Nicht etwa, dass sie mich hässlich oder verwachsen hätte aussehen lassen. Andere, die die Bilder sahen, nannten sie sogar schmeichelhaft. Ich fühlte mich nicht geschmeichelt, beileibe nicht. Auf diesen Fotos sah ich aus, als hätte man mich gerade noch geschnappt und festgehalten, eine Sekunde, bevor ich abhauen konnte, und als ob alles ringsherum *Haltet den Dieb!* rufen würde. Ich hatte auf allen den gleichen anbiedernden, geradezu liebedienerischen Gesichtsausdruck, den Ausdruck eines Haderlumps, der Angst hat, eines Verbrechens bezichtigt zu werden, das er zwar, so viel weiß er noch, begangen hat, an das er sich aber nicht mehr genau erinnern kann, und der trotzdem schon immer anfängt, sich mildernde Umstände und Rechtfertigungen zurechtzulegen. Und dieses verzweifelte, geradezu flehende Lächeln, ein Hohngrinsen, ein veritables Hohngrinsen. Anna richtete ihre Kamera auf ein hoffnungsvolles neues Gesicht, sie drückte ab, belichtete den Film, und heraus kamen Verbrecherfotos von einem alten, mit allen Wassern gewaschenen Trickbetrüger. Belichtet, ja, man kann auch sagen, ans Licht gezerrt.

Das war ihr ganz spezielles Talent, dieser illusionslose, desillusionierende Blick. Ich denke an die Fotos, die sie im Krankenhaus gemacht hat, am Ende, am Anfang vom Ende, als sie noch nicht austherapiert war, als sie noch die Kraft hatte, ohne fremde Hilfe aus dem Bett aufzustehen. Sie bat Claire, nach ihrer Kamera zu suchen, die sie schon seit Jahren nicht mehr benutzt hatte. Ihr Plan, zu ihrer alten Obsession zurückzukehren, erweckte in mir das unerklärliche, aber dennoch eindringliche Gefühl, dass das ein schlechtes Zeichen sei. Beunruhigend, ohne allerdings genau sagen zu können, warum, fand ich auch, dass sie nicht mich, sondern Claire gebeten hatte, ihr die Kamera zu bringen, und obendrein auch noch in dem stillschweigenden Einverständnis, dass ich nichts davon erfahren dürfe. Wozu dieses Versteckspiel, diese Geheimniskrämerei, was hatte das zu bedeuten? Claire, gerade erst von ihren Studienaufenthalten im Ausland – Frankreich, die Niederlande, Vaublin und so weiter und so fort – zu einem kurzen Besuch nach Hause gekommen, war schockiert, ihre Mutter so krank vorzufinden, und böse auf mich, natürlich, weil ich ihr nicht eher Bescheid gegeben hatte. Ich erzählte ihr nicht, dass es Anna gewesen war, die partout nicht gewollt hatte, dass sie heimkam. Und das war auch merkwürdig, denn in der Vergangenheit waren die beiden immer sehr eng miteinander gewesen. War ich eifersüchtig? Ja, ein bisschen, na schön, mehr als nur ein bisschen, wenn ich ehrlich bin. Ich bin mir durchaus darüber im Klaren, was ich von meiner Tochter zu erwarten habe, was ich von ihr erwarte und wie egoistisch und sentimental diese Erwartung ist. Von dem Sprössling des Dilettanten wird eine Menge erwartet. Sie wird das tun, wozu ich nicht imstande war, wenn ich dabei etwas mitzureden habe, wird sie eine große Gelehrte werden, und ich habe dabei etwas mitzureden. Ihre Mutter hat ihr ein wenig Geld vererbt, aber nicht genug. Die große, fette Gans bin ich – und ich bin knauserig mit den goldenen Eiern.

Es war reiner Zufall, dass ich Claire dabei ertappte, wie sie die Kamera aus dem Haus schmuggelte. Sie versuchte, die Angelegenheit unauffällig und salopp zu erledigen, aber das Saloppe liegt Claire nicht. Wobei sie ebenso wenig wie ich eine Ahnung hatte, warum das Ganze ein Geheimnis sein sollte. Anna hatte schon immer einen Hang, alles unter der Hand zu machen, selbst bei den einfachsten Dingen, ich nehme an, das war noch der Einfluss ihres Vaters und des turbulenten Lebens, das die zwei früher geführt hatten. Sie hatte durchaus etwas Kindisches an sich. Ich meine, sie war eigensinnig und heimlichtuerisch und hasste jede Form von Einmischung und jede Widerrede. Ich hab gut reden, ich weiß ja. Es muss daran gelegen haben, dass wir beide die einzigen Kinder waren. Das hört sich komisch an. Ich meine, dass wir beide die einzigen Kinder unserer Eltern waren. Auch das klingt komisch. Hatte ich vorhin den Eindruck erweckt, ich hätte etwas gegen ihr

Bemühen, Künstlerin zu sein, falls man dieses Geknipse Kunst nennen kann? Ich kümmerte mich in der Tat herzlich wenig um ihre Fotos, und sie hatte sicher keinen Grund zu glauben, dass ich ihr ihre Kamera vorenthalten wollte. Das war alles sehr rätselhaft.

Sei's drum, wenige Tage, nachdem ich Claire mit dem Fotoapparat erwischt hatte, wurde ich ins Krankenhaus zitiert, wo man mir mit großer Strenge mitteilte, meine Frau habe die anderen Patienten fotografiert, es sei zu Beschwerden gekommen. Ich stand vor dem Schreibtisch der Oberschwester, errötete stellvertretend für Anna und kam mir vor wie ein Schuljunge, der zum Direx zitiert wird, um sich für Missetaten zu rechtfertigen, die ein ganz anderer begangen hat. Wie es schien, war Anna barfuß in ihrem blütenweißen Krankenhausnachthemd, mit ihrem fahrbaren Tropfständer – ihrem Stummen Diener, wie sie immer sagte – im Schlepptau, von Station zu Station gezogen, um sich unter ihren Mitpatienten diejenigen auszusuchen, die am schlimmsten gezeichnet und verstümmelt waren, hatte an deren Betten ihren Tropfständer geparkt und ihre Leica gezückt und so lange munter drauflosgeknipst, bis sie von der einen oder anderen Krankenschwester erwischt und in ihr Zimmer zurückgeschickt worden war.

»Haben sie dir auch erzählt, was das für Leute waren, die sich beschwert haben?«, hatte sie mich hinterher missmutig gefragt. »Nicht die Patienten selber, nur die Angehörigen, und was wissen die denn schon?«

Sie bat mich, den Film zum Entwickeln zu ihrem Freund Serge zu bringen. Ihr Freund Serge – in einer fernen Vergangenheit war er vielleicht einmal mehr als nur ein Freund gewesen – ist ein rustikaler Bursche, der ein bisschen hinkt und eine schöne schwarze Mähne hat, die er sich mit seinen großen, groben Händen höchst anmutig aus der Stirn zu schieben pflegt. Sein Atelier ist in der Shade Street, ganz oben in einem dieser hohen, schmalen Häuser direkt am Fluss. Er macht Modefotos und schläft mit seinen Models. Er gibt sich als Flüchtling aus irgendeinem anderen Land aus und hat so einen lispelnden Akzent, den die Mädchen angeblich unwiderstehlich finden. Einen Nachnamen benutzt er nicht, und soweit ich weiß, ist *Serge* wohl auch nur ein *nom d'appareil.* Dieser Serge ist jemand, den wir von früher kennen, Anna und ich, aus den alten Zeiten, die damals noch die neuen waren. Ich weiß nicht, wie ich ihn damals ertragen konnte; es muss eben erst eine Katastrophe passieren, damit man merkt, wie billig und verlogen die Welt ist, in der man lebt, in der man einmal gelebt hat.

Irgendetwas muss an mir sein, das dieser Serge ungeheuer komisch findet. Er reißt einen nicht gerade amüsanten Witz nach dem anderen, ich bin der festen Überzeugung, dass das alles nur Vorwände sind, damit er mich auslachen kann, ohne dass es jemandem auffällt. Als ich zu ihm kam und die fertigen Abzüge abholen wollte, fing er an, in der malerischen Unordnung seines Ateliers nach ihnen zu suchen – es würde mich nicht wundern, wenn er diese Unordnung eigens herstellt, wie eine Schaufensterdekoration – und trotz des schweren Linksdralls, den er bei jedem zweiten Schritt hat, hurtig auf seinen unverhältnismäßig zierlichen Füßen im Zimmer umherzuhuschen. Er schlürfte seinen Kaffee aus einer scheinbar bodenlosen Tasse und redete über die Schulter hinweg mit mir. Der Kaffee ist auch so ein Markenzeichen von ihm, wie das Haar und das Hinken und die weiten weißen Tolstoj-Hemden, die er immer trägt. »Wie geht's der schönen Annie?«, fragte er und sah mich lachend von der Seite an. Er hat sie immer Annie genannt, niemand außer ihm hat das getan; ich schiebe den Gedanken beiseite, dass das vielleicht sein alter Kosename für sie war. Ich hatte ihm nichts von ihrer Krankheit gesagt – wozu auch? Er kramte in dem Chaos auf dem großen Tisch herum, den er als Arbeitstisch benutzt. Aus der Dunkelkammer kam der Essiggestank der Entwicklerflüssigkeit und stach mir in Nase und Augen. »*Die Annie, die kann nie*«, zwitscherte er vor sich hin und machte einen kleinen Singsang daraus und lachte abermals schnaufend durch die Nasenlöcher. Ich sah mich, wie ich mich brüllend auf ihn stürzte, ihn zum Fenster zerrte und ihn kopfüber hinunterschmiss auf die kopfsteingepflasterte Straße. Er gab ein triumphierendes Gebrumm von sich und kam mit einem dicken braunen Umschlag an, doch als ich danach greifen wollte, zog er ihn zurück, neigte den Kopf zur Seite und betrachtete mich mit fröhlich-abwägendem Blick. »Also, die Sachen, die die geknipst hat, das sind ja vielleicht irre Bilder«, sagte er, während er den Umschlag mit einer Hand festhielt und ihn mit der anderen mit gespielter mitteleuropäischer Lässigkeit auf und ab schnippen ließ. Durch ein Dachfenster über uns schien die Sommersonne auf den Arbeitstisch und ließ die überall herumliegenden Fotos aufblitzen. Serge schüttelte den Kopf und pfiff lautlos mit gespitzten Lippen. »Irre Bilder!«

Eifrig, mit kindisch gespreizten Fingern langte Anna aus ihrem Krankenbett nach dem Umschlag und riss ihn mir ohne ein Wort aus der Hand. Der Raum war überheizt und schwül, und Anna hatte einen grau glänzenden Schweißfilm auf der Stirn und über der Oberlippe. Ihre Haare hatten wieder angefangen zu wachsen, halbherzig, als ob sie wüssten, dass sie nicht mehr lange gebraucht werden würden; an manchen Stellen sprossen sie, an anderen noch nicht, schlaffe schwarze Haare, die fettig aussahen, wie gelecktes Katzenfell. Ich saß auf der Bettkante und sah zu, wie sie ungeduldig mit den Fingernägeln den Umschlag aufriss. Was haben Krankenhauszimmer nur an sich, dass etwas so Verlockendes von ihnen ausgeht, trotz all der Dinge, die darin geschehen? Sie sind ganz anders als Hotelzimmer. Hotelzimmer, sogar die vornehmsten, sind anonym; nichts darin interessiert sich für den Gast, weder das Bett noch das Kühlschränkchen mit den Getränken, nicht einmal der Hosenbügler, der so ehrerbietig mit dem Rücken zur Wand in Habachtstellung steht. Da können sich die Architekten, die Designer und das Management noch so große Mühe geben, Hotelzimmer warten stets voll Ungeduld darauf, dass wir wieder gehen; Krankenhauszimmer hingegen sind dazu gemacht, in uns den Wunsch zu wecken, zu bleiben und uns zufrieden zu geben, und zwar ohne dass sich irgendwer bemühen muss, uns zum Bleiben zu bewegen. Sie haben so eine beruhigende Anmutung von Kinderzimmer, mit dieser dicken elfenbeinfarbenen Tünche an den Wänden, den gummiimprägnierten Fußböden, dem kleinen Handwaschbecken in der Ecke mit dem bescheidenen Handtüchelchen auf der darunter angebrachten Stange und natürlich dem Bett mit seinen Rädern und Hebeln, das wie ein etwas komplizierteres Kinderbettchen aussieht, in dem man schlafen kann und träumen und behütet ist und niemals, nein, nie-niemals sterben muss. Ich überlege, ob ich mir nicht eines mieten könnte, ein Krankenhauszimmer, und dort arbeiten oder sogar dort leben. Der ganze Komfort, den man da hat, das wäre herrlich. Morgens der fröhliche Weckruf, das Essen wird mit eiserner Pünktlichkeit serviert, man kriegt ordentlich das Bett gemacht und das Laken schön fest untergeschlagen, dass es aussieht wie ein langer weißer Briefumschlag, und für den Notfall steht ein ganzes Medizinerteam bereit. Ja, hier könnte ich zufrieden sein, in einer dieser weißen Zellen, mit meinem vergitterten Fenster, nein, nicht vergittert, ich lasse mich ablenken, von dem aus ich die Stadt sehen kann, die Schornsteine, den Verkehr auf den Straßen, die geduckten Häuser und all die kleinen Männchen, die endlos hin und her rennen.

Anna verteilte die Fotos um sich herum auf dem Bett und betrachtete sie gierig mit niedergeschlagenen Augen, diesen Augen, die unterdessen riesengroß wirkten und aussahen, als säßen sie direkt im Schädelgerüst. Die erste Überraschung war, dass sie diesmal einen Farbfilm benutzt hatte, denn sonst hatte sie immer Schwarzweiß bevorzugt. Und dann die Fotos selbst. Wie aus einem Feldlazarett mitten im Krieg oder von einer Unfallstation in einer Stadt, die erobert und verwüstet worden war. Da war ein alter Mann, dessen eines Bein unterhalb des Knies abgetrennt war, eine dicke Naht zog sich wie der Prototyp des Reißverschlusses rund um den glänzenden Stumpf. Einer fettleibigen Frau in mittleren Jahren fehlte eine Brust, und da, wo man sie erst kürzlich entfernt hatte, war die Haut aufgequollen und angeschwollen, die ganze Stelle sah aus wie eine gigantische leere Augenhöhle. Eine vollbusige lächelnde Mutter in einem Spitzennachthemd präsentierte ein Baby mit Wasserkopf und glubschigen, verwundert dreinblickenden Otteraugen. Die arthritischen Finger einer alten Frau, in Nahaufnahme, waren knotig und knorrig wie zusammengewachsene Ingwerwurzeln. Ein Junge, dem ein Geschwür, kompliziert wie ein Mandala, auf die Wange geprägt war, grinste mit in die Luft gereckten Fäusten, beide Daumen nach oben in die Kamera, und streckte dem Betrachter frech seine dicke Zunge heraus. Auf einem Bild sah man schräg von oben in einen Metallcontainer mit undefinierbaren dunkelfeuchten Fleischklumpen und Sehnen, die dort hineingeworfen worden waren – lauter Abfälle, aber woher? Aus der Küche oder aus dem Operationssaal?

Was mich bei den abgelichteten Menschen am meisten erschütterte, war die lächelnde Gelassenheit, mit der sie ihre Wunden, Nähte und Eiterschwären zeigten. Besonders deutlich ist mir eine Großaufnahme in Erinnerung, auf den ersten Blick eine reine Formstudie mit hartkantigen, plastischen Rosa- bis Braunrotschattierungen und glänzenden Grautönen, von unten her fotografiert, vom Fußende des Bettes, auf dem eine dicke alte Frau mit wirrem Haar ihre schlaffen Beine mit den blauen Krampfadern angestellt und die Knie gespreizt hat, sodass man ihren Gebärmuttervorfall sehen kann, ich vermute jedenfalls, dass das, was man da sieht, ein Gebärmuttervorfall ist. Das ganze Arrangement war so erschütternd und mit solcher Sorgfalt komponiert, als wäre es das Frontispiz eines der prophetischen Bücher von Blake. Die zentrale Fläche, ein auf der Spitze stehendes Dreieck, bei dem die schräg abgewinkelten Beine der Frau die Katheten und der straff von

Knie zu Knie gespannte Saum ihres weißen Nachthemds die nach oben gekehrte Hypotenuse bildeten, hätte auch ein leeres Stück Pergament sein können, das einer glühenden Inschrift harrt, etwa der Verkündung der Scheingeburt jenes rosa-dunkelvioletten Etwas, das schon aus ihrem Schoß herausragte. Über diesem Dreieck wirkte das Medusenhaupt der Frau durch einen geschickten perspektivischen Trick wie abgetrennt und nach vorn gehoben und genau auf eine Ebene mit den Knien gesetzt, wobei es so aussah, als balancierte der sauber gekappte Halsstumpf auf der vom Saum ihres Nachthemds gebildeten geraden Linie. Trotz der Lage, in der es sich befand, war das Gesicht völlig entspannt und schien sogar halb belustigt, halb missbilligend, mit einer gewissen Genugtuung und, ja, eindeutig mit einem gewissen Stolz zu lächeln. Ich musste daran denken, wie ich einmal mit Anna die Straße entlanggegangen war, als ihr die Haare schon komplett ausgefallen waren, und sie auf der anderen Straßenseite eine Frau entdeckte, die ebenfalls kahl war. Ich weiß nicht, ob Anna merkte, dass ich den Blick bemerkte, den die beiden wechselten, diesen blicklosen und zugleich scharfen, gerissenen Verschwörerblick. Ich glaube, ich habe mich ihr in diesen ganzen endlosen zwölf Monaten ihrer Krankheit nie ferner gefühlt als in diesem Moment, da die Komplizenschaft der Leidenden mich weggedrängt hatte.

»Na?«, sagte sie jetzt, die Augen auf die Bilder gerichtet und ohne mich anzusehen. »Wie findest du sie?«

Ihr war egal, was ich dachte. Inzwischen war sie längst jenseits von mir und meinen Ansichten.

»Wirst du sie Claire zeigen?«, fragte ich. Wieso war das das Erste, was mir in den Sinn kam?

Sie tat, als hätte sie mich nicht verstanden, oder vielleicht hatte sie auch nicht hingehört. Irgendwo im Gebäude surrte eine Klingel – wie ein hörbar gemachter kleiner, störrischer Schmerz.

»Das ist mein Dossier«, sagte sie. »Meine Anklageschrift.«

»Deine Anklageschrift?«, fragte ich hilflos und verspürte eine diffuse Angst. »Gegen was denn?«

Sie zuckte die Achseln.

»Ach, gegen alles«, sagte sie milde. »Gegen alles.«

Chloe, ihre Grausamkeit. Der Strand. Schwimmen gehen um Mitternacht. Ihre verlorene Sandale, an dem Abend am Eingang zum Tanzsaal, Aschenbrödels Schuh. Alles hin. Alles verloren. Nicht mehr greifbar. Müde, müde und betrunken. Ach, egal.

Wir hatten einen Gewittersturm. Er hat die ganze Nacht gedauert, bis in den Vormittag hinein, eine ungewöhnliche Angelegenheit, ich habe so etwas noch nie erlebt, nicht in unseren gemäßigten Breiten, weder in dieser Heftigkeit noch von solch einer Dauer. Ich habe es leidenschaftlich genossen, habe in meinem Prunkbett gesessen wie auf einem Katafalk, wenn das das Wort ist, das ich brauche, der ganze Raum um mich herum flackerte, und der Himmel stampfte wie rasend auf und nieder und brach sich alle Knochen. Endlich, dachte ich, endlich haben die Elemente einen Grad an Erhabenheit erreicht, der meinem inneren Aufruhr entspricht! Ich fühlte mich verklärt, ich fühlte mich wie ein Wagner'scher Halbgott, der auf einer Donnerwolke schwebt und die großen dröhnenden Saiten dirigiert, das Krachen der himmlischen Zimbeln. In dieser histrionischen Euphorie, sprühend von Brandydämpfen und elektrischer Aufladung, betrachtete ich meine Lage in neuem, knisterndem Licht. Ich meine, meine Lage insgesamt. Allen rationalen Erwägungen gegenüber unzugänglich, bin ich seit jeher der Überzeugung, dass irgendein nicht näher definierter künftiger Moment kommen wird, wo es vorbei ist mit der ewigen Theaterprobe, die mein Leben ist, aus und vorbei mit all den Fehlinterpretationen, Fehlern und Patzern, wo endlich das wirkliche Drama anfängt, auf das ich mich nun schon so lange und mit solch großer Ernsthaftigkeit vorbereite. Ich weiß, das ist eine weit verbreitete Illusion, jeder hat sie. Doch letzte Nacht, mitten in diesem Schauspiel walhallischer Verstocktheit, da fragte ich mich, ob vielleicht der Augenblick bevorsteht, da ich auftrete, der Augenblick, da ich, wenn man so sagen kann, *die Szene betrete*. Ich weiß nicht, wie das wäre, dieser dramatische Sprung mitten hinein ins dichte Geflecht der Handlung, oder wie man sich das, was auf der Bühne vorgeht, genau vorzustellen hat. Aber ich ahne, dass es irgendeine Form von Apotheose geben wird, irgendeinen großartigen Höhepunkt. Ich rede hier nicht von posthumer Verklärung. Die Möglichkeit eines Lebens nach dem Tode oder einer Gottheit, welche die Fähigkeit besitzt, ein solches zu gewähren, ziehe ich nicht in Betracht. Wenn man sich die Welt ansieht, die er geschaffen hat, wäre es eine Respektlosigkeit gegenüber Gott, an ihn zu glauben. Nein, das, worauf ich mich freue, ist ein Moment irdischen Ausdrucks. Das ist es, genau das ist es: Ich werde ausgedrückt werden, und zwar voll und ganz. Ich werde zum Vortrag gebracht werden wie eine vornehme Schlussrede. Mit einem Wort, ich werde *gesagt* werden. War das nicht immer schon mein Ziel, ist das nicht in der Tat unser aller geheimes Ziel, nicht mehr Fleisch zu sein, sondern durch und durch verwandelt zu werden in den zarten Stoff des aller Leiden ledigen Geistes? Wumm, Krach, Schudder, sogar die Wände wackeln.

Apropos: das Bett, mein Bett. Miss Vavasour behauptet steif und fest, es sei schon immer hier gewesen. Die Graces, die Mutter und der Vater, war das ihres, ist dies das Bett, in dem sie schliefen, in diesem selben Bett? Was für ein Gedanke, ich weiß nicht, was ich damit anfangen soll. Aufhören, ihn zu denken, das wäre wohl das Beste, das heißt, das am wenigsten Verstörende.

Wieder eine Woche umgebracht. Wie schnell die Zeit vergeht, derweil die Jahreszeit vorankommt und die Erde auf ihrem ausgefahrenen Geleise mit rasender Geschwindigkeit einbiegt in die letzte, steil bergab gehende Kurve des Jahres. Der Colonel fühlt trotz des anhaltend milden Wetters den Winter kommen. Es geht ihm nicht besonders in letzter Zeit, er meint, er hat sich die Nieren verkühlt. Ich erzähle ihm, dass das eines der Leiden war, die meine Mutter hatte – *eines ihrer Lieblingsleiden sogar*, verkneife ich mir hinzuzufügen –, doch er sieht mich scheel an, glaubt wohl, ich mache mich vielleicht lustig über ihn, was ich vielleicht auch tue. Nierenverkühlung, was ist das eigentlich? Ma ging in dieser Sache genauso wenig ins Detail wie der Colonel, und nicht einmal *Black's Medical* vermag uns Erleuchtung zu bringen. Mag sein, der Colonel will mich glauben machen, dies sei der Grund, weshalb er unablässig zur Toilette schlurft, zu jeder Tages- und Nachtzeit, das und nicht die ernstere Sache, die ich vermute. »Fakt ist«, sagt er, »es geht mir nicht besonders.« Zu den Mahlzeiten trägt er neuerdings einen dicken Schal. Er stochert lustlos im Essen herum und quittiert selbst den sanftesten Versuch, ihn etwas aufzuheitern, mit einem qualvoll-schmachtenden, erschöpft sich abwendenden, von schwachem Seufzen, fast schon Stöhnen, begleiteten Blick. Habe ich schon seine chromatische Nase beschrieben? Sie wechselt je nach Tageszeit und beim geringsten Wetterwechsel die Farbe, von blass Lavendelblau über Burgunder bis zum tiefsten kaiserlichen Purpur. Ob das ein Rhinophym ist, frage ich mich plötzlich, ob das Dr. Thomsons berühmte Schnapsnase ist? Miss Vavasour steht seinen Beschwerden mit Skepsis gegenüber, und wenn er nicht hinschaut, verzieht sie das Gesicht. Er umwirbt sie immer halbherziger, will mir scheinen. In seiner knallgelben Weste mit dem stets peinlich korrekt offen gelassenen untersten Knopf und den schrägen Vorderschößen überm netten kleinen Bauch gleicht er einem dieser beflissenen, umsichtigen, exotisch gefiederten Vögel, einem Pfau oder einem Fasanenhahn, die prächtig in der Ferne auf und ab stolzieren und trotz ihrer katastrophalen Kurzsichtigkeit Gleichmut heucheln, derweil die unscheinbare Henne unverdrossen im Sand nach Würmern pickt. Miss V. tut seine schwerfällig-scheuen Aufmerksamkeiten mit einer Mischung aus Unmut und aufgescheuchter Verlegenheit ab. Anhand der gekränkten Blicke, die er ihr zuwirft, mutmaße ich, dass sie ihm vor Zeiten Grund zu hoffen gab, ihm aber, als ich kam, ein potentieller Zeuge ihrer Torheit, mit einem Schlag den Boden unter den Füßen weggezogen hatte und sich nun über sich selber ärgert und eifrig darauf bedacht ist, mich davon zu überzeugen, dass das, was er womöglich als Ermutigung gedeutet hatte, nichts weiter als rein professionelle Vermieterinnenhöflichkeit war.

Da ich selbst häufig nicht weiß, was ich mit meiner Zeit anfangen soll, mache ich neuerdings Aufzeichnungen über den typischen Tagesablauf des Colonels. Er steht früh auf, denn er schläft schlecht und deutet uns gegenüber durch beredtes Schweigen und schmallippiges Achselzucken einen Fundus von Schlachtfeld-Albträumen an, die selbst einem Narkoleptiker den Schlaf rauben würden, wobei ich allerdings den Eindruck habe, dass seine bösen Erinnerungen nicht aus den fernen Kolonien herrühren, sondern aus der etwas näheren Umgebung seiner Heimat, zum Beispiel von den Feldwegen und schlaglochreichen Landstraßen des südlichen Armagh. Frühstücken tut er stets alleine in der Küche an einem Tischchen in der Kaminecke – nein, ein Kaminfeuer kommt in meinen Erinnerungen nicht vor und erst recht keine Kaminecke –, denn das Alleinsein ist seine bevorzugte Art und Weise, diejenige Mahlzeit einzunehmen, die, wie er oft und nachdrücklich erklärt, *die wichtigste des Tages* ist. Miss Vavasour hat nichts dagegen, dass er ungestört sein will, und serviert ihm seine Eier mit Speck und Blutwurst mit sardonischem Schweigen. Er hat stets einen Vorrat an eigenen Würzen – zähflüssige Substanzen von brauner, roter oder dunkelgrüner Färbung, die er in etikettlosen Fläschchen aufbewahrt und deren Inhalt er gleich einem

Alchimisten in penibel abgemessenen Dosen seinen Speisen beimischt. Außerdem hat er einen Brotaufstrich, seinen so genannten *Klatscher*, ein klebriges khakifarbenes Zeug aus Anschovis, Curry, viel Pfeffer und anderen, nicht näher bezeichneten Ingredienzien, den er eigenhändig zubereitet und der merkwürdigerweise nach Hund riecht. »Das beste Mittel, um den Ranzen auszuputzen«, sagt er. Es hat ein Weilchen gedauert, bis ich begriffen hatte, dass er mit diesem Ranzen, von dem er häufig redet, obschon niemals im Beisein von Miss V., den Magen samt seiner Umgebung meint. Wenn es um den Zustand seines Ranzens geht, blüht er immer richtig auf.

Nach dem Frühstück kommt der morgendliche Verdauungsspaziergang, der ihn bei jedem Wetter die Station Road hinunter, durch den Cliff Walk führt, dann an der Molenkopf-Bar vorbei und zurück in weitem Bogen um die Ferienhäuser am Leuchtturm und den Strandpavillon, wo er Rast macht, um sich die Morgenzeitung und eine Rolle extrastarke Pfefferminzdrops zu kaufen, die er von früh bis spät lutscht und deren gelinder Krankenhausgeruch durchs ganze Haus wabert. Er hat ein forsches Tempo am Leib, womit er bestimmt seine militärische Haltung demonstrieren will, aber als ich ihn das erste Mal morgens losgehen sah, bemerkte ich erschrocken, wie er bei jedem Schritt mit dem linken Fuß ausholt und einen kleinen Halbkreis beschreibt, genauso wie mein lang verlorener Vater früher. Die ersten paar Wochen nach meinem Auftauchen brachte er Miss V. von diesen Märschen immer noch regelmäßig etwas mit, nichts Schickes und auch keinen Kleinmädchenkitsch, einfach einen kleinen Zweig mit rotem Herbstlaub oder ein grünes Reis, immer nur Sachen, die sich als Objekte von rein botanischem Interesse präsentieren ließen, und legte diese Mitbringsel wortlos auf den Tisch im Korridor neben ihre Gartenhandschuhe und ihr großes Hausfrauenschlüsselbund. Jetzt kommt er, abgesehen von der Zeitung und den Pfefferminzbonbons, mit leeren Händen heim. Das ist mein Werk; mein Auftauchen hat das Sträußchenritual beendet.

Den Rest des Vormittags widmet er sich seiner Zeitung: Er liest sie von der ersten bis zur letzten Seite, nimmt alle Informationen auf, lässt keine Meldung aus. Dabei sitzt er in der *Lounge* am Kamin, wo die Uhr auf dem Sims infolge fortgeschrittener Vergreisung an einem nervösen Tick leidet und bei der halben Stunde sowie bei den beiden Vierteln stets eine kleine Pause einlegt, um sodann einen einzigen gebrechlich scheppernden Schlag von sich zu geben, bei der vollen Stunde aber, wie zur Strafe, schweigt. Dort hat er seinen Sessel, sein gläsernes Tablett für seine Pfeife, seine Schachtel Streichhölzer Marke *Swan Vesta*, seinen Schemel, seinen Zeitungsständer. Ob er Notiz nimmt von den messingfarbenen Sonnenstrahlen, die durch die Bleiglasscheiben des Erkerfensters fallen, den getrockneten Hortensien in Seeblau und sanftem Blutbraun, die auf dem Rost liegen, wo noch immer nicht das erste Feuer dieses Jahres angezündet werden musste? Ob er merkt, dass die Welt, über die er in der Zeitung liest, nicht mehr die Welt ist, die er kannte? Vielleicht fließen ja alle seine Energien inzwischen wie die meinen in das Bemühen, solche Dinge nicht zu merken. Ich habe ihn dabei ertappt, dass er sich verstohlen bekreuzigt, wenn von der steinernen Kirche unten an der Strand Road das Angelusläuten zu uns heraufklingt.

Mittags müssen der Colonel und ich allein zurechtkommen, denn Miss Vavasour zieht sich jeden Tag zwischen zwölf und fünfzehn Uhr auf ihr Zimmer zurück und schläft oder liest oder arbeitet an ihren Memoiren – was mich auch nicht überraschen würde. Der Colonel ist ein Wiederkäuer. Er sitzt in Hemdsärmeln und einem uralten Westover am Küchentisch und mampft ein achtlos zusammengehauenes Sandwich – zwei Scheiben Brot, schief wie Türkeile, beschmiert mit seinem *Klatscher* oder einem Klecks vom schärfsten *Colman*-Mostrich oder bisweilen, wenn er einen zusätzlichen Schub braucht, auch mit beidem, und dazwischen ein dicker Runken Käse oder kaltes Fleisch – und probiert im Gespräch allerlei Finten an mir aus, wie ein gerissener Truppenkommandant auf der

Suche nach einer Bresche in der feindlichen Verteidigungslinie. Er hält sich an neutrale Themen, das Wetter, Sportveranstaltungen, Pferderennen, versichert mir aber, er schließe keine Wetten ab. Trotz der Zurückhaltung ist nicht zu übersehen, dass er in Not ist: Wie ich die schlaflosen Nächte, so fürchtet er die Nachmittage, all die leeren Stunden. Er ist sich nicht sicher, was er von mir halten soll, würde gerne wissen, was ich eigentlich hier suche, wo ich mich doch, wie er glaubt, wenn ich wollte, genauso gut woanders aufhalten könnte. Wer kommt schon, wenn er sich den warmen Süden leisten kann – »Bei Schmerzen und bei Herzeleid ist die Frau Sonne doch das einzig Wahre«, meint der Colonel –, zum Trauern in die Pension *Zu den Zedern*? Ich habe ihm nichts von den alten Zeiten hier erzählt, den Graces und so weiter. Nicht etwa, dass all das eine Erklärung wäre. Ich stehe auf, will mich entfernen – »Arbeiten«, sage ich feierlich –, und da schaut er mich bekümmert an. Meine unkonziliante Gesellschaft ist ihm immer noch lieber als sein Zimmer mit dem Radio.

Die beiläufige Erwähnung meiner Tochter zeitigt eine erregte Reaktion. Er hat auch eine Tochter, verheiratet, mit zwei kleinen Gören, wie er sagt. Sie werden ihn dieser Tage besuchen kommen, die Tochter, ihr Mann, der Ingenieur, und die Mädchen, die eine sieben und die andere drei. Ich ahne, dass jetzt Fotos gezeigt werden, und richtig, aus der Gesäß- wird die Brieftasche herausgeholt, und da sind sie, die Schnappschüsse, eine ledrige junge Frau mit unzufriedener Miene, die nicht die geringste Ähnlichkeit mit dem Colonel hat, und ein kleines Mädchen im Partyhängerchen, bei der leider das Gegenteil der Fall ist. Der am Strand grinsende Schwiegersohn mit der Jüngsten auf dem Arm sieht unerwartet gut aus, ein breitschultriger südlicher Typ mit geölter Tolle und blau geschwollenen Augen – wie kommt denn die mäuschenhafte Miss Blunden zu so einem Ausbund an Männlichkeit? Fremde Leben, fremde Leben. Plötzlich ist mir das alles zu viel, die Tochter des Colonels, ihr Mann, die beiden Mädchen; hastig gebe ich die Bilder zurück und schüttele den Kopf. »Oh, Entschuldigung, Entschuldigung«, sagt der Colonel und räuspert sich verlegen. Er denkt, so ein Gespräch über die Familie weckt bei mir schmerzliche Assoziationen, aber das ist es gar nicht, oder jedenfalls nicht nur. Ich muss zur Zeit die Welt in kleinen, sorgfältig abgemessenen Dosen zu mir nehmen, das ist eine Art homöopathische Heilkur, der ich mich unterziehe, obwohl ich mir nicht sicher bin, was diese Kur genau kurieren soll. Vielleicht lerne ich, wieder unter den Lebenden zu leben. Es zu üben, meine ich. Doch nein, das ist es nicht. Hier zu sein ist einfach eine Art, nirgendwo anders zu sein.

So emsig sich Miss Vavasour in jeder anderen Hinsicht um unser Wohl bemüht, so kapriziös, um nicht zu sagen nachlässig, ist sie nicht nur in Bezug auf unseren kleinen Lunch, sondern bei den Mahlzeiten im Allgemeinen, und speziell das Abendessen zeichnet sich in der *Zedernvilla* durch eine gewisse Unberechenbarkeit aus. Da kann alles Mögliche auf dem Tisch stehen, tut es auch. Heute Abend hat sie uns zum Beispiel Bückling mit pochierten Eiern und gekochtem Kohl serviert. Der Colonel schwang ostentativ schnaufend seine Würzfläschchen und drehte und schob sie herum wie ein geschickter Hütchenspieler. Miss Vavasour reagiert auf solche wortlosen Proteste mit einer gleich bleibend aristokratischen, schon an Verachtung grenzenden Geistesabwesenheit. Nach dem Bückling gab es eine kiesige lauwarme Substanz, Griesbrei, wenn mich meine Kindheitserinnerungen nicht täuschen, mit Birnen aus der Dose. Griesbrei, meine Güte. Während wir uns durch diesen dicken Brei fraßen – nur das Klappern des Bestecks störte die Stille –, sah ich mich plötzlich wie ein großes, schweres affenartiges Etwas dort am Tisch hocken, oder eher wie ein Nichts, nicht wie ein Etwas, eine Art Loch im Raum, eine fühlbare Abwesenheit, ein sichtbares Dunkel. Das war sehr eigentümlich. Ich sah die Szene wie von außen, außerhalb meiner selbst, das von zwei Stehlampen erhellte Speisezimmer, den hässlichen Tisch mit den gedrechselten Beinen, die gedankenverloren vor sich hin starrende Miss Vavasour, den über seinen Teller gebeugten, beim Kauen einseitig die falschen oberen Schneidezähne entblößenden Colonel, und ich, dieser undeutliche große dunkle Schemen, wie der Schemen bei der Séance, den man erst sehen kann, wenn die Daguerreotypie entwickelt ist. Ich glaube, ich bin im Begriff, mein eigener Geist zu werden.

Nach dem Abendessen macht unser Paradiesvogel Miss Vavasour ein paar ausschweifende Gänge, um den Tisch abzuräumen – im Grunde ist sie viel zu gut für solche häuslichen Pflichten –, während der Colonel und ich in undefinierbarem Kummer dasitzen und in uns hineinhorchen und zuhören, wie unser jeweiliges Innenleben sein Bestes tut, um die Kränkungen zu verkraften, die sie uns soeben angetan hat. Dann führt Miss V. würdevoll die Prozession ins Fernsehzimmer an. Das ist ein freudloses, schlecht beleuchtetes Kämmerchen, in dem eine irgendwie unterirdische Atmosphäre herrscht und wo es immer klamm und kalt ist. Auch die Möbel haben etwas Unterirdisches an sich, als wären sie über die Jahre hinweg von einem helleren, höher gelegenen Ort hier nach dort unten hinabgesunken. Gleichsam verdutzt steht dort ein chintzbezogenes Sofa mit durchhängenden Polstern und weit ausgebreiteten Armlehnen. Außerdem gibt es noch einen karierten Sessel und einen kleinen dreibeinigen Tisch mit einer eingestaubten Topfpflanze darauf, einer echten Schusterpalme, glaube ich; ich weiß gar nicht, wann und wo ich so ein Ding zuletzt gesehen habe, wenn überhaupt. Hinten an der Wand steht mit zugeklapptem Deckel Miss Vavasours Klavier und schaut mit gleichsam schmallippig-angewiderter Miene seinen protzigen Rivalen an der gegenüberliegenden Wand an, den mächtigen bleigrauen *Pixilate Panoramic*, den seine Besitzerin mit einer Mischung aus Stolz und leicht verschämtem Unbehagen betrachtet. Mit diesem Apparat sehen wir die Comedy Shows, am liebsten die nicht ganz so schrillen, die Wiederholungen von vor zwanzig, dreißig Jahren. Wir sitzen da und schweigen, denn das Lachen wird uns von der Publikumskonserve abgenommen. Von der Mattscheibe huscht bunt flimmerndes Licht über unsere Gesichter. Wir sind verzückt, völlig gedankenleer, wie Kinder. Heute Abend gab es einen Film über eine Gegend in Afrika, ich glaube, es war die Serengeti-Ebene, und die großen Elefantenherden dort. Was für herrliche Tiere, ein unmittelbares Bindeglied zu einer Zeit lange vor der unseren, als Behemoths, die sogar noch größer waren als die Elefanten, stampfend oder schwimmend durch die Wälder rumorten. Ihrem Wesen nach sind sie melancholisch, äußerlich aber scheinen sie sich über uns zu amüsieren, jedenfalls sieht es so aus. Sie traben friedlich in einer Reihe, und jeder hat die Rüsselspitze sanft um das lächerliche Schweineschwänzchen seines vor ihm gehenden Vetters geschlungen. Die Jungen, die behaarter sind als ihre älteren Verwandten, trotten zufrieden zwischen den Beinen ihrer Mütter dahin. Wollte man unter unseren Mitgeschöpfen, zumindest unter denen, die an Land leben, diejenigen finden, die unser genaues Gegenteil sind, so wäre man wohl bei den Elefanten richtig. Wie kommt es eigentlich, dass wir sie so lange haben überleben lassen? Diese traurigen, wissenden kleinen Augen laden einen ja geradezu dazu ein, nach der Donnerbüchse zu greifen. Ja, ihnen dort eine dicke Kugel hineinzujagen, dort oder in eines dieser riesigen, absurd schlabbernden Ohren. Ja, ja, alle wilden Tiere vernichten, sie abschlagen vom Baum des Lebens, bis nur mehr der Stumpf stehen bleibt, und dann auch noch an den zärtlich die Axt anlegen. Alles niedermachen.

Du Miststück, du mieses altes Miststück, wie konntest du nur gehen und mich einfach hier zurücklassen, mich zappeln lassen hier in meinem eigenen Dreck, und keiner da, mich vor mir selbst zu retten. *Wie konntest du.*

Apropos Fernsehzimmer, plötzlich wird mir klar, ich begreife gar nicht, wieso mir das nicht schon viel eher eingefallen ist, so deutlich liegt es auf der Hand, an was mich dieser Raum, ja eigentlich das ganze Haus erinnert und was der wahre Grund ist, weshalb ich ausgerechnet hier Unterschlupf gesucht habe – nämlich an die Zimmer, in denen ich als Halbwüchsiger mit meiner Mutter zur Untermiete wohnte, wohnen musste. Nachdem mein Vater uns verlassen hatte, musste sie sich, wie die Dinge nun einmal lagen, Arbeit suchen, um uns beide ernähren und meine Ausbildung bezahlen zu können. Wir zogen also in die Stadt, wir beide, denn sie war der Überzeugung, dass sie dort mehr Möglichkeiten hätte. Sie hatte ja nichts gelernt, war früh von der Schule abgegangen und hatte nur kurz als Ladenmädchen gearbeitet, bevor sie meinen Vater kennen gelernt und geheiratet hatte, um von ihrer Familie wegzukommen; trotzdem war sie sicher, dass irgendwo die ideale Stelle auf sie wartete, der Traumjob, der ihr und nur ihr allein bestimmt war, den sie aber irrwitzigerweise nie finden konnte. Und so wechselten wir in einem fort die Unterkunft, zogen von einer Pension in die nächste, und jedes Mal war es ein nieseliger Wintersonntagabend, wenn wir ein neues Quartier bezogen. Sie waren alle gleich, diese Zimmer, zumindest in meiner Erinnerung. Überall der Sessel mit der einen kaputten Armlehne, der pockennarbige Linoleumboden, der verdrossen in seiner Ecke hockende, immer noch nach dem gebratenen Fraß vom Vormieter riechende schwarze Gasherd. Die Toilette war unten im Korridor, abgesplitterter Holzdeckel, in der Kloschüssel eine lange braune Rostspur, und an der Kette fehlte der Ring zum Ziehen. Im Korridor roch es genauso, wie mein Atem roch, wenn ich mir die Hände vor Mund und Nase hielt und dann aus- und gleich wieder einatmete, weil ich wissen wollte, wie es ist, wenn man erstickt. Die Tischplatte von unserem Esstisch konnte meine Mutter schrubben, so viel sie wollte, man blieb doch immer mit den Fingern daran kleben. Nach dem Abendbrot räumte sie ab, breitete unter der funzeligen Sechzig-Watt-Birne die *Evening Mail* aus und ging mit einer Haarnadel als Lesezeichen die Stellenanzeigen durch, hakte eine nach der anderen ab und nuschelte dabei die ganze Zeit ärgerlich vor sich hin. »*Nicht ohne Vorkenntnisse ... Zeugnisse erforderlich ... nur mit Hochschulabschluss ...* Hm!« Dann das speckige Kartenspiel, die Zusammenpassenden in zwei gleiche Haufen geteilt, der Zinnaschenbecher läuft über von ihren Kippen, Kakao für mich und für sie ein Glas billigen Sherry. Wir spielten Old Maid, Gin Rummy, Hearts. Danach musste die Schlafcouch ausgeklappt und das miefige Laken straff gezogen und die Decke irgendwie oben angepinnt werden, damit das Bett meiner Mutter abgeschirmt war und sie ihre Ruhe hatte. Ich lag hilflos wütend da und lauschte ihrem Seufzen, ihrem Schnarchen und den quietschenden, knatternden Fürzen, die sie fahren ließ. Und bald jede zweite Nacht wachte ich auf von ihrem Weinen und hörte, wie sie schluchzte, den Knöchel ihres Zeigefingers an den Mund gepresst und das Gesicht ins Kissen vergraben. Meinen Vater erwähnten wir so gut wie nie, es sei denn, die monatliche Postanweisung kam mal wieder zu spät. Mutter konnte sich nicht überwinden, seinen Namen auszusprechen; er war der feine Herr Jim, oder Seine Lordschaft, oder, wenn sie einen ihrer Wutanfälle bekam oder zu viel Sherry intus hatte, Phil, der Flötenspieler oder gar Furz-Arsch, der Fiedler. Sie bildete sich ein, dass er *da drüben* in Saus und Braus lebte und seine Erfolge feierte, Erfolge, an denen er uns grausamerweise nicht teilhaben lassen wollte, wie es sich gehört hätte und uns zustand. Auf den Umschlägen mit den Postanweisungen – nie ein Brief, nur zu Weihnachten oder wenn ich Geburtstag hatte, eine Karte, geschrieben in seiner angestrengten Schönschrift, auf die er immer so stolz gewesen war – Poststempel von Orten, die mich noch heute, wo ich selbst *da drüben* bin und sie an den Autobahnen, die er mit seiner Arbeit bauen half, auf Schildern geschrieben sehe, in ein Wirrsal von Gefühlen stürzen, das sich zusammensetzt aus einer Art klebriger Traurigkeit, Wut oder deren Nachwehen und einer eigentümlichen Wehmut, die wie Sehnsucht ist, Sehnsucht nach irgendwohin, wo ich nie war. Watford. Coventry. Stoke. Auch er hat sie gekannt, die schäbigen Zimmer, die Linoleumböden, den Gasherd, die Gerüche im Korridor. Dann kam der letzte Brief, von einer fremden Frau, einer gewissen Maureen Strange – ja, sie hieß wirklich so! –, in dem es hieß, sie habe uns *eine sehr traurige Nachricht mitzuteilen.* In die bitteren Tränen meiner Mutter mischten Wut und Trauer sich zu gleichen Teilen. »Wer ist denn das«, schrie sie, »diese *Maureen*?« Der einzelne blau linierte Briefbogen zitterte in ihrer Hand. »Der Teufel soll ihn holen«, zischte sie durch die zusammengebissenen Zähne. »Soll ihn doch der Teufel holen, diesen Dreckskerl!« Einen Moment lang sah ich ihn vor mir, im Chalet, wie es der Zufall will, bei Nacht, wie er sich von der offenen Türe her zurückwendet in den zähen gelben Schein der Petroleumlampe und mir einen eigentümlich spöttischen, fast lächelnden Blick zuwirft, auf der Stirn einen glänzenden Lichtfleck von der Lampe und hinter ihm in der Tür das samtige tiefenlose Dunkel der Sommernacht.

Zum Schluss, wenn sich die Fernsehsender in ihre unerträglich gruseligen Spätprogramme stürzen, wird der Apparat entschlossen ausgeschaltet, und dann bekommt der Colonel noch eine Tasse Kräutertee von Miss Vavasour aufgebrüht. Er hasst das Zeug, erzählt er mir – »Kein Wort, klar!« –, hat aber nicht die Traute, dankend abzulehnen. Miss Vavasour steht über ihm, während er trinkt. Sie besteht darauf, dass ihm das beim Einschlafen hilft; er selbst sieht schwarz, er ist vom Gegenteil überzeugt, erhebt aber keinen Protest, sondern leert mit Delinquentenmiene seine Tasse. Einmal habe ich ihn nachts überredet, mich noch auf einen Absacker zur Molenkopf-Bar zu begeleiten, aber das war ein Fehler. Er bekam es mit der Angst zu tun in meiner Gesellschaft – ich konnte es ihm nicht verdenken, ich selbst bekomme es in meiner Gesellschaft auch immer mit der Angst zu tun – und hantierte die ganze Zeit mit seiner Pfeife und seinem Glas Stout herum und nestelte in einem fort an seiner Manschette, um seine Armbanduhr zu entblößen und nachzuschauen, wie spät es war. Die paar Einheimischen, die da waren, guckten finster zu uns herüber, und so brachen wir bald wieder auf und gingen unter einem ungeheuren Oktoberhimmel mit Sternen, jagendem Mond und Wolkenfetzen in die Pension zurück. Die meisten Nächte trinke ich mich mit einem halben Dutzend Cognacs, das Glas stets bis zum Rand gefüllt, aus der Viertelliterflasche vom besten Napoleon, die ich in meinem Zimmer aufbewahre, in den Schlaf oder versuche es zumindest. Davon könnte ich ihm wahrscheinlich ein Tröpfchen anbieten, aber ich glaube, das lasse ich lieber sein. Kein sehr reizvoller Gedanke, zu nachtschlafender Zeit mit dem Colonel über das Leben und die damit zusammenhängenden Themen zu plaudern. Die Nacht ist lang und kurz meine Gemütsruhe.

Habe ich schon über mein Trinken gesprochen? Ich trinke wie ein Fisch. Nein, nicht wie ein Fisch, Fische trinken ja nicht, das ist bloß ihr Atmen, ihre Art zu atmen. Ich trinke wie einer, der vor kurzem verwitwet – verwitwert? ist – ein Mensch von geringem Talent und noch geringerem Ehrgeiz, der mit den Jahren grau geworden ist, unsicher und verirrt, einer, der Trost braucht und den kurzen Aufschub eines durch das Trinken hervorgerufenen Vergessens. Wenn ich welche hätte, würde ich Drogen nehmen, aber ich habe keine und weiß nicht, woher ich mir welche besorgen kann. Ich möchte bezweifeln, dass Ballyless sich rühmen darf, einen Drogendealer in seinen Mauern zu beherbergen. Vielleicht könnte der Pecker Devereux mir helfen. Der Pecker ist ein Furcht erregender Gesell, ganz Schultern und mächtig gewölbte Brust, ein großes, grobes, wettergegerbtes Gesicht und lange, krumme Gorillaarme. Seine mächtige Visage ist ganz zerlöchert von einer alten Akne oder von den Pocken, und in jedem dieser Löcher sitzt ein eingefleischter glänzender schwarzer Dreckpunkt. Früher ist er zur See gefahren, und man erzählt sich, dass er jemanden umgebracht hat. Er hat einen Obstgarten und wohnt dort unter den Bäumen mit seiner spindeldürren, windhundhaften Frau in einem Wohnwagen ohne Räder. Er verkauft Äpfel und, heimlich, einen wolkigen, schwefeligen

Schwarzbrand, den er aus Fallobst herstellt und der die jungen Männer im Dorf jede Samstagnacht wahnsinnig macht. Warum rede ich so von ihm? Was bedeutet mir der Pecker Devereux? In dieser Gegend wird das X mitgesprochen, *Devrecks*, sagen sie, ich kann nicht aufhören. Wie wirr die Phantasien rasen, wenn sie unbewacht sind.

Der heutige Tag war für uns sozusagen überstrahlt durch den Besuch von Miss Vavasours Freundin Dutty, die uns bei unserem sonntäglichen Mittagsmahl Gesellschaft leistete. Ich traf sie mittags in der *Lounge*, wo sie hilflos wogend in einem Korbstuhl hing und leise keuchte. Sie saß in einem Schwall von rauchigem Sonnenlicht, das durch das Erkerfenster hereinfiel, und im ersten Moment hätte ich sie beinahe übersehen, obwohl sie doch, um der Wahrheit die Ehre zu geben, etwa so unübersehbar ist wie die selige Königin von Tonga. Dutty ist eine ausladende Person von unbestimmbarem Alter. Sie trug ein sackbraunes, in der Mitte fest gegürtetes Tweedkleid, in dem ihr Busen und die Hüften wie bis zum Platzen aufgepumpt aussahen, und ihre kurzen, strammen, korkbraunen Beine, die sie von sich gestreckt hatte, ragten wie zwei gigantische Zapfhähne aus ihren unteren Körperpartien. Als ein auf wundersame Weise erhalten gebliebenes Fossil jenes Mädchens, das sie einmal war, vor langer Zeit, steckt in dem großen bleichen, puddinghaften Kopf ein niedliches kleines, fein geschnittenes, rosa leuchtendes Gesichtchen. Ihr aschgrausilbernes Haar war altmodisch in der Mitte gescheitelt und im Nacken zu einem eponymen Dutt zusammengesteckt. Sie lächelte mich an und grüßte mich mit kehllappenschwabbelndem Kopfnicken. Ich hatte keine Ahnung, wer sie war, und hielt sie für einen soeben angekommenen neuen Gast – sind doch bei Miss Vavasour jetzt in der Nachsaison noch ein halbes Dutzend Zimmer frei. Als sie mühsam wankend aufstand, schrie der Korbstuhl gequält und gleichzeitig erleichtert auf. Ihre Leibesfülle ist wirklich ungeheuer. Ich stellte mir vor, wie die Gürtelschnalle birst und der Gürtel aufschnappt und ihr

Rumpf auseinander geht und sich in eine vollkommene Kugel verwandelt, auf der oben, wie eine Kirsche auf einem, nun ja, auf einem Krapfen, der Kopf sitzt. Der halb anteilnehmende, halb beflissen neugierige Blick, mit dem sie mich ansah, ließ keinen Zweifel daran, dass sie sehr wohl wusste, wer ich war, und man sie vorab über meinen gramgebeugten Zustand unterrichtet hatte. Sie nannte ihren Namen, sehr klangvoll, mit Bindestrich, den ich aber sofort wieder vergaß. Ihre Hand war klein und von feuchter Wärme, eine richtige Babyhand. Dann kam Colonel Blunden mit den Sonntagszeitungen unter dem Arm herein, sah sie an und machte ein nachdenkliches Gesicht. Wenn er so ein Gesicht macht, verdunkelt sich das gelbliche Weiß in seinen Augen, sein Mund schiebt sich nach vorn und nimmt die Form eines abgerundeten Vierecks an – wie eine Revolvermündung.

Zu den mehr oder minder qualvollen Folgen eines Trauerfalls gehört auch, dass man, oder besser, dass ich permanent das peinliche Gefühl habe, ein Schwindler zu sein. Nachdem Anna gestorben war, wurde mir überall besonders viel Freundlichkeit entgegengebracht, man ging auf mich ein und nahm Rücksicht auf mich. Wo ich auftauchte, verstummten die Leute, die von meinem Verlust gehört hatten, sodass mir gar nichts weiter übrig blieb, als mich mit einem ebenso ernsten, nachdenklichen Schweigen zu revanchieren, was mich jedoch immer sehr bald nervös und flatterig machte. Angefangen hatte dieser besondere Umgang auf dem Friedhof, spätestens dort. Wie weich mich alle über das offene Grab hinweg angeschaut, wie sanft und dennoch fest sie mich nach der Zeremonie am Arm festgehalten hatten, als könnte ich gleich in Ohnmacht fallen und selbst kopfüber in das Loch stürzen. Fast war mir, als spürte ich in der Wärme, mit der einige Frauen mich umarmten, so etwas wie ein Kalkül, in der Art, wie sie zögerten, meine Hand wieder loszulassen, wie sie mir in die Augen sahen, in stummem Mitgefühl den Kopf schüttelten und dabei diese schmelzend-versteinerte Miene hatten, die die großen Tragödinnen alten Stils in der Schlussszene aufzusetzen pflegten, wenn der gramgebeugte Held mit dem Leichnam der Heldin im Arm auf die Bühne gewankt kam. Dann war mir, als müsste ich dem Ganzen Einhalt gebieten, die Hand heben und diesen Leuten sagen, dass ich ihre Verehrung, denn ich empfand es als Verehrung, wirklich nicht verdiente, dass ich bloß als Zuschauer, als Komparse dabei gewesen war, während Anna die ganze Arbeit des Sterbens alleine vollbracht hatte. Beim Essen wandte Dutty sich immer wieder an mich, bald in warmen, besorgten Tönen, bald in stummer Ehrfurcht, und sosehr ich mich auch bemühte, ich war einfach nicht in der Lage, auch nur einen Laut hervorzubringen, der sich nicht tapfer und beschämt anhörte. Ich sah, dass Miss Vavasour diese ganze Gefühlsduselei zunehmend ärgerlich fand und mehrfach, wenn auch ohne Erfolg, versuchte, die Atmosphäre bei Tisch etwas sachlicher, ein bisschen weniger seelenvoll zu gestalten. Der Colonel war ihr dabei keine große Hilfe, zwar mühte er sich redlich, Duttys gnadenlos sprudelnde Anteilnahme durch Wettervorhersagen und Themen aus den Tageszeitungen zu unterbrechen, doch sie ließ ihn jedes Mal abblitzen. Er war ihr einfach nicht gewachsen. Er bleckte grinsend seine angelaufene Zahnprothese, zog die abscheulichsten Grimassen und sah aus wie eine zappelnde, sich windende Hyäne vor dem Nilpferd, das unaufhaltsam auf sie zugestampft kommt.

Dutty wohnt in der Stadt, in einer Wohnung, die über einem Geschäft gelegen ist, und in Verhältnissen, die, wie sie mich mit fester Stimme wissen ließ, weit unter ihren Verhältnissen sind, denn sie ist immerhin von Bindestrich-Adel. Sie erinnert mich an die schweren Jungfrauen einer vergangenen Epoche, etwa die den Haushalt besorgende Schwester eines ledigen Pastors oder verwitweten Gutsbesitzers. Und während sie weiter schnatterte, stellte ich sie mir in Bombasin, was immer das sein mag, und Knöpfstiefelchen vor, wie sie in ihrer ganzen Pracht vor einem riesigen Portal auf den granitenen Stufen sitzt, flankiert von einer Phalanx herausgeputzter, scheeläugiger Lakaien in vollem Wichs; ich sah sie als die Nemesis des Fuchses, im Rotrock, die Melone mit dem Schleier auf dem Kopf, breitbeinig auf dem durchgebogenen Rücken eines großen schwarzen Pferdes galoppieren oder in einer riesigen Küche mit eisernem Herd, gescheuertem Kiefernholztisch und an den Wänden aufgehängten Schinken der getreuen alten Mamsell erklären, welche Teile vom Rind beim alljährlichen Gutsherren-Dinner zur Feier des *Oranier-tages* gereicht werden sollten. Und dadurch, dass ich mich auf diese harmlose Weise ablenkte, nahm ich von dem zwischen Dutty und Miss Vavasour sich anbahnenden Streit erst Notiz, als er längst in vollem Gange war, und hatte keine Ahnung, woran er sich entzündet hatte und worum es überhaupt ging. Die zwei normalerweise eher matten Farbflecke auf Miss Vavasours Wangenknochen waren feuerrot, während Dutty, scheinbar im Begriff, unter der pneumatischen Wirkung ihrer wachsenden Empörung zu noch gewaltigeren Proportionen anzuschwellen, ihre Freundin über den Tisch hinweg mit starrem Froschlächeln ansah und bei jedem ihrer rasch aufeinander folgenden, keuchenden Atemzüge einen kurzen Plosivlaut von sich gab. Die beiden redeten in maliziös-höflichem Ton miteinander und fuhren sich gegenseitig in die Parade wie zwei willkürlich zusammengespannte Karussellpferde, die eigentlich nicht zusammenpassten. *Also, es ist mir wirklich ein Rätsel, wie du sagen kannst … Verstehe ich richtig, dass du …? Es geht nicht darum, ob ich … Es geht darum, dass du … Na, das ist doch wohl … Aber durchaus nicht, keinesfalls … Entschuldige bitte, aber auf jeden Fall ist das der Punkt!* Der Colonel ließ in wachsendem Entsetzen verwirrt den Blick zwischen den beiden hin und her schweifen, und seine Augen klapperten in ihren Höhlen, als schaute er bei einem Tennisspiel zu, das ganz freundschaftlich angefangen und dann jählings eine mörderische Wendung genommen hatte.

Ich hätte vermutet, Miss Vavasour würde mühelos als Siegerin aus dieser Auseinandersetzung hervorgehen, aber dem war nicht so. Sie kämpfte nicht mit vollem Einsatz des gesamten Arsenals, über das sie zweifellos verfügt. Ich sah, dass irgendetwas sie zurückhielt, etwas, worüber Dutty sich sehr wohl im Klaren war und worauf sie sich, sehr zu ihrem Vorteil, mit ihrem ganzen nicht unbeträchtlichen Gewicht stützte. Auch wenn sie den Colonel und mich im Eifer des Gefechts scheinbar vergessen hatte, so dämmerte mir doch allmählich die Erkenntnis, dass sie diesen Kampf zumindest teilweise meinetwegen führten, nämlich um mich zu beeindrucken, mich zu erobern und mich entweder auf die eine oder aber auf die andere Seite zu ziehen. Das merkte ich daran, wie Duttys eifrige kleine schwarze Augen ständig schüchtern in meine Richtung blinzelten, während Miss Vavasour sich weigerte, auch nur ein einziges Mal zu mir herüberzuschauen. Nach und nach erkannte ich, dass Dutty wesentlich gerissener und raffinierter war, als ich es ihr zunächst zugetraut hatte. Man ist ja immer geneigt zu glauben, dicke Menschen müssten dumm sein. Doch diese dicke Frau dort hatte mich gründlich durchschaut und sah mich, davon war ich überzeugt, in allen meinen Wesenszügen ganz genau so, wie ich war. Und was hatte sie da wohl gesehen? Es hat mir meinen Lebtag lang nie etwas ausgemacht, mich von einer reichen oder jedenfalls ziemlich reichen Frau aushalten zu lassen. Ich war der geborene Dilettant, mir fehlte nur das nötige Kleingeld, bis ich Anna traf. Es interessiert mich auch nicht besonders, woher Annas Geld stammte, das vorher Charlie Weiss gehörte und jetzt mir gehört, oder womit Charlie dieses ganze Geld verdient hat, wie viele oder was für Schwermaschinen er kaufen und verkaufen musste. Und überhaupt, was ist schon Geld? Im Grunde gar nichts, wenn man genug davon hat. Also warum wand ich mich dann so unter Duttys zwar umwölktem, aber dennoch wissendem, unentrinnbar prüfendem Blick?

Jetzt mach doch mal halblang, Max, also wirklich. Ich will ja nicht bestreiten, dass ich mich seit jeher meiner Herkunft schäme und selbst heute noch ein schelmischer Blick oder ein herablassendes Wort von Leuten wie Dutty ausreicht, damit ich innerlich vor Empörung und glühendem Unmut zu beben beginne. Ich hatte von Anfang an einen Hang zum Höheren. Was sollte ich denn von Chloe Grace anderes gewollt haben, als ein einziges Mal, und sei es auch nur kurz und auch nur annähernd, mit ihrer Familie, die mir in der gesellschaftlichen Rangfolge weit überlegen war, auf einer Stufe zu stehen? Es war verdammt mühsam, diese olympischen Höhen zu erklimmen. Und während ich mit Dutty dort am Tisch saß, musste ich leise, aber übermächtig schaudernd, an ein anderes Sonntagsmittagessen in der Pension *Zu den Zedern* denken, das vor einem halben Jahrhundert stattgefunden hatte. Wer hatte mich eigentlich dazu eingeladen? Bestimmt nicht Chloe. Vielleicht ihre Mutter, als ich noch deren Bewunderer war und sie es amüsant fand, wenn ich sprachlos bei ihnen am Tisch saß. Was war ich aufgeregt, ich habe richtig geschlottert vor Angst. Auf dem Tisch gab es Dinge, die ich noch nie gesehen hatte, merkwürdig geformte Fläschchen mit Essig und Öl, Saucieren aus Porzellan, einen silbernen Ständer für das Bratenmesser, eine Bratengabel mit beinernem Griff und hinten mit einem ausklappbaren Sicherheitshebelchen. Bei jedem neuen Gang wartete ich erst einmal, nach welchem der vielen Bestecke die anderen griffen, bevor ich mich getraute, meins zur Hand zu nehmen. Irgendwer reichte mir ein Schälchen mit Mint Sauce, und ich hatte keine Ahnung, was man damit macht – Mint Sauce! Hin und wieder warf mir Carlo Grace, der heftig kauend am anderen Tischende saß, einen aufmunternden Blick zu. Wie es sich denn im Chalet so lebe, wollte er wissen. Womit wir kochten? Mit einem Primuskocher, erzählte ich ihm. »Aha!«, rief er. »Primus *inter pares*!« Und wie er lachte, und Myles lachte ebenfalls, und selbst Rose hatte ein Zucken um die Lippen, und dabei bin ich mir sicher, dass niemand außer ihm dieses Bonmot verstanden hatte, und Chloe war sauer, aber nicht, weil die anderen sich über mich lustig machten, sondern weil ich so ein Unglückswurm war.

Anna als Produkt einer klassenlosen Klasse konnte kein Verständnis für meine Empfindlichkeit in diesen Angelegenheiten aufbringen. Sie fand meine Mutter hinreißend – das heißt, grässlich, unnachgiebig und unversöhnlich, aber trotzdem hinreißend in ihrer Art. Ich brauche wohl nicht zu sagen, dass meine Mutter diese warme Wertschätzung durchaus nicht erwiderte. Sie sind sich bloß zwei-, dreimal begegnet, was in meinen Augen immer katastrophal war. Ma kam nicht zur Hochzeit – na schön, seien wir offen, ich hatte sie nicht eingeladen –, und kurz darauf ist sie gestorben, ungefähr zur selben Zeit wie Charlie Weiss. »Als ob sie uns freigeben wollten, die zwei«, hatte Anna gesagt. Ich teilte diese wohlmeinende Interpretation zwar nicht, verzichtete aber auf einen Kommentar. Das war, als sie schon in der Klinik war, plötzlich fing sie an, über meine Mutter zu sprechen, ohne jeden Anlass, oder jedenfalls konnte ich keinen erkennen; am Ende kehren die Gestalten aus der fernen Vergangenheit noch einmal zurück und verlangen ihre Schuldigkeit. Es war der Morgen nach einem heftigen Gewitter, draußen vor dem Fenster des Eckzimmers sah alles ganz zerzaust und groggy aus, der zottelige Rasen war mit frühreif abgefallenen Blättern übersät, und die Bäume schwankten immer noch, wie Betrunkene, die einen Kater haben. Anna hatte an einem Handgelenk eine Plastikmarke und am anderen einen an eine Armbanduhr erinnernden Apparat, der auf Knopfdruck die nächste Dosis Morphium in ihr bereits mit dem Wirkstoff angereichertes Blut spritzte. Als wir das erste Mal zu Hause zu Besuch waren – zu Hause: Das Wort versetzt mir einen Stoß, und ich gerate ins Taumeln –, hat meine Mutter kaum ein Wort mit ihr gesprochen. Ma wohnte in einer dunklen, niedrigen Wohnung am Kanal, in der es nach den Katzen ihrer Vermieterin roch. Wir hatten ihr Geschenke mitgebracht, zollfreie Zigaretten und eine Flasche Sherry, und sie hatte uns die Sachen naserümpfend abgenommen. Wir erwarteten doch hoffentlich nicht, dass sie uns bei sich unterbringen könne, sagte sie. Daraufhin übernachteten wir dann in einem billigen Hotel ganz in der Nähe, wo das Badewasser braun war und Anna die Handtasche gestohlen wurde. Wir gingen mit Ma in den Zoo. Sie lachte über die Paviane, ein hässliches Lachen, und ließ uns wissen, dass die Tiere sie an jemanden erinnerten, an mich natürlich. Einer davon masturbierte mit merkwürdig lustloser Miene und guckte dabei über die Schulter nach hinten. »Dreckschwein«, sagte Ma verächtlich und wandte sich ab.

In dem Café im Park, wo sich das Trompeten der Elefanten mit dem Lärm der Feiertagsbesucher mischte, tranken wir eine Tasse Tee. Ma rauchte die zollfreien Zigaretten, drückte sie aber nach drei, vier Zügen immer ostentativ aus, um mir zu zeigen, was sie von meinen Friedensangeboten hielt.

»Wieso sagt die immer Max zu dir?«, zischte sie, als Anna zur Theke gegangen war, um ihr ein Stück Kuchen zu holen. »Du heißt doch gar nicht Max.«

»Inzwischen schon«, sagte ich. »Hast du denn nicht die Sachen gelesen, die ich dir geschickt habe, die Sachen, die ich geschrieben habe, wo untendrunter mein Name gedruckt steht?«

Sie antwortete mit ihrem typischen haushohen Achselzucken.

»Ich hab gedacht, die sind von jemand anders.«

Wenn sie wütend war, konnte sie ihren Ärger allein schon dadurch zeigen, wie sie auf dem Stuhl saß, schräg zur Seite, mit stocksteifem Rücken, die Hände um die Handtasche auf ihrem Schoß gekrallt, das briocheförmige Hütchen mit dem kleinen schwarzen Tüllschleier oben um die Krone schief auf den ungekämmten grauen Locken. Auch am Kinn hatte sie ein paar feine graue Härchen. Sie guckte mit verächtlicher Miene vor sich hin. »Pfffff«, sagte sie, »so was gefällt dir, ja? Würdest mich wohl am liebsten hier lassen, mich zu den Affen sperren, dass sie mich mit Bananen füttern können.«

Anna kam mit dem Kuchen zurück. Ma fasste den Teller höhnisch ins Auge.

»Ich will das nicht haben«, sagte sie. »Ich habe das nicht bestellt.«

»Ma«, sagte ich.

»Sag nicht immer *Ma* zu mir.«

Aber als wir gingen, hat sie geweint, hat sich hinter die offene Wohnungstür gestellt, damit wir es nicht sähen, und die Augen hinter dem angewinkelten Unterarm versteckt, wie ein Kind, und war wütend auf sich selbst. In jenem Winter ist sie gestorben, an einem für die Jahreszeit ungewöhnlich milden Nachmittag unter der Woche, während sie auf einer Bank am Kanal saß. Angina pectoris, niemand hatte etwas davon gewusst. Die Tauben waren noch dabei, sich um die Brotrinden zu streiten, die sie ihnen auf den Weg gestreut hatte, als sich ein Penner neben sie setzte und ihr einen Schluck aus seiner in einer Packpapiertüte steckenden Flasche anbot, ohne zu merken, dass sie tot war.

»Eigentümlich«, sagte Anna. »So hier zu sein, und dann auf einmal nicht mehr.«

Sie seufzte und schaute hinaus zu den Bäumen. Diese Bäume faszinierten sie, sie wollte hinausgehen und sich zwischen sie stellen, hören, wie der Wind in den Ästen rauscht. Es gab kein Hinausgehen mehr für sie. »Hier gewesen zu sein«, sagte sie.

Jemand wandte sich an mich. Es war Dutty. Wie lange war ich fort gewesen, wie lange war ich in der Folterkammer in meinem Kopf umhergewandert? Das Mahl war zu Ende, und Dutty verabschiedete sich. Wenn sie lächelt, wird ihr kleines Gesicht noch kleiner, legt sich in Falten und zieht sich um die Knopfnase herum zusammen. Durchs Fenster sah ich Wolken sich zusammenballen, obwohl im Westen noch die Sonne nässlich aus einer fahlen Scheibe lauchgrünen Himmels schaute. Eine Sekunde lang hatte ich wieder dieses Bild vor mir, wie ich riesenhaft auf meinem Stuhl hockte, mit hängender rosa Unterlippe und ungeschlachten, hilflos vor mir auf dem Tisch liegenden Händen, ein großer Affe, gefangen, sediert und total erschöpft. Es gibt Momente, und in letzter Zeit treten sie immer häufiger auf, wo ich das Gefühl habe, dass ich überhaupt nichts weiß, dass alles, was ich einmal wusste, mir wie ein Regenschauer aus dem Kopf geprasselt ist, und dann ergreift mich einen Augenblick lang lähmendes Entsetzen, und ich warte darauf, dass mir alles wieder einfällt, aber ohne sicher zu sein, dass das auch wirklich passiert. Dutty bereitete sich auf die erhebliche Strapaze, ihre gewaltigen Beine unter dem Tisch hervorzuhieven und wieder auf die Füße zu kommen, vor, indem sie anfing, ihre Sachen zusammenzuraffen. Miss Vavasour war bereits aufgestanden, ihr Kopf schwebte gleichsam über der Schulter ihrer Freundin – einer Schulter, die dick und rund war wie eine Bowlingkugel; sie konnte es kaum erwarten, dass Dutty endlich weg war, gab sich aber redlich Mühe, es sich nicht anmerken zu lassen. An Duttys anderer Seite war der Colonel, unbeholfen nach vorn gebeugt und vage mit den Händen in der Luft herumfuchtelnd, wie ein Packer, der in Positur geht, um ein schweres und besonders sperriges Möbelstück anzuheben.

»Also!«, sagte Dutty und klopfte mit den Fingerknöcheln auf den Tisch, und dabei strahlte sie zuerst Miss Vavasour und dann den Colonel an, worauf die beiden noch einen Schritt näher heranrückten und es fast so aussah, als wollten sie ihr tatsächlich jeder eine Hand unter den Ellenbogen schieben und sie hochziehen.

Wir traten hinaus in das kupferrote Licht des Spätherbstabends. Über die Station Road fegte ein kräftiger böiger Wind, peitschte die Wipfel der Bäume und ließ die toten Blätter himmelan wirbeln. Die Saatkrähen stießen ihre heiseren Schreie aus. Das Jahr ist fast zu Ende. Weshalb glaube ich, es könnte etwas wirklich Neues an seine Stelle treten, etwas, das mehr ist als die neue Zahl auf dem Kalender? Duttys Wagen, klein, spritzig und rot, so rot wie ein Marienkäfer, war diesseits des Tors auf dem Kieskarree geparkt. Ächzend gab die Federung nach, als sich Dutty hinters Lenkrad klemmte, erst den enormen Hintern durch die Tür hineinschob, sich schwer in den mit künstlichem Tigerfell bezogenen Sitz fallen ließ und zu guter Letzt mühsam die Beine nachzog. Der Colonel öffnete ihr das Tor, dann stellte er sich mitten auf die Fahrbahn und lotste sie mit weit ausholenden, ein wenig theatralisch wirkenden Armbewegungen durch. Abgasgestank, die See, das Herbstrot des Gartens. Kurzer Anfall von Trostlosigkeit. Ich weiß nichts, gar nichts, ich alter Affe, der ich bin. Dutty drückte fröhlich auf die Hupe und winkte, ihr zusammengezogenes Gesicht grinste uns durch die Scheibe zu, Miss Vavasour winkte zurück, wenn auch nicht gerade fröhlich, der Wagen brummte von dannen, ging schräg in die Kurve, fuhr über die Eisenbahnbrücke und war verschwunden.

»Das ist mir vielleicht ein Früchtchen«, sagte der Colonel, er rieb sich die Hände und verzog sich schnell wieder ins Haus.

Miss Vavasour seufzte.

Nachdem das Mittagessen so lange gedauert hatte und so gefahrenreich gewesen war, verzichteten wir auf das Abendbrot. Miss V., ich sah es, war noch immer aufgewühlt nach diesem Wortwechsel mit ihrer Freundin. Als der Colonel ihr in die Küche folgte, um ihr wenigstens einen Fünf-Uhr-Tee abzutrotzen, fuhr sie ihn ziemlich scharf an, und da schlurfte er in sein Zimmer, zu seinem Radio, wo die Fußballreportage lief. Auch ich zog mich zurück, allerdings in die *Lounge*, mit meinem Buch – Bell über Bonnard, furchtbar fade –, aber ich konnte nicht lesen und legte das Buch beiseite. Duttys Besuch hatte das fragile Gleichgewicht des Hauses durcheinander gebracht, eine Art lautloses Sirren lag in der Luft, als wäre jemand über den feinen, straff gespannten Draht einer Alarmanlage gestolpert, der immer noch weitervibrierte. Ich saß im Erker am Fenster und schaute zu, wie sich der Tag verdunkelte. Auf der anderen Straßenseite hoben kahle Bäume sich schwarz von der letzten Glut der untergehenden Sonne ab, und ein Schwarm heiser krächzender Saatkrähen kreiste am Himmel, ließ sich nieder und nahm lautstark diskutierend sein Nachtquartier in Beschlag. Ich dachte an Anna. Ich zwinge mich, an sie zu denken, das sind so Exerzitien, die ich mache. Sie ist in mich hineingestoßen wie ein Messer, und dennoch fange ich schon an, sie zu vergessen. Schon fängt ihr Bild in meinem Kopf allmählich zu verschleißen an, die Farbpigmente werden immer blasser, und die Vergoldung blättert ab. Ob eines schönen Tages die ganze Leinwand leer sein wird? Langsam begreife ich, wie wenig ich Anna gekannt habe, ich meine, wie oberflächlich mein Wissen von ihr war, wie ungenau. Nicht, dass ich mir deswegen Vorwürfe mache. Vielleicht sollte ich es tun. War ich zu träge, zu unaufmerksam, zu sehr mit mir selbst beschäftigt? Ja, alles zusammen, und trotzdem kann ich keine Schuld darin sehen, in diesem Vergessen, diesem Nichtwissen. Ich glaube eher, meine Erwartungen im Hinblick auf das Kennen sind zu hoch gewesen. Wie kann ich mir nur einbilden, einen anderen wirklich zu kennen, so wenig, wie ich von mir selber weiß?

Aber Moment mal, nein, das ist es nicht. Ich bin nicht ehrlich – das ist ja ganz was Neues, sagst du, jaja. Die Wahrheit ist, es war nicht unser Bedürfnis, einander zu kennen. Im Gegenteil, es war unser Bedürfnis, einander nicht zu kennen. Habe ich schon irgendwo gesagt – keine Zeit jetzt, zurückzublättern und nachzuschauen, zu sehr beschäftigen mich plötzlich die Strapazen dieser Überlegung –, dass das, was ich bei Anna von Anfang an gefunden habe, die Möglichkeit war, meine Phantasievorstellungen von mir selber zu verwirklichen? Als ich das sagte, war mir gar nicht so richtig klar, was ich damit meine, doch nun, wo ich ein wenig genauer darüber nachdenke, verstehe ich es auf einmal. Oder doch nicht. Ich will versuchen, es hervorzukitzeln, Zeit habe ich mehr als genug, denn diese Sonntagabende sind endlos.

Ich wollte schon von frühester Jugend an ein anderer sein. Schon damals, an dem Tage, da ein Lehrer mich zum ersten Male aufrief, ihm den klassischen Imperativ *nosce te ipsum* nachzusprechen, schmeckten die Worte wie Asche auf meiner Zunge. Ich kannte mich ja, nur zu gut, und was ich von mir wusste, gefiel mir nicht. Auch hier muss ich präziser sein. Nicht was ich war, ich meine, nicht was an mir einzigartig war, das, was mich ausmachte, gefiel mir nicht, obwohl ich zugeben muss, dass schon die Vorstellung von einem einzigartigen, durch irgendetwas ausgemacht werdenden Ich durchaus problematisch ist, nein, das, was mir nicht gefiel, war die Anhäufung von Affekten, Neigungen, übernommenen Ideen und klassenspezifischen Marotten, die Geburt und Erziehung mir anstelle einer Persönlichkeit aufgepfropft hatten. Ja, anstelle. Denn eine Persönlichkeit habe ich nie besessen, nicht so, wie andere sie haben oder zu haben glauben. Ich war stets ein typischer Niemand, dessen glühendster Wunsch es war, ein untypischer Jemand zu werden. Ich weiß, wovon ich rede. Anna, das sah ich gleich, würde das Medium zu meiner Verwandlung sein. Sie war der Jahrmarktsspiegel, in dem alle meine Verzerrungen wieder gerade gerichtet werden würden. »Warum willst du nicht du selbst sein?«, sagte sie am Anfang unserer gemeinsamen Zeit einmal zu mir – *sein*, verstehst du, nicht *erkennen* –, denn meine ungeschickten Versuche, die große Welt zu begreifen, erregten bei ihr Mitleid. *Du selber sein!* Das hieß natürlich, *der sein, der man gern wäre*. Und genau das war der Pakt, den wir miteinander schlossen, dass wir uns gegenseitig die Last abnehmen wollten, das zu sein, wofür uns andere hielten. Sie jedenfalls hat mir diese Last abgenommen, doch was tat ich für sie? Vielleicht ist es falsch, auch ihr diesen Drang nach Nichterkenntnis zu unterstellen, vielleicht hatte ja nur ich das Bedürfnis nach Unwissenheit.

Sei's drum, die Frage, vor der ich nunmehr stehe, ist eben die Frage nach dem Wissen, der Erkenntnis. Wer waren wir, wenn nicht wir selbst? Na schön, lassen wir Anna einmal beiseite. Wer war ich also, wenn ich nicht ich selber war? Die Philosophen sagen, wir sind eindeutig determiniert und sind durch andere das, was wir sind. Ist eine Rose auch im Dunkeln rot? In einem Wald auf einem fernen Planeten, wo kein

Ohr ist, es zu hören, macht dort der Baum beim Fallen auch ein krachendes Geräusch? Wer, frage ich, sollte mich kennen, wenn nicht Anna? Wer sollte Anna kennen, wenn nicht ich? Absurde Fragen. Wir waren glücklich miteinander, oder jedenfalls nicht unglücklich, was mehr ist, als die meisten Leute schaffen; genügt das nicht? Es gab Spannungen, es gab anstrengende Phasen, wie sie in einer Gemeinschaft wie der unseren gelegentlich schon einmal auftreten können, falls solche Gemeinschaften noch existieren. Brüllen, Kreischen, fliegende Teller, selten auch mal einen Klaps und, noch seltener, einen Stoß, das alles gab es auch bei uns. Und es gab Serge und seinesgleichen, ganz zu schweigen von meinen Sergessen, nein, davon schweigen wir lieber. Doch selbst in unseren wüstesten Kämpfen haben wir nur ein wenig derb miteinander gespielt, genauso wie Chloe und Myles bei ihren Ringkämpfen. Unsere Streitereien endeten stets mit einem Lachen, einem bitteren Lachen, aber doch immer noch einem Lachen, verlegen und sogar ein ganz klein wenig beschämt, aber beschämt nicht über unsere wilde Wut, sondern über deren Abwesenheit. Wir kämpften, um etwas zu spüren, um uns wirklich zu spüren, um die selbst erschaffenen Geschöpfe zu sein, die wir waren. Zumindest ich.

Hätten wir, hätte ich, etwas anderes tun können? Hätte ich anders leben können? Fruchtlose Fragestellung. Natürlich hätte ich, aber ich habe es nicht getan, und darum ist die ganze Frage von vornherein absurd. Sei's drum, wo sind sie denn, die Authentizitätsmuster, an denen mein ersonnenes Ich gemessen werden könnte? Auf diesen letzten Badezimmerbildern, die Bonnard von der über siebzigjährigen Marthe gemalt hat, stellt er sie immer noch als das junge Mädchen dar, das er in ihr sah, als er sie kennen lernte. Warum sollte ich einen wahrhaftigeren Blick haben als so ein großer, tragischer Künstler? Wir haben unser Bestes getan, Anna und ich. Und für all das, was wir nicht waren, haben wir einander verziehen. Was kann man mehr erwarten in diesem Tal der Qualen und der Tränen? *Nun guck nicht so bekümmert*, hat Anna gesagt, *ich hab dich ja auch gehasst, ein klein wenig, wir waren schließlich Menschen*. Und trotzdem werde ich die Überzeugung nicht los, dass wir etwas verpasst haben, dass ich etwas verpasst habe, nur weiß ich nicht, was das gewesen sein könnte.

Faden verloren. Geht alles durcheinander. Warum quäle ich mich überhaupt mit diesen unlösbaren Haarspaltereien, habe ich nicht schon genug Kasuistik gehabt? Nun gib doch endlich Ruhe, Max, gib Ruhe.

Miss Vavasour kam herein, ein Gespenst, das sich zwischen den Schatten des halbdunklen Zimmers bewegte. Sie wollte wissen, ob mir warm genug sei, ob sie Feuer machen solle. Ich fragte sie nach Dutty, wer sie war, wie sie sich kennen gelernt hatten, einfach bloß, um etwas zu fragen. Es dauerte eine Weile, bis sie reagierte, und als sie schließlich etwas erwiderte, war es keine Antwort auf meine Frage.

»Ach, wissen Sie«, sagte sie, »dieses Haus hat früher Viviennes Familie gehört.«

»Vivienne?«

»Dutty.«

»Ach so.«

Sie kauerte vor dem Kamin und räumte die trocken raschelnden Hyazinthen vom Feuerrost.

»Und heute gehört es wohl ihr«, sagte sie, »von ihrer Familie ist ja kaum noch jemand am Leben.« Und darauf ich, das wundere mich, ich hätte immer gemeint, sie selbst sei die Besitzerin. »Nein«, sagte Miss Vavasour und betrachtete nachdenklich die verwelkten Blumen in ihren Händen, dann blickte sie auf, fast spitzbübisch, und streckte ein ganz klein wenig die Zungenspitze heraus. »Aber ich gehöre sozusagen zum Inventar.«

Aus dem Zimmer des Colonels drangen leise der Jubel der Menge und das aufgeregte Quäken des Reporters zu uns herüber; es war ein Tor gefallen. Im Stadion musste es inzwischen beinahe dunkel sein. Verletzungszeit.

»Und haben Sie denn nie geheiratet?«, fragte ich.

Worauf sie bescheiden lächelte und abermals die Augen niederschlug.

»O nein«, sagte sie. »Ich war nie verheiratet.« Sie sah mich rasch an und guckte weg. Die zwei Farbflecke auf ihren Wangenknochen glühten. »Vivienne«, erklärte sie, »war meine Freundin. Ich meine, Dutty.«

»Ach so«, sagte ich wieder. Was hätte ich auch weiter sagen sollen?

Jetzt spielt sie Klavier. Schumann, die *Kinderszenen.* Als wollte sie mir das Stichwort liefern.

Eigentümlich, nicht wahr, wie fest sie einem im Gedächtnis sitzen, diese scheinbar unbeachteten Dinge? Hinter der Zedernvilla, wo eine Ecke des Hauses an den struppigen Rasen grenzte, unter einem krummen schwarzen Abflussrohr, stand eine Regentonne, die inzwischen natürlich längst nicht mehr da ist. Das war so ein Holzfass, ein richtiges großes Fass, dessen Dauben altersschwarz und dessen Eisenringe fast völlig vom Rost zerfressen waren. Der Rand war schön abgerundet und so glatt, dass man kaum die Fugen zwischen den einzelnen Dauben fühlen konnte; glatt gesägt, heißt das, und glatt gehobelt, aber die Struktur des aufgeschwemmten Stirnholzes war leicht pelzig, genauer gesagt, leicht aufgeraut, wie die Ähren der Teichbinse, nur härter, kühler und feuchter. Ich weiß nicht, wie viele zig Liter dort hineingepasst haben, aber es war fast immer randvoll, weil es in dieser Gegend so häufig regnet, sogar, oder ganz besonders, im Sommer. Wenn ich hineinschaute, sah das Wasser schwarz und träge aus, wie Öl. Und weil das Fass ein wenig Schlagseite hatte, bildet die Wasseroberfläche eine dicke Ellipse, die beim kleinsten Atemzug zu zittern begann und jedes Mal, wenn ein Zug vorbeifuhr, zusammenschrak und Wellen schlug. Die Regentonne sorgte dafür, dass dieser ungepflegte Winkel des Gartens sein eigenes mild-feuchtes Klima hatte. Üppig wucherte dort das Unkraut, Brennnesseln, Ampferblätter, Winde, andere Sachen, deren Namen ich nicht kenne, und das Tageslicht hatte einen Stich ins Grüne, besonders am frühen Morgen. Das Wasser in der Tonne, Regenwasser, war besonders weich oder besonders hart, eines von beidem, und darum angeblich gut für die Haare oder für die Kopfhaut oder irgendwas, ich weiß nicht mehr genau. Und eines Morgens kam ich dazu, wie Mrs Grace Rose beim Haarewaschen half.

Die Erinnerung mag keine Bewegung, ihr ist es lieber, wenn die Dinge stille stehen, und wie so viele Szenen, an die ich mich erinnere, sehe ich auch diese hier als lebendes Bild. Rose steht mit vorgebeugtem Oberkörper da, die Hände auf den Knien, das Haar hängt ihr vor dem Gesicht wie ein langer, glänzender schwarzer Keil, an dem Seifenschaum heruntertropft. Sie ist barfuß, ich sehe ihre Zehen im langen Gras, und trägt eine kurzärmelige weiße Leinenbluse im damals so beliebten Tiroler Trachtenstil, um die Taille weit und um die Schultern eng, und vorne mit einem abstrakten Muster in Rot und Preußischblau bestickt. Die Halslinie ist tief hinabgebogen, und darunter sehe ich ganz deutlich ihre hängenden Brüste, klein und spitzig, wie zwei umgedrehte Kreisel. Mrs Grace in ihrem blauen Morgenrock aus Satin und den eleganten blauen Hauspantöffelchen bringt einen Hauch von Boudoir ins Freie, der ganz und gar nicht hierher passt. Das Haar hat sie mit zwei Schildpattklammern zurückgesteckt, Spangen sagt man wohl auch dazu. Es ist nicht zu übersehen, dass sie gerade erst aufgestanden ist, ihr Gesicht wirkt grob im morgendlichen Licht, wie eine Skulptur, der noch der Feinschliff fehlt. Sie steht genau in der gleichen Pose da wie Vermeers *Magd mit Milchkrug*, den Kopf und die linke Schulter nach vorn geneigt, eine Hand unter Rose' schwer herabfallendem Haar gewölbt, indes sie mit der anderen in dickem, silbrigem Schwall Wasser aus einer abgeplatzten Emailkanne gießt. Das Wasser fällt auf Rose' Scheitel und hinterlässt dort eine zitternde, geschlängelte nackte Stelle, genauso wie das Mondlicht auf dem Ärmel des Pierrots. Rose stößt kleine hohe, erschrocken klingende Protestschreie aus – »*Oo! Oo! Oo!*« –, als das kalte Wasser auf ihre Kopfhaut trifft.

Die arme Rosie. Ich kann ihren Namen gar nicht ohne dieses Epitheton denken. Sie war – ja wie alt war sie? – neunzehn, höchstens zwanzig. Ziemlich groß, auffallend schlank, mit schmaler Taille und langen Hüften, und von Kopf bis Fuß, von der bleichen, flachen Stirn bis hinunter zu den hübsch geformten und leicht spreizfüßigen Zehen, von einer seidigen, düsteren Anmut. Wer ihr nicht wohl gesonnen war – Chloe zum Beispiel –, hätte ihr Gesicht als scharfkantig bezeichnen können. Die Nase mit den tropfenförmigen, pharaonenhaften Nasenlöchern springt gerade hervor, die Haut spannt sich straff und durchscheinend über dem Knochen. Sie ist ein wenig schief, diese Nase, eine Idee nach links verschoben, sodass man, wenn man sie von vorn betrachtet, den Eindruck haben kann, sie gleichzeitig *en face* und *en profil* zu sehen, wie bei diesen vertrackten Porträts von Picasso. Allerdings ist dieser kleine Makel weit davon entfernt, sie etwa disproportioniert erscheinen zu lassen, sondern verstärkt vielmehr noch die seelenvolle Expressivität ihres Gesichts. Wenn sie entspannt war und nicht merkte, dass sie beobachtet wurde – und wie habe ich sie immer beobachtet, ein richtiger kleiner Spitzel war ich! –, hielt sie den Kopf scharf nach unten geneigt, schlug die Augen nieder und bohrte ihr kleines, leicht gekerbtes Kinn in die Schulter. Dann sah sie aus wie eine Madonna von Duccio, melancholisch, abwesend, selbstvergessen, versunken in einen düsteren Traum von all den Dingen, die noch kommen sollten, von all den Dingen, die nicht kommen sollten – nicht für sie.

Von den drei Hauptheldinnen des salzgebleichten Triptychons jenes Sommers ist merkwürdigerweise sie diejenige, deren Bild an der Wand meiner Erinnerung am deutlichsten gezeichnet ist. Ich glaube, das liegt daran, dass die beiden ersten Figuren dieses Schauspiels, ich meine Chloe und ihre Mutter, ganz und gar mein Werk sind, während Rose von anderer, unbekannter Hand stammt. Ich gehe immer näher an die zwei heran, die beiden Graces, bald an die Mutter, bald an die Tochter, trage hier ein wenig Farbe auf, schwäche dort ein Detail ab, und das Ergebnis dieser ganzen Feinarbeit ist, dass mein Blick eher verschwommener wird und nicht schärfer, selbst wenn ich zurücktrete, um mir meine Schöpfung im Ganzen anzusehen. Rose aber, Rose ist ein vollendetes Porträt, Rose ist fertig. Das soll nicht heißen, dass sie für mich realer war oder mir mehr bedeutete als Chloe oder ihre Mutter, dies bestimmt nicht, nein, ich kann sie mir bloß mit äußerster Unmittelbarkeit vorstellen. Das hat sicher nichts damit zu tun, dass sie immer noch hier ist, denn die Version von ihr, die hier ist, ist so verändert, dass man sie kaum mehr erkennt. Ich sehe sie in ihren Pumps, den schmucklosen schwarzen Hosen und der ins Karmesin spielenden Bluse – sie hat sicher noch andere Kleidungsstücke gehabt, aber das sind die, die sie in meiner Erinnerung in fast jeder Situation trägt, die Sachen, in denen sie zwischen belanglosen Dingen posiert, in der Kulisse des Ateliers, zusammengewürfelt aus einer matten Stoffbahn, einem eingestaubten Strohhut mit einer Blume im Band, einem moosbewachsenen Mauerstück, wahrscheinlich aus Pappmaché, und, hoch oben in einer Ecke, einer umbrafarbenen Tür, wo die tiefen Schatten auf geheimnisvolle Weise einem grellen, weiß und golden lodernden, leeren Licht weichen. Für mich war Rose' Anwesenheit nicht so lebendig wie die von Chloe oder Mrs Grace – woher denn auch? –, aber mit ihrem mitternachtschwarzen Haar und der weißen Haut, deren puderig rosiger Frische anscheinend weder das stärkste Sonnenlicht noch der raueste Seewind etwas anhaben konnten, hatte sie trotz allem etwas an sich, das sie besonders machte.

Sie war das, was man in früheren Zeiten, ich meine, in Zeiten, die noch früher waren als die, von denen ich hier rede, wohl als Gouvernante bezeichnet hätte. Allerdings hätte eine Gouvernante ihre bescheidene Einflusssphäre gehabt, während die arme Rosie den Zwillingen und ihren unbekümmerten Eltern gegenüber völlig machtlos war. Für Chloe und Myles war sie ganz klar der Feind, Zielscheibe ihrer grausamsten Späße, ein Wesen, an dem sie ihren Unmut ausließen und über das sie sich in einem fort lustig machten. Die beiden hatten zwei verschiedene Arten, wie sie sich zu ihr verhielten. Die eine war, sie links liegen zu lassen und sie wie Luft zu behandeln, die andere bestand darin, alles, was sie tat oder sagte, und mochte es noch so banal sein, gnadenlos zu zerpflücken und in Frage zu stellen. Wenn sie durchs Haus ging, liefen sie ihr auf Schritt und Tritt hinterher, traten ihr förmlich in die Hacken, beobachteten genauestens jede ihrer Bewegungen – wie sie einen Teller hinstellte oder nach einem Buch griff oder ihrem eigenen Spiegelbild auswich –, als würde sie die befremdlichsten und unerklärlichsten Dinge tun, die Chloe und Myles jemals erlebt hatten. Solange Rose es aushielt, ignorierte sie die Zwillinge, aber zum Schluss drehte sie sich doch jedes Mal wieder zitternd und mit rotem Kopf zu ihnen herum, flehte sie an, sie doch bitte, bitte in Ruhe zu lassen, und senkte dabei die Stimme zu einem gequälten Flüstern, damit die Eltern Grace nur ja nicht mitkriegten, dass ihr die Nerven durchgegangen waren. Darauf warteten Chloe und Myles natürlich bloß, nun trieben sie sie erst recht in die Enge, musterten prüfend ihr Gesicht, heuchelten Verwunderung, und Chloe bombardierte sie mit Fragen – was auf dem Teller gelegen habe, ob das Buch gut sei, warum sie sich nicht im Spiegel ansehen wolle –, bis der armen Rose die Tränen in die Augen traten und sie vor Kummer und ohnmächtigem Zorn einen ganz schiefen Mund bekam, und dann freuten sich die beiden und rannten dämonisch lachend davon.

Roses Geheimnis entdeckte ich an einem Samstagnachmittag. Ich wollte Chloe besuchen, aber als ich vor der Pension ankam, stieg sie gerade ins Auto, um mit ihrem Vater in die

Stadt zu fahren. Ich blieb am Tor stehen. Wir hatten uns zum Tennis verabredet – war es denn möglich, dass sie das vergessen hatte? Natürlich war das möglich. Ich war total geknickt; mich an einem öden Samstagnachmittag derart abblitzen zu lassen, das war nicht leicht zu ertragen. Als Myles das Tor aufmachte, damit sein Vater hinausfahren konnte, sah er, wie geknickt ich war, und grinste wie ein boshafter Kobold, der er ja auch war. Mr Grace sah mich durch die Windschutzscheibe an, beugte sich mit dem Kopf zu Chloe hinüber und sagte etwas zu ihr; auch er grinste. Und da hatte ich auf einmal das Gefühl, dass dieser ganze stürmische und strahlend helle Tag nichts als Spott und allgemeine Erheiterung verströmte. Mr Grace trat hart aufs Gaspedal, das Heck des Wagens gab einen lauten Knall von sich, und der ganze Schlitten schoss mit einem Satz über den Kies, sodass ich rasch beiseite springen musste – wenn mein Vater und Carlo Grace auch sonst keine Gemeinsamkeiten hatten, so besaßen sie doch beide den gleichen grausam-spielerischen Humor –, und Chloe, mit verschwommenem Gesicht hinter der Glasscheibe, sah mich nachdenklich und verwundert durchs Seitenfenster an, als hätte sie eben erst bemerkt, dass ich dort stand, und nach allem, was ich weiß, war es tatsächlich an dem. Ich winkte mit aller Lässigkeit, die ich vorzutäuschen imstande war, und sie lächelte mit heruntergezogenen Mundwinkeln und heuchelte Bedauern und machte zur Entschuldigung ein völlig übertriebenes Achselzucken und zog dabei die Schultern hoch bis zu den Ohren. Als der Wagen noch einmal bremste, damit Myles einsteigen konnte, drückte sie das Gesicht an die Scheibe und bewegte lautlos den Mund, als ob sie mir irgendetwas sagen wolle, hob die linke Hand zu einer eigentümlich rituell anmutenden Geste, beinahe wie ein Segen, und was konnte ich da weiter tun, als ebenfalls zu lächeln und die Achseln zu zucken, und dann wurde sie in einer wirbelnden Wolke von Auspuffqualm davongetragen, und im Heckfenster sah ich Myles' Kopf, der, wie vom Körper abgetrennt, hämisch grinsend zu mir zurückschaute.

Das Haus wirkte verlassen. Ich ging an der Eingangstür vorbei und weiter bis zu der schrägen Baumreihe, die die Grenze des Gartens markierte. Dahinter waren die Bahngleise mit ihrem Belag aus lockerem blauem Schieferschutt und ihrem üblen Mief nach Gas und Asche. Die zu dicht gepflanzten Bäume waren verkrüppelt und verkümmert, und ihre höchsten Äste winkten wie Arme, die in wirrem, wildem Aufruhr emporgerissen waren. Was waren das für Bäume? Keine Eichen – Platanen vielleicht. Ehe ich noch recht wusste, was ich tat, kletterte ich am Stamm des mittleren hinauf. Das war überhaupt nicht meine Art, ich war weder waghalsig noch abenteuerlustig, und eigentlich hatte ich Höhenangst und habe sie bis heute. Trotzdem kletterte ich dort hinauf, immer höher und höher, Hand und Rist und Rist und Hand, von einem Ast zum nächsten. Das Klettern ging kinderleicht, obwohl die Blätter um mich herum mir ihre empörten Proteste in die Ohren zischten und die Zweige mir ins Gesicht peitschten, und bald war ich so weit oben, wie ich kommen konnte. Da war ich, klammerte mich fest, furchtlos wie eine alte Teerjacke in der Takelage, weit unter mir das wogende Deck, die Erde, und oben der tief hängende, perlgraue Himmel, scheinbar zum Greifen nah. In dieser Höhe war der Wind ein stetig fließender, gleich bleibend starker Luftzug, der nach vertrauten Dingen roch, nach Erde, Rauch und Tieren. Am Horizont sah ich die Dächer der Stadt, und ein Stück weiter weg und etwas höher, wie eine Fata Morgana, ein winziges silbernes Schiffchen, das reglos aus einem fahlen Streifen See aufragte. Ein Vogel landete auf einem Zweig, sah mich verdutzt an, gab ein beleidigtes Zwitschern von sich und flog rasch wieder davon. Ich war so selig, so völlig außer mir vor manischer Freude, dass ich so hoch oben war, so weit weg von allem, dass ich Chloes Vergesslichkeit inzwischen schon vergessen hatte, und dass da unten, unter mir, Rose war, merkte ich erst, als ich ihr Schluchzen hörte.

Sie stand unter dem Nachbarbaum, hatte die Schultern

hochgezogen und die Ellenbogen in die Seiten gedrückt, als müsse sie sich aufrecht halten. In ihren zitternden Fingern knautschte sie ein zerknittertes Taschentuch, aber ihr ganzer Habitus, wie sie weinend dort mitten im rauschenden Nachmittagswind stand, das hatte etwas dermaßen Rührseliges, dass ich dieses Ding da in ihrer Hand zuerst gar nicht für ein Taschentuch hielt, sondern für einen zerknüllten Liebesbrief. Wie eigentümlich sie aussah, perspektivisch zu einer unregelmäßigen Scheibe aus Schultern und Kopf verkürzt – ihr Scheitel hatte das gleiche gebrochene Weiß wie das schmutzige Taschentuch in ihrer Hand –, und als sie sich hastig umdrehte, weil sie hinter sich Schritte hörte, schwankte sie im ersten Moment wie ein Kegel, den die Kugel gerade noch gestreift und nur ganz knapp verfehlt hatte. Auf dem Trampelpfad im Gras unter der Wäscheleine kam mit gesenktem Kopf, die Arme über der platt gedrückten Brust gekreuzt, mit der linken Hand die rechte und mit der rechten die linke Schulter festhaltend, Mrs Grace auf sie zu. Sie war barfuß und in Shorts und hatte eines von den weißen Hemden ihres Mannes an, das ihr – sehr schmeichelhaft – natürlich viel zu weit war. Kurz vor Rose blieb sie stehen, verharrte einen Augenblick reglos, drehte sich dann in Vierteldrehungen einmal um die eigene Achse, die Hände immer noch auf den Schultern, als müsste auch sie sich aufrecht halten, genau wie Rose, und das Kind, das sie war, in ihren Armen wiegen.

»Rose«, sagte sie in spielerischem, einschmeichelndem Ton, »ach, Rose, was ist denn bloß los?«

Rose, die das Gesicht unterdessen resolut wieder den Feldern zuwandte, gab ein höhnisch schnorchelndes Nichtlachen von sich.

»Was los ist?«, kreischte sie mit schriller, beim letzten Wort sich überschlagender Stimme. »Was los ist?«

Zornig schnäuzte sie sich in den Rand des zusammengeknitterten Taschentuchs, schüttelte kräftig ihre Mähne und gab zum Schluss noch ein herzhaftes Schniefen von sich. Selbst von meinem Höhensitz aus konnte ich erkennen, wie Mrs Grace sich lächelnd auf die Unterlippe biss. Hinter mir hörte ich von fern ein hohes Tuten. Wie ein verrückt gewordenes Spielzeug kam der Nachmittagszug aus der Stadt mit seiner mattschwarzen Lokomotive und einem halben Dutzend grüner Holzwagen durch die Felder auf uns zugedonnert und machte schnaufend dicke Ringe aus dichtem weißem Rauch. Mrs Grace trat lautlos vor und tippte Rose am Ellbogen an, doch die riss nur den Arm weg, als wäre die Berührung glühend heiß gewesen. Ein Windstoß machte, dass das Hemd sich eng an Mrs Grace' Körper schmiegte und man ganz deutlich die fleischigen Konturen ihrer Brüste sah. »Ach, nun komm schon, Rosie«, schmeichelte sie wieder, und diesmal gelang es ihr, ihre Hand in die Ellenbogenbeuge der jungen Frau zu schieben und diese mit mehreren sanft ruckenden Bewegungen dazu zu bringen, dass sie sich, wenn auch steif und widerstrebend, umdrehte, und dann gingen die beiden nebeneinander unter den Bäumen auf und ab. Rose stolperte mehr, als dass sie ging; sie redete und redete in einem fort, während Mrs Grace nach wie vor den Kopf gesenkt hatte und kaum etwas zu sagen schien; dabei zuckten ihre Schultern, sie bewegte sich fast schleppend in gebeugter Haltung vorwärts, und ich hatte den Eindruck, dass sie sich mühsam das Lachen verkneifen musste. In Rose' bebend-schlucksendem Redefluss verstand ich nur einzelne Wörter wie *Liebe*, *idiotisch* und *Mr Grace* und von Mrs Grace' Antworten nichts als den Ausruf *Carlo?*, dem ein ungläubiges Juchzen folgte. Plötzlich war der Zug da und ließ den Baumstamm zwischen meinen Knien vibrieren; als die Lok vorbeifuhr, guckte ich ins Führerhaus und sah unter einer glänzenden, rauchgeschwärzten Stirn ganz deutlich das Weiße eines Augapfels zu mir hochblitzen. Als ich mich wieder nach den beiden umsah, gingen sie nicht mehr auf und ab, sondern standen Auge in Auge im hohen Gras, und Mrs Grace lächelte und hatte ihre Hand auf Rose' Schulter, während Rose mit rötlich umrandeten Nasenlöchern dastand und sich mit beiden Fäusten die verheulten Augen rieb, und dann flog mir eine dichte Rauchwolke ins Gesicht, und als ich wieder sehen konnte, hatten die zwei inzwischen kehrtgemacht und gingen zusammen auf dem Trampelpfad zum Haus hinüber.

Nun war es also heraus. Rose war unsterblich in den Vater der ihr anvertrauten Kinder verliebt. Es war die alte Geschichte, auch wenn ich nicht weiß, wie sie für mich, der ich doch noch so jung war, schon alt sein konnte. Was dachte ich, was habe ich empfunden? Am deutlichsten kann ich mich an das zerknitterte Taschentuch in Rose' Händen erinnern und an das blaue Filigran der beginnenden Krampfadern an Mrs Grace' strammen Waden. Und an die Dampflok natürlich, die ratternd im Bahnhof zum Halten gekommen war und nun brodelnd und schnaufend dastand, derweil aus der komplizierten Mechanik ihrer faszinierenden Unterseiten Ströme von brühheißem Wasser hinunterliefen, und die ungeduldig darauf wartete, wieder loszufahren. Was sind schon Lebewesen, verglichen mit der anhaltenden Intensität bloßer Dinge?

Als Rose und Mrs Grace fort waren, kletterte ich von dem Baum herunter, was schwieriger war als das Hinaufklettern, und ging an dem stillen, blicklosen Haus vorbei und schlenderte dann im blanken, zinnfarbenen Licht des öden Nachmittags die Station Road hinunter. Der Zug hatte den Bahnhof verlassen und war schon wieder woanders, ganz, ganz woanders.

Natürlich habe ich keine Zeit verloren und Chloe von meiner Entdeckung erzählt. Ihre Reaktion war völlig anders, als ich erwartet hatte. Gewiss, im ersten Moment war sie sichtlich schockiert, doch dann zog sie eine skeptische Miene und schien sogar verärgert zu sein, verärgert über mich, wohlgemerkt, weil ich es ihr erzählt hatte. Das verblüffte mich. Ich hatte darauf gesetzt, dass meine Schilderung der Szene unter den Bäumen ihr ein fröhlich gackerndes Gelächter entlocken würde, was mich wiederum ermuntert hätte, die Sache als Scherz abzutun, und nun war ich stattdessen gezwungen, das Ganze in einem viel ernsteren, viel düstereren Licht zu betrachten. Ein düstereres Licht, das muss man sich mal vorstellen. Aber warum als Scherz? Weil das Lachen für die Jugend eine neutralisierende Kraft besitzt und Ängste besänftigt? Rose, obwohl doppelt so alt wie wir, war immer noch diesseits der Kluft, die zwischen unserer Welt und der der Erwachsenen lag. Schlimm genug, sich überhaupt vorstellen zu müssen, wie sie, die echten Erwachsenen, sich im Verborgenen verlustierten, aber dass Rose mit einem Mann in Carlo Grace' Alter herumpoussieren sollte – dieser Wanst, dieser Wulst zwischen den Beinen, dieser grau schimmernde Brustpelz –, für ein Gemüt, so zart und unverdorben wie das meine damals noch, war so etwas schwer vorstellbar. Hatte sie Mr Grace ihre Liebe erklärt? Und er ihr seine? Vor meinem geistigen Auge sah ich die blasse Rose, wie sie sich in seiner derben, satyrhaften Umarmung nach hinten bog, ein Bild, das mich ebenso sehr erregte, wie es mich erschreckte. Und was war mit Mrs Grace? Wie gelassen sie sich Rose' herausgeplärrtes Geständnis angehört hatte, wie leichtmütig, ja sogar amüsiert. Warum hatte sie dem Mädchen nicht die Augen ausgekratzt mit ihren glänzenden, zinnoberroten Krallen?

Und dann das Liebespärchen selber. Wie ich diese Lässigkeit bewunderte, diese aalglatte Unverfrorenheit, mit der die beiden alles überspielten, was zwischen ihnen vor sich ging. Auf einmal kam selbst Carlo Grace' Unbekümmertheit mir vor wie ein Indiz für seine verbrecherischen Absichten. Wer anders als ein herzloser Verführer konnte so lachen und sich lustig machen und das Kinn vorrecken und sich rasch den grau melierten Bart darunter kratzen, dass man die Fingernägel raspeln hörte? Und dass er Rose in der Öffentlichkeit nicht mehr beachtete als sonst irgendjemanden, der ihm zufällig über den Weg lief, war nur ein weiterer Beweis dafür, wie listig und wie schlau er sich verstellen konnte. Rose brauchte ihm bloß die Zeitung zu reichen, und er brauchte sie ihr bloß abzunehmen, schon sah es für mein brennend wachsames Auge so aus, als wäre zwischen ihnen etwas Verstohlenes und Unanständiges passiert. Das sanfte, schüchterne Verhalten, das sie in seiner Gegenwart an den Tag legte, jetzt, da ich von ihrer heimlichen Schande wusste, war es für mich das Verhalten einer ausschweifenden Nonne, und durch die tieferen Regionen meiner Phantasie geisterten Bilder von ihrer fahl schimmernden Gestalt, vereint mit ihm im derben Akt, ich meinte sein verhaltenes Brüllen zu hören und das gedämpfte Stöhnen ihrer dunklen Wollust.

Was hatte sie nur getrieben, diese Beichte abzulegen, noch dazu der Ehefrau ihres Geliebten gegenüber? Und was mag sie wohl gedacht haben, die arme Rosie, als sie die Inschrift erblickte, die Myles mit Kreide auf den Torpfosten und draußen auf den Weg vorm Tor geschrieben hatte – *RV liebt CG* – und dazu die angedeutete Skizze eines weiblichen Torsos, zwei Kreise mit je einem Punkt in der Mitte, zwei Kurven für die Hüften, und unten ein in Klammern gesetzter kurzer senkrechter Strich? Bestimmt ist sie ganz rot geworden, oh, sie muss feuerrot geworden sein. Sie hatte doch keine Ahnung, dass ich es war, der sie beobachtet hatte; sie dachte doch, Chloe sei ihr irgendwie auf die Schliche gekommen. Merkwürdig bloß, dass Chloes Macht über Rose durch diese Sache nicht noch größer wurde, sondern genau das Gegenteil geschah, jedenfalls schien es so. Wenn jetzt der Blick der Gouvernante auf das Mädchen fiel, dann lag in diesem Blick ein neuer, stählerner Glanz, und zu meiner Verwunderung und auch Verblüffung fiel mir auf, dass sich das Mädchen unter diesem Blick geradezu duckte, was sie vorher nie getan hatte. Wenn ich so an die beiden denke, mit funkelndem Blick die eine, scheu zurückweichend die andere, dann kann ich nicht umhin, mich zu fragen, ob das, was an dem Tag der eigentümlichen Flut geschah, nicht vielleicht in gewisser Weise eine Folge der Entdeckung von

Rose' geheimer Leidenschaft war. Und warum sollte ich mich wohl, anders als jeder dahergelaufene Melodramatiker, der Forderung verschließen, dass die Geschichte zum Schluss noch eine ordentlich überraschende Wendung braucht?

Die Flut kroch über den Strand, bis hinauf an den Fuß der Dünen, als würde die See überlaufen. Schweigend sahen wir zu, wie das Wasser immer näher kam, saßen nebeneinander, alle drei, Chloe und Myles und ich, pressten uns mit dem Rücken an die abgeblätterten grauen Bretter des nicht mehr benutzten Platzwarthäuschens auf dem Golfplatz am ersten Abschlag. Wir waren schwimmen gewesen, hatten aber aufgegeben, denn diese wellenlose, unaufhaltsame Flut war uns unheimlich gewesen, diese gespenstische Stille, mit der sie herankam. Der ganze Himmel war dunstig weiß, und in der Mitte klebte reglos, wie eine flache, blassgoldene Scheibe, die Sonne. Kreischend stürzten Möwen herab. Es regte sich kein Lüftchen. Trotzdem erinnere ich mich deutlich, dass vor jedem einzelnen der paar verstreuten Halme des Strandhafers, denen es geglückt war, sich draußen auf dem Weg zu halten, ein sauberer Halbkreis in den Sand gemalt war, was darauf schließen lässt, dass doch ein Wind ging, zumindest eine leichte Brise. Aber vielleicht war es auch an einem anderen Tag gewesen, dass mir diese Kreise im Sand aufgefallen waren. Chloe war im Badeanzug und hatte sich eine weiße Strickjacke über die Schultern gehängt. Ihr Haar war dunkel vor Nässe und klebte ihr am Kopf. In dem schattenlosen, milchigen Licht wirkte ihr Gesicht beinahe flächig, und sie und Myles, der neben ihr saß, ähnelten sich wie die Porträtprofile auf zwei gleichen Münzen. Unter uns in einer Kuhle in den Dünen lag Rose auf einem Strandhandtuch, hatte die Hände hinterm Kopf verschränkt und schien zu schlafen. Nicht einmal ein Meter lag zwischen ihren Fersen und dem Ufer mit seiner Borte aus Schaum. Chloe betrachtete die Gouvernante mit maliziösem Lächeln. »Vielleicht spülen die Wellen sie weg«, sagte sie.

Myles hatte es geschafft, die Tür der Bude aufzumachen; er

hatte einfach das Vorhängeschloss so lange herumgedreht, bis der Riegel sich aus der Verschraubung gelöst und er ihn in der Hand gehalten hatte. Der kleine Raum dort drinnen war leer und roch nach altem Urin. An der einen Wand war eine Holzbank befestigt, über der sich ein kleines Fenster befand, dessen Rahmen noch heil war, das aber keine Glasscheibe mehr hatte. Chloe kniete auf der Bank, das Gesicht dem Fenster zugewandt, die Ellenbogen auf das Fensterbrett gestemmt. Myles und ich saßen rechts und links von ihr. Wieso kommt mir der Gedanke, dass wir, die kniende Chloe und Myles und ich, wie wir auf dieser Bank saßen und den Blick in den kleinen Raum richteten, in unserer Haltung etwas Ägyptisches hatten? Ob das etwas damit zu tun hat, dass ich Material zusammentrage für ein Totenbuch? Sie war die Sphinx und wir ihre sitzenden Priester. Weit und breit kein Laut, nur die Schreie der Möwen.

»Hoffentlich ersäuft sie«, sagte Chloe durch das Fenster und machte ihr kleines schneidendes Kichern. »Hoffentlich, hoffentlich« – *Kicher-Kicher* –, »ich hasse sie.«

Letzte Worte. Es war früh am Morgen, unmittelbar bevor es hell wurde, als Anna aus ihrer Bewusstlosigkeit erwachte. Ich konnte nicht mit Sicherheit sagen, ob ich tatsächlich wach gewesen war oder ob ich es nur geträumt hatte. Die Nächte, die ich hingestreckt im Sessel neben ihrem Bett verbrachte, wimmelten von eigentümlich prosaischen Halluzinationen, Halbträumen davon, wie ich ihr etwas zu essen machte oder mit Leuten, die ich noch nie gesehen hatte, über sie redete oder einfach mit ihr durch düstere Straßen ging, die mir nichts sagten, genauer gesagt, ich ging, und sie lag wie im Koma neben mir und schaffte es trotzdem, sich zu bewegen und mit mir Schritt zu halten und gleichsam durch die feste Luft zu gleiten auf ihrer Reise nach dem Binsengefilde. Und als sie nun aufwachte, drehte sie den Kopf auf ihrem feuchten Kissen herum und sah mich im Unterwasserschimmer des Nachtlichts mit großen Augen an, ihr Blick war maßlos argwöhnisch und geradezu bestürzt. Sie hat mich wohl nicht mehr erkannt. Ich hatte so ein lähmendes Gefühl, eine Mischung aus Ehrfurcht und Entsetzen, wie es einen überkommt, wenn man jählings und unerwartet einem wilden Tier gegenübersteht. Ich spürte mein Herz schlagen, langsam, aber gleichmäßig, als stolperte es über eine endlose Reihe jeweils identischer Hindernisse. Anna hustete, und das hörte sich an wie das Rasseln der Gebeine. Ich wusste, es war das Ende. Ich fühlte mich der Situation nicht gewachsen und hätte am liebsten um Hilfe gerufen. Schwester, Schwester, schnell, kommen Sie, meine Frau verlässt mich! Ich konnte keinen klaren Gedanken fassen, mir war, als hätte ich lauter stürzendes Mauerwerk im Kopf. Immer noch starrte Anna mich an, immer noch verwundert, immer noch misstrauisch. Weiter hinten auf dem Korridor ließ ein unsichtbarer Jemand klirrend etwas fallen, sie hörte das Geräusch und schien beruhigt zu sein. Vielleicht dachte sie, ich hätte etwas gesagt, und meinte, dass sie es verstanden habe, denn sie nickte, ungeduldig allerdings, als ob sie sagen wollte *Nein, du irrst – durchaus nicht, keinesfalls!* Sie streckte ihre Finger aus und legte sie wie Krallen um mein Handgelenk. Dieser affenhafte Griff, er hält mich immer noch. In einer Art Panik fuhr ich aus dem Sessel hoch und ließ mich mühsam neben dem Bett auf die Knie nieder wie ein mit Stummheit geschlagener Gläubiger, der verzückt vor einer Erscheinung in die Knie geht. Anna hielt noch immer mein Handgelenk umklammert. Ich legte ihr meine andere Hand auf die Stirn, und da kam es mir so vor, als könnte ich dahinter ihren fieberhaft arbeitenden Verstand spüren, der die letzte, ungeheure Anstrengung unternahm, seinen abschließenden Gedanken zu denken. Hatte ich sie jemals im Leben so angeschaut wie jetzt, so eindringlich, so aufmerksam? Als ob mein bloßes Schauen sie hier halten könnte, als ob sie nicht weggehen könnte, solange ich sie ohne Zwinkern ansah. Sie keuchte, leise und langsam, wie eine Läuferin, die noch viele Kilometer vor sich hat und nur eben einmal kurz pausiert. Ihr Atem verströmte einen leicht trockenen Gestank, wie nach verwelkten Blumen.

Ich sagte ihren Namen, aber sie schloss nur kurz die Augen, abweisend, als ob ich doch wissen müsste, dass sie nicht mehr Anna war, dass sie überhaupt niemand mehr war, und dann machte sie die Augen wieder auf und sah mich abermals an, härter denn je, nicht verwundert jetzt, sondern mit gebieterischer Strenge, entschlossen, dass ich hören sollte, hören und verstehen, was sie zu sagen hatte. Sie ließ mein Handgelenk los, ihre Finger tasteten einen Moment auf dem Bett herum, suchten irgendetwas. Ich fasste nach ihrer Hand. Unter der Daumenwurzel fühlte ich den flatternden Puls. Ich redete auf sie ein, sagte lauter dummes Zeug, so was wie *Geh nicht weg* oder *Bleib bei mir*, doch sie reagierte wieder mit diesem ungeduldigen Kopfschütteln und zupfte an meiner Hand, um mich näher heranzuziehen. »Sie halten die Uhren an«, sagte sie, flüsterte, nein hauchte es geradezu, wie eine Verschwörerin. »Ich habe die Zeit angehalten.« Und dann nickte sie feierlich und wissend mit dem Kopf, und sie hat auch gelächelt, ich könnte schwören, es war ein Lächeln.

Mit dieser raschen, brüsken Art, ihre Strickjacke abzuschütteln, brachte Chloe mich auf die Idee, nein, sie forderte mich regelrecht dazu auf, ihr, die neben mir kniete, die Hand hinten auf den Oberschenkel zu legen. Ihre Haut fasste sich kühl und krisselig an – Gänsehaut –, doch direkt darunter fühlte ich das emsige Blut strömen. Sie reagierte nicht auf meine Berührung, sondern schaute weiter hinaus auf – ja, auf was eigentlich –, vielleicht auf all das Wasser, auf diese unerbittliche, langsame Flut? – und ich fuhr mit der Hand behutsam weiter aufwärts, bis meine Finger den straffen Saum ihres Badeanzugs fanden. Ihre Strickjacke, die auf meinem Schoß gelandet war, rutschte hinunter und sank zu Boden und erinnerte mich an irgendetwas, einen fallen gelassenen Blumenstrauß vielleicht oder einen Vogel, der vom Himmel fällt. Mir hätte es vollkommen genügt, einfach so hier sitzen zu bleiben, die Hand unter ihrem Hintern, das Herz klopfend in synkopischem Takt und den Blick starr auf ein Astloch in der

Holzwand gegenüber gerichtet, sie aber machte eine winzig kleine, zuckende Bewegung, rutschte mit dem Knie ein paar Millimeter weiter zur Seite und öffnete meinen erstaunten Fingerspitzen ihren Schoß. Der wattierte Zwickel ihres Badeanzugs, der sich mit Meerwasser voll gesogen hatte, kam mir glühend heiß vor, als ich ihn berührte. Sobald meine Finger sie entdeckt hatten, klemmte sie die Schenkel wieder zusammen, und meine Hand saß in der Falle. Wie ganz leichte Stromstöße liefen ihr Schauer durch den Körper, bis hinab in den Schoß, und plötzlich machte sie sich mit einem Ruck von mir los, und ich dachte schon, es wäre vorbei, aber da hatte ich mich geirrt. Rasch drehte sie sich um und kletterte, ganz Knie und Ellenbogen, von der Bank, setzte sich zuckend neben mich, hob das Gesicht und bot mir ihre kalten Lippen und ihren heißen Mund zum Kuss. Die Badeanzugträger waren hinten im Hals zu einer Schleife verknotet, und nun griff sie, ohne ihren Mund von meinem zu lösen, mit der Hand nach hinten und öffnete den Knoten und zerrte den nassen Stoff hinunter bis zur Taille. Und ich, immer noch im Küssen, neigte den Kopf zur Seite und schaute mit dem freien Auge an ihrem Ohr vorbei und ließ den Blick an ihrem knochigen Rückgrat hinabwandern bis zu dem schmalen Ansatz ihres Rumpfes und dem Einschnitt dort unten, der die Farbe einer blanken stählernen Messerklinge hatte. Mit einer ungeduldigen Gebärde nahm sie meine Hand und drückte sie an die kaum wahrnehmbare Rundung ihrer Brust, deren Spitze kalt und hart war. Auf der anderen Seite neben ihr saß Myles und hatte die gespreizten Beine lässig vor sich ausgestreckt, den Kopf an die Wand gelehnt und die Augen geschlossen. Chloe griff blind hinüber und fand seine Hand, die mit nach oben gekehrter Innenfläche auf der Bank lag, und nahm sie, und dabei straffte sich ihr Mund an meinem, und ich fühlte mehr, als ich es hören konnte, das schwache, wimmernde Stöhnen, das in ihrer Kehle aufstieg.

Ich hörte auch nicht, wie die Tür sich öffnete, sondern

merkte nur, wie sich das Licht in dem kleinen Raum veränderte und wie Chloe erstarrte. Sie drehte rasch den Kopf und sagte etwas, ein Wort, das ich nicht verstehen konnte. In der Tür stand Rose. Sie war im Badeanzug, aber mit ihren schwarzen Pumps an den Füßen, wodurch ihre langen, fahlen, dürren Beine noch länger, noch fahler und noch dürrer wirkten. Wie sie da stand, eine Hand an der Tür, die andere im Türrahmen, als schwebte sie zwischen zwei starken Windstößen, einem, der aus dem Innern der Bude kam und sie gleichsam hinausschob, und einem, der ihr von draußen in den Rücken blies, erinnerte sie mich an irgendetwas, etwas, das mir nicht einfallen wollte. Chloe zog hastig ihren Badeanzug hoch und band die Träger wieder hinten im Nacken zusammen, wobei sie noch einmal wütend dieses Wort zischte, das Wort, das ich nicht richtig verstehen konnte – war es Rose' Name, oder war es einfach irgendeine Verwünschung? –, und dann ließ sie sich, flink wie ein Fuchs, von der Bank gleiten, hechtete unter Rose' Arm hindurch hinaus ins Freie und war verschwunden. »He, junge Dame, wirst du wohl zurückkommen!«, schrie Rose mit überkippender Stimme. »Dass du mir auf der Stelle wieder herkommst!« Sie warf mir einen Blick zu, der zu sagen schien *ich mache mir eher Sorgen, als dass ich verärgert bin*, und dann drehte sie sich kopfschüttelnd um und stelzte wie ein Storch auf ihren langen, staksigen weißen Beinen davon. Myles, der sich immer noch neben mir auf der Bank lümmelte, lachte laut auf. Verblüfft starrte ich ihn an. Mir war, als hätte er gesprochen.

Alles, was dann kam, sehe ich gleichsam *en miniature*, wie eine kurze Szene in einem Schauspiel oder wie aus der Vogelperspektive, von einem leicht extrazentralen Blickwinkel aus betrachtet, wie die alten Meister den Wendepunkt einer Tragödie so bis ins kleinste Detail dargestellt haben, dass man ihn zwischen all der blauen und goldenen Weite von Meer und Himmel kaum bemerkt. Ich blieb noch einen Augenblick auf der Bank sitzen und atmete durch. Myles beobachtete mich, er wartete, was ich tun würde. Als ich aus der Bude kam, sah ich Chloe und Rose, die sich dort unten auf dem kleinen Halbrund aus Sand zwischen den Dünen und der Uferlinie gegenüberstanden wie zwei Boxer und sich anschrien. Was sie sagten, konnte ich nicht hören. Und nun riss Chloe sich los und stapfte davon, dass der Sand knirschte, und drehte sich wütend in einem engen Kreis einmal um die eigene Achse und versetzte Rose' Handtuch einen Tritt. Ich weiß, das ist bloß Einbildung, aber ich kann sehen, wie die kleinen Wellen hungrig nach ihren Fersen schnappen. Und zum Schluss stieß sie noch einen letzten Schrei aus, hob den Arm zu einer merkwürdigen Geste und ließ die Hand wie eine Axt durch die Luft sausen, und dann drehte sie sich um und ging bis an die Uferlinie, kreuzte die Beine, ließ sich in den Sand plumpsen und blieb dort sitzen, umschlang mit ihren Armen die an die Brust gezogenen Knie und hatte das Gesicht zum Horizont erhoben. Rose, die Hände in die Seiten gestemmt, fixierte mit zornigem Blick Chloes Rücken, doch als sie merkte, dass das Mädchen nicht darauf reagierte, wandte sie sich ab, raffte ärgerlich ihre Sachen zusammen und warf sich Handtuch, Buch und Badekappe über den Arm, wie ein Fischweib einen Fisch in den Fischkorb wirft. Hinter mir hörte ich Myles, und im nächsten Moment kam er an mir vorbeigeschossen, und es sah fast so aus, als ob er gar nicht rannte, sondern Rad schlug. Als er bei Chloe war, setzte er sich neben sie, legte ihr den Arm um die Schultern und lehnte seinen Kopf an ihren. Rose hielt inne und warf einen unsicheren Blick auf die beiden, die eng umschlungen dort saßen und der Welt den Rücken kehrten. Dann standen sie ganz ruhig auf und wateten in die See, und um sie herum das Wasser, glatt wie Öl, teilte sich kaum, und beide beugten sich vor, genau im gleichen Augenblick, und schwammen langsam hinaus, und die zwei Köpfe wogten auf den weißlichen Wellen, immer weiter und weiter hinaus.

Wir beobachteten sie, Rose mit ihren Sachen im Arm, die sie an sich gedrückt hielt, und ich stand einfach bloß da. Ich weiß nicht, was ich gedacht habe, ich kann mich nicht erinnern, irgendetwas gedacht zu haben. Es gibt solche Zeiten, nicht oft genug, wo der Kopf einfach leer wird. Jetzt waren sie schon weit draußen, die beiden, so weit, dass sie nur noch zwei fahle Punkte waren zwischen dem fahlen Himmel und der noch fahleren See, und dann verschwand der eine Punkt. Danach war alles sehr schnell vorbei, ich meine, das, was wir davon sehen konnten. Ein Spritzen, ein wenig weißes Wasser, weißer als all das Wasser ringsum, dann nichts, die gleichgültige Welt, sie hatte sich geschlossen.

Jemand rief, und Rose und ich, wir drehten uns um und sahen einen korpulenten Mann mit rotem Gesicht und kurzen grauen Haarstoppeln, der hastig aufgescheucht, mit komisch staksenden Schritten durch den lockeren Sand stolpernd, die Dünen heruntergerannt kam. Er trug ein gelbes Hemd und Khakihosen und zweifarbige Schuhe und schwenkte ein Golfeisen. Die Schuhe habe ich vielleicht erfunden. Aber ich bin mir ganz sicher, dass der Handschuh an seiner Rechten, in der er auch den Schläger hielt, hellbraun und fingerlos war und eingestanzte Löcher auf dem Rücken hatte; ich weiß auch nicht, warum dieser Handschuh so sehr meine Aufmerksamkeit auf sich lenkte. Der Mann schrie immer wieder, jemand müsse die Polizei holen. Er schien außerordentlich verärgert zu sein, er fuchtelte mit dem Golfeisen in der Luft herum wie ein Zulukrieger, der seinen Knobkerrie schüttelt. Zulukrieger, Knobkerrie? Vielleicht meine ich eher Assegai. Sein Caddie oben auf dem Dünenwall, ein altersloser spindeldürrer Kümmerling in zugeknöpftem Tweedjackett und mit einer Tweedmütze auf dem Kopf, stand lässig mit gekreuzten Beinen da, lehnte sich auf die Golftasche und betrachtete das Schauspiel hier unten mit sardonischer Miene. Und dann war plötzlich, ich weiß nicht, wo er hergekommen war, er schien vom Himmel gefallen zu sein, ein muskulöser junger Mann in knapp sitzender blauer Badehose da und sprang ohne Vorwarnung ins Wasser und schwamm mit schnellen, geübten Zügen steif wie ein Brett hinaus. Rose lief derweil am Ufer auf und ab, drei Schritte in die eine Richtung, Anhalten, Umdrehen, drei Schritte in die andere Richtung, Anhalten, Umdrehen, wie die arme wahnverfallene Ariadne am Gestade von Naxos, und drückte immer noch ihr Handtuch und ihr Buch und ihre Badekappe an die Brust. Nach einer ganzen Weile kehrte der Möchtegern-Lebensretter wieder zurück, kam mit dem wogenden, stockenden Gang des Schwimmers aus dem unbewegten Wasser auf uns zu, prustete und schüttelte den Kopf. Da sei nichts mehr zu machen, sagte er, nichts mehr zu machen. Rose schrie auf, was wie ein Schluchzen klang, und warf heftig den Kopf herum, erst nach der einen Seite, dann nach der anderen, und der Golfspieler funkelte sie wütend an. Und dann waren sie alle hinter mir und wurden immer kleiner, denn ich rannte, ich versuchte zu rennen, den Strand entlang zur Station Road, zur Zedernvilla. Warum nahm ich keine Abkürzung, über das Gelände des Golf Hotels und dann auf die Straße, wo das Gehen doch viel einfacher gewesen wäre? Aber ich wollte ja gar nicht, dass das Gehen einfacher war. Ich wollte nicht an mein Ziel kommen. Im Traum bin ich oft wieder dort, wate durch den Sand, der immer hinderlicher wird, und es ist, als bestünden meine Füße selbst aus einer schweren, bröseligen Masse. Was habe ich empfunden? Am stärksten, glaube ich, wohl ein Gefühl von Ehrfurcht, nämlich Ehrfurcht vor mir selbst als einem, der zwei lebendige Geschöpfe gekannt hatte, die nun plötzlich, verblüffenderweise, tot waren. Aber habe ich denn geglaubt, dass sie tot waren? In meiner Vorstellung schwebten sie aufrecht, Arm in Arm, in einem endlos großen, strahlend hellen Raum und blickten starr und ernst mit ihren weit geöffneten Augen geradeaus in die unermesslichen Tiefen des Lichts.

Endlich war das grüne Eisentor erreicht; auf dem Kieskarree der Wagen, und die Eingangstür stand wieder mal, wie meistens, sperrangelweit offen. Drinnen im Haus war alles still und ruhig. Ich bewegte mich durch die Räume, als wäre ich selbst aus Luft, ein schwebender Geist, ein freigelassener Ariel, der sich verirrt hat. Im Wohnzimmer fand ich Mrs Grace. Sie wandte sich zu mir um, schlug die Hand vor den Mund, hinter ihr das milchige Nachmittagslicht. All das lautlos, bis auf das trunkene sommerliche Summen, das von draußen hereinkam. Nun erschien Carlo Grace und sagte: »Dieses verdammte Ding, das hat anscheinend …«, und dann hielt auch er inne, und so standen wir stille, wir drei, am Schluss. Macht' ich es gut?

Nacht, und alles so still, als wäre niemand da, nicht einmal ich selbst. Ich kann die See nicht hören, die doch in anderen Nächten rumort und grollt, bald nah und knirschend, bald furchtsam und fern. Ich will nicht so alleine sein. Warum bist du nicht als Gespenst zurückgekommen? Das ist das Mindeste, was ich von dir erwartet hätte. Warum dieses Schweigen Tag für Tag und Nacht für endlos lange Nacht? Es ist wie ein Nebel, dieses Schweigen, dein Schweigen. Zuerst war es ein verschwommener Fleck am Horizont, im nächsten Moment waren wir mittendrin, stolpernd, halb blind, klammerten uns aneinander. Angefangen hatte es an dem Tag, als wir bei Mr Todd gewesen waren, als wir aus der Klinik traten und auf den verlassenen Parkplatz kamen, die ganzen Fahrzeuge dort draußen, alle standen sie fein säuberlich in Reih und Glied, glatt und geschmeidig wie Tümmler, und machten kein Geräusch, und weit und breit kein Zeichen, nicht einmal von der jungen Frau mit den klappernden hohen Absätzen. Und dann verfiel auch unser Haus vor Schreck in seine eigene Form des Schweigens, und kurz danach die schweigenden Krankenhauskorridore, das verhuschte Schweigen auf den Stationen, in den Warteräumen, und dann das letzte, allerletzte Zimmer. Schick deinen Geist zurück. Wenn du möchtest, foltere mich. Rassle mit deinen Ketten, lass deine Leichenhemden auf dem Boden schleifen, klage wie eine Todesfee, tu, was du willst. Ich hätte einen Geist.

Wo ist meine Flasche? Ich brauche meine große Babyflasche. Mein Beruhigungsmittel.

Miss Vavasour sieht mich mitleidig an. Ihr Blick lässt mich verzagen. Sie kennt die Fragen, die ich stellen möchte, die Fragen, die mir, seit ich hier bin, auf den Nägeln brennen und die zu stellen mir doch stets der Mut gefehlt hat. Als sie mich heute Morgen diese Fragen im Stillen abermals formulieren sah, schüttelte sie den Kopf, nicht unfreundlich. »Ich kann Ihnen nicht helfen«, sagte sie und lächelte. »Das müssen Sie doch wissen.« Was meint sie mit müssen? Ich weiß so wenig über irgendetwas. Wir sind in der *Lounge*, sitzen, wie so oft, an dem Fenster im Erker. Draußen ist ein klarer, kalter Tag, der erste richtige Wintertag in diesem Jahr. Alles im historischen Präsens. Miss Vavasour bessert einen Strumpf aus, der verdächtig danach aussieht, als gehöre er dem Colonel. Sie benutzt ein hölzernes Ding, das die Form eines großen Pilzes hat, darüber spannt sie die Ferse, um das Loch darin zu stopfen. Ich finde es beruhigend, ihr bei dieser zeitlosen Verrichtung zuzuschauen. Ich habe Ruhe nötig. Mir ist, als ob mein Kopf von oben bis unten mit nasser Watte voll gestopft wäre, und im Mund habe ich so einen säuerlichen Geschmack nach Erbrochenem, von dem mich auch Miss Vavasour mit ihrem unermüdlichen Nachschub an Tee mit Milch und ihren Batterien dünn geschnittener Toastscheiben nicht befreien kann. Außerdem habe ich eine pochende Schwellung an der Schläfe. Zerknirscht und schafsblöd sitze ich vor Miss V., und mehr denn je komme ich mir wie ein pflichtvergessener Knabe vor.

Aber was war das gestern auch für ein Tag, was für eine Nacht, und Himmel!, was für ein Morgen danach. Angefangen hatte alles mit einer echten Verheißung. Es entbehrt nicht einer gewissen Ironie, dass es, wie sich herausstellen sollte, ausgerechnet die Tochter des Colonels war, die mit Mann und Kindern vorbeikommen wollte. Der Colonel versuchte locker zu bleiben und gab sich noch ein bisschen barscher als gewöhnlich – »Das wird ja 'ne richtige Invasion!« –, doch beim Frühstück zitterten ihm so sehr die Hände, dass der ganze Tisch mit zitterte und die Teetassen auf ihren Untertassen klirrten. Miss Vavasour bestand darauf, dass seine Tochter mitsamt der Familie zum Abendessen bleiben müsse; sie wollte ein Hähnchen braten und fragte, welche Sorte Eis die Kinder am liebsten hätten. »Ach was«, polterte der Colonel, »also wirklich, das ist überhaupt nicht nötig!« Es war jedoch nicht zu übersehen, dass er tief gerührt war und sogar einen Moment lang feuchte Augen hatte. Auch ich blickte der Gelegenheit, endlich einmal seine Tochter und ihren so überaus männlichen Gatten zu Gesicht zu bekommen, nicht ohne eine gewisse Vorfreude entgegen. Dass sie die lieben Kleinen mitbringen würden, war allerdings ein wenig beängstigend; im Allgemeinen lassen nämlich Kinder bei mir leider immer den nicht sehr latenten Gilles de Rais an die Oberfläche treten.

Der Besuch sollte am späten Vormittag kommen, doch es schlug Mittag, und die Lunchzeit kam und ging, und es fuhr kein Wagen vor am Tor, und es erschollen keine Freudenjuchzer von den Kleinen. Der Colonel, Hände auf dem Rücken, mit einer Faust das Handgelenk der anderen Hand umklammernd, marschierte auf und ab oder bezog, die Lippen mündungsartig vorgeschoben, am Fenster Posten und ließ die Manschette blitzen, hob den Arm ans Auge und funkelte vorwurfsvoll seine Armbanduhr an. Miss Vavasour und ich gingen wie auf glühenden Kohlen umher und wagten nicht zu sprechen. Und der durchs Haus wallende Duft des Hähnchens erschien uns wie ein herzloser, höhnischer Scherz. Es war schon später Nachmittag, als im Korridor das Telefon klingelte und uns alle erstarren ließ. Der Colonel drückte das Ohr an den Hörer, wie ein verzweifelter Priester sein Ohr ans Gitter des Beichtstuhls drückt. Es war ein kurzes Gespräch. Wir gaben uns Mühe, nicht zu hören, was er sagte. Dann kam er in die Küche, räusperte sich. »Der Wagen«, sagte er, ohne jemanden anzusehen. »Panne.« Uns war klar, dass sie ihn angelogen hatten oder dass er jetzt uns anlog. Er wandte sich mit einem trostlosen Lächeln an Miss Vavasour. »Tut mir Leid mit dem Hähnchen«, sagte er.

Ich wollte ihn überreden, einen mit mir trinken zu gehen, doch er lehnte ab. Er sei ein bisschen müde, sagte er, er habe auf einmal ein bisschen Kopfweh. Er zog sich in sein Zimmer zurück. Wie schwer sein Schritt war auf der Treppe, wie leise er die Tür ins Schloss zog. »Oje«, sagte Miss Vavasour.

Und so ging ich alleine in die Molenkopf-Bar und ließ mich voll laufen. Ich hatte mir das nicht vorgenommen, aber ich tat es. Es war so ein elegischer Herbstabend, durchflochten mit dem Licht der späten Sonne, die selbst wie eine Reminiszenz an ferne, längst vergangene Zeiten wirkte, als sie noch Mittagsglut gewesen war. Vor ein paar Stunden hatte es geregnet, auf der Straße lagen Pfützen, noch fahler als der Himmel, als ob das letzte Tageslicht darin ertrank. Der Wind schlug mir die Mantelschöße um die Beine, als wären es die lieben Kleinen, die bettelten, ihr Daddy solle nicht ins Pub gehen. Aber ich ging trotzdem. Die Molenkopf-Bar ist ein freudloses Etablissement, das von einem großen Fernsehapparat beherrscht wird, der es durchaus mit dem *Panoramic* von Miss V. aufnehmen kann und permanent läuft, allerdings ohne Ton. Der Wirt ist ein dicker, leiser, langsamer Mann, der nicht viele Worte macht. Er hat so einen komischen Namen, der mir gerade nicht einfällt. Ich trank einen doppelten Brandy nach dem anderen. Ein paar vereinzelte Momentaufnahmen von jenem Abend treten in der Erinnerung hervor, verschwommen grell, wie Straßenlaternen im Nebel. Ich kann mich entsinnen, an der Bar einen alten Mann provoziert zu haben oder von ihm provoziert worden zu sein, es gab jedenfalls Streit, und ein viel jüngerer Mann, vielleicht sein Sohn oder sein Enkel, machte mir Vorhaltungen, weil ich den Alten umgeschubst hatte, und drohte, die Polizei zu rufen. Als der Wirt dazwischenging – Barragry, so hat er geheißen –, habe ich versucht, ihn ebenfalls umzuschubsen, und mich mit einem heiseren Schrei über den Tresen hinweg auf ihn gestürzt. Wirklich, das sieht mir überhaupt nicht ähnlich, ich weiß nicht, was los war, ich meine, was sonst noch los war, außer dem Üblichen. Zum Schluss haben sie mich beruhigt, und ich habe mich grollend an einen Ecktisch verzogen, unter dem sprachlosen Fernsehapparat, wo ich dann saß und geseufzt und vor mich hin gemurmelt habe. Diese trunkenen Seufzer, dieses Blubbern und Bibbern, es hört sich fast wie Schluchzen an. Das letzte Licht des Abends, das, was ich durch das ungetünchte obere Viertel der Fensterscheibe davon sehen konnte, hatte diesen zornigen lilabraunen Ton, den ich so anrührend und zugleich so verstörend finde und der die wahre Farbe des Winters ist. Nicht, dass ich etwas gegen den Winter hätte, durchaus nicht, er ist meine liebste Jahreszeit, gleich nach dem Herbst, doch dieses Jahr kam mir diese Novemberdüsternis wie ein Vorbote von etwas vor, das mehr war als nur Winter, und da befiel mich bitterer Trübsinn. Zur Linderung meiner Schwermut bestellte ich mehr Brandy, doch den versagte Barragry mir, womit er gut beraten war, wie ich aus heutiger Sicht zugeben muss, und daraufhin stürzte ich in rasendem Zorn hinaus, oder versuchte jedenfalls zu stürzen, aber in Wirklichkeit torkelte ich heim in die *Zedernvilla* und zu meiner eigenen Flasche, die ich zärtlich auf den Namen *Mein Kleiner Korporal* getauft habe. Auf der Treppe begegnete ich Colonel Blunden und hatte irgendwie eine Unterhaltung mit ihm, weiß aber nicht mehr genau, worüber.

Inzwischen war es Nacht, doch anstatt in meinem Zimmer zu bleiben und mich ins Bett zu legen, versteckte ich die Flasche unterm Mantel und ging noch einmal los. An das, was danach war, habe ich nur ein paar bruchstückhafte, hier und da trübe aufflackernde Erinnerungen. Ich weiß noch, wie ich unter dem zitternden, strahlenden Licht einer Straßenlaterne im Wind stand und auf eine große, allgemeine Offenbarung wartete, aber, noch ehe sie eintreten konnte, schon wieder das Interesse an ihr verloren hatte. Dann war ich in der Dunkelheit am Strand, saß im Sand, die Beine vor mir ausgestreckt, und hielt die mittlerweile leere oder fast leere Brandyflasche im Schoß. Draußen auf dem Wasser, weit weg vom Ufer, meinte ich Lichter zu sehen, auf und ab hüpfende, schwankende Lichter, wie von Fischerbooten, aber das habe ich mir wohl nur eingebildet, denn in diesen Gewässern wird nicht gefischt. Trotz meines Mantels fror ich, denn der dicke Stoff reichte nicht aus, um meinen Hintern vor der klammen Kälte des Sands, in dem ich saß, zu schützen. Doch was mich schließlich dazu brachte, mich wieder hochzurappeln, war nicht die klamme Kälte, sondern der Entschluss, näher an diese Lichter heranzukommen und sie genauer in Augenschein zu nehmen; womöglich hatte ich sogar die Idee, auch in die See zu waten und irgendwie hinauszuschwimmen, zu ihnen hinzuschwimmen. Sei's drum, dort unten, unmittelbar an der Uferlinie, verlor ich den Halt, fiel hin und schlug mit der Schläfe auf einen Stein. Ich blieb liegen, ich weiß nicht, wie lange, kam zwischendurch ein paar Mal kurz zu mir und dämmerte wieder weg und konnte oder wollte mich nicht rühren. Bloß gut, dass Ebbe war. Schmerzen hatte ich keine, ich war noch nicht einmal besonders beunruhigt. Nein, es kam mir ganz natürlich vor, dort unterm turbulenten Himmel in der Dunkelheit zu liegen und zuzuschauen, wie die Wellen mit ihrem schwach phosphoreszierendem Glanz eifrig herangetrappelt kamen, um gleich wieder den Rückzug anzutreten, wie eine Schar von Mäusen, die zwar neugierig, aber dabei auch furchtsam waren, und *Mein Kleiner Korporal*, der scheinbar genauso betrunken war wie ich, rollte knirschend auf dem nassen Sand hin und her und hörte dem Wind zu, der über mir durch die großen, unsichtbaren Höhlen und Trichter in der Luft blies.

Dann muss ich eingeschlafen oder sogar ohnmächtig geworden sein, denn ich kann mich nicht daran erinnern, wie der Colonel mich fand, obwohl er steif und fest behauptet, ich hätte ganz vernünftig mit ihm geredet und ihm erlaubt, mir aufzuhelfen und mich in die Pension zurückzubringen.

Das muss der Fall gewesen sein, ich meine, irgendwie muss ich tatsächlich bei mir gewesen sein, denn sonst hätte er ja gar nicht die Kraft gehabt, mich ohne fremde Hilfe wieder auf die Beine zu stellen, geschweige denn, mich vom Strand bis zu meiner Zimmertür zu schleppen, auf dem Buckel vielleicht, oder mich an den Füßen hinter sich herzuschleifen. Bloß, woher hatte er gewusst, wo er mich finden würde? Mir scheint, bei unserer Unterhaltung auf der Treppe, obwohl Unterhaltung nicht das rechte Wort ist, denn nach seiner Aussage habe meistens ich geredet und mich lang und breit über die wohl bekannte Tatsache ausgelassen, oder jedenfalls soll ich behauptet haben, es sei erstens wohl bekannt und zweitens eine Tatsache, dass Ertrinken die sanfteste Todesart sei, und zu später Stunde hat er dann, als er mich immer noch nicht hatte heimkehren hören und sich Sorgen machte, ich könnte in meinem alkoholisierten Zustand versucht haben, mir etwas anzutun, also da hat er dann beschlossen, dass er mich suchen gehen müsse. Er habe lange den Strand absuchen müssen, und sei schon kurz davor gewesen, die Mission abzubrechen, als ein Abglanz des Mondes oder des hellsten Sterns auf meine Gestalt gefallen sei, die rücklings dort an jenem steinigen Gestade lag. Als wir nach vielem Herummäandern und allerlei Pausen für weitschweifige Erörterungen meinerseits, die die verschiedensten Themen betrafen, endlich in der Pension ankamen, hatte er mir die Treppe hinaufgeholfen und mich in mein Zimmer gebracht. All das ist mir berichtet worden, denn ich habe ja, wie schon gesagt, keinerlei Erinnerungen mehr an diese schwankende Anabasis. Später hatte er gehört, wie ich, immer noch in meinem Zimmer, lauthals gekotzt hatte – nicht auf den Teppich zwar, doch aus dem Fenster hinten in den Garten, wie ich zu meiner Erleichterung sagen darf – und dann anscheinend schwer zu Boden gefallen bin, und da hatte er sich überwunden, mein Zimmer zu betreten, und hatte mich dort gefunden, schon das zweite Mal in dieser Nacht, wie ich, ein Häufchen Unglück, wie man so schön sagt, vor dem Bett lag, das Bewusstsein verloren hatte und, so entschied er, dringend medizinischer Hilfe bedurfte.

Morgens zu früher Stunde, als es noch dunkel war, wachte ich auf und erblickte ein merkwürdiges, beunruhigendes Spektakel, das ich zunächst für eine Halluzination hielt. Der Colonel, wie stets geschniegelt und gebügelt in Tweed und Kavallerietwill – er war gar nicht zu Bett gegangen –, schritt stirnerunzelnd auf und ab, ebenso, was noch weniger zu verstehen war, Miss Vavasour, die, wie sich bald herausstellen sollte, gleichfalls den Krach, den ich machte, als ich nach diesem Kotzanfall am Fenster zusammengebrochen war, gehört, oder besser, buchstäblich in den Knochen des alten Hauses gespürt hatte. Sie trug ihren japanischen Morgenrock und hatte das Haar unter einem Haarnetz zusammengerafft, etwas, das ich seit meiner Kindheit nicht mehr gesehen hatte. Sie saß ein kleines Stück von mir entfernt an der Wand auf einem Stuhl, seitlich, in genau der gleichen Pose wie Whistlers Mutter, hatte die Hände im Schoß gefaltet und das Gesicht gesenkt, sodass ihre Augenhöhlen wie zwei Löcher aus schwarzer Leere aussahen. Vor ihr auf einem Tisch brannte eine Lampe, die ich für eine Kerze hielt, und warf einen matten Lichtkreis auf die Szene, die insgesamt – ein schwach erleuchtetes Rund mit sitzender Frau und auf und ab gehendem Mann – eine Nachtstudie von Géricault oder de la Tour hätte sein können. Verblüfft, wie ich war, unternahm ich gar nicht erst den Versuch, verstehen zu wollen, was vor sich ging oder wie die zwei hier hereingekommen waren, sondern schlief gleich wieder ein oder wurde erneut ohnmächtig.

Als ich das nächste Mal aufwachte, waren die Vorhänge geöffnet, und es war Tag. Das Zimmer wirkte geläutert und ein wenig verlegen, fand ich, und alles sah fahl und konturlos aus, wie das ungeschminkte Morgengesicht einer Frau. Draußen, scheinbar nur ein, zwei Meter über dem Dach des Hauses, hockte mürrisch und reglos ein eintöniger weißer Himmel. Schamhaft, schlurfend und verschwommen kamen Erinnerungen an die Ereignisse der Nacht in mein benebeltes Bewusstsein zurück. Um mich herum die zerwühlten, verwurstelten Betttücher, wie nach einer Orgie, und es roch streng nach Erbrochenem. Ich hob die Hand, meine Finger fanden die breiige Schwellung an der Schläfe, wo ich auf dem Stein aufgeschlagen war, und ein jäher Schmerz schoss mir durch den Kopf. Und dann zuckte ich erschrocken zusammen, und zwar so gewaltig, dass das ganze Bett quietschte, denn jetzt erst bemerkte ich den jungen Mann auf meinem Stuhl, der, die Arme auf meinem Schreibtisch verschränkt, vorgebeugt dasaß und in einem Buch las, das aufgeschlagen vor ihm auf meiner ledernen Schreibtischmatte lag. Er hatte eine Brille mit Stahlgestell auf der Nase, eine hohe Stirn mit Geheimratsecken und schütteres Haar von unbestimmter Farbe. Auch seine Kleider waren ausdruckslos, obwohl mein allgemeiner Eindruck der von abgetragenem Cord war. Als er hörte, dass ich mich bewegte, blickte er ohne Eile auf von seinem Buch, drehte den Kopf herum und sah mich an, ganz gelassen, lächelte sogar, wenn auch ohne Heiterkeit, und fragte, wie ich mich denn fühle. Ratlos – das ist das rechte Wort, mit Sicherheit – richtete ich mich mühsam auf in meinem Bett, das unter mir zu schwanken schien, als wäre die Matratze mit einer zähen, klebrigen Flüssigkeit gefüllt, und sah ihn an, wobei ich mir alle Mühe gab, herrisch und fragend zu gucken. Er aber fuhr seelenruhig fort, mich zu betrachten, vollkommen ungerührt. Der Doktor, sagte er in einem Ton, als ob es auf der ganzen Welt nur einen einzigen gäbe, der Doktor, der vorhin da gewesen sei, während ich weg war – *weg*, so drückte er sich aus, und im ersten Moment fragte ich mich verwirrt, ob ich denn noch einmal, ohne es zu wissen, unten am Strand gewesen sei –, der Doktor also habe gesagt, dass ich scheinbar an einer mit einer zeitweiligen Alkoholvergiftung einhergehenden Gehirnerschütterung leide. Scheinbar? Scheinbar?

»Claire hat uns hergefahren«, sagte er. »Sie schläft jetzt.«

Jerome! Der kinnlose Geliebte! Jetzt erkenne ich ihn. Hat

er sich also wieder in die Gunst meiner Tochter zurückgeschlichen, dieser Wurm? War er der Einzige gewesen, der ihr eingefallen war, mitten in der Nacht, als der Colonel oder Miss Vavasour, wer von beiden es auch gewesen sein mag, angerufen hatte, um ihr zu berichten, in was für eine Bredouille sich ihr Vater diesmal wieder hineinmanövriert hatte? Wenn ja, dachte ich, dann liegt die Schuld bei mir, obwohl ich nicht genau begreifen konnte, warum. Wie habe ich mich da verflucht auf meinem Dogenbett, niedergestreckt, benebelt vom Alkoholmissbrauch und viel zu schwach, um einfach aufzuspringen und diesen arroganten Kerl am Schlafittchen zu packen und ihn ein zweites Mal an die Luft zu setzen. Doch es sollte noch schlimmer kommen. Als er hinausging, um nachzuschauen, ob Claire inzwischen aufgewacht war, und wiederkam und sie mitbrachte, abgespannt, mit rotgeränderten Augen und mit dem Regenmantel überm Unterrock, da erklärte sie mir unverzüglich, wie jemand, der sich hastig ins Schussfeld stellt, um hinterher umso besser ausweichen zu können, sie habe sich verlobt. Benommen, wie ich war, verstand ich im ersten Moment gar nicht, was sie meinte – verlobt, mit wem denn, und wieso? –, und wie sich zeigen sollte, reichte dieser eine Moment aus, um mich zu besiegen. Ich habe es nicht geschafft, das Thema noch einmal anzusprechen, und jeder weitere Moment, der vergeht, festigt ihren Sieg über mich. So ist das mit diesen Dingen, ein Lidschlag nur entscheidet über Sieg und Niederlage. Lesen Sie mal de Maistre über Kriegsführung.

Und nicht etwa, dass sie es dabei bewenden ließ, oh nein, angefeuert durch diesen anfänglichen Triumph und unter Ausnutzung des Vorteils, den meine zeitweilige Unpässlichkeit ihr verschafft hatte, befahl sie mir sogleich, die Hand, bildlich gesprochen, in die Hüfte gestemmt, ich solle meine Sachen packen, umgehend aus der Pension *Zu den Zedern* ausziehen und mich von ihr nach Hause bringen lassen – nach Hause, sagt sie! –, wo sie sich um mich kümmern will, und dieses Kümmern werde nicht zuletzt darin bestehen, wird mir bedeutet, mir alle alkoholischen Stimulanzien oder Soporifika zu entziehen, und zwar so lange, bis der Doktor – der schon wieder – der Meinung ist, ich sei gesund genug für das eine oder für das andere, also lebenslänglich, nehme ich an. Was soll ich machen? Wie soll ich mich wehren? Sie sagt, es ist an der Zeit, dass ich endlich wieder ernsthaft anfange zu arbeiten. »Er liegt nämlich in den letzten Zügen«, informierte sie ihren Bräutigam, nicht ohne einen Anflug von töchterlichem Stolz, »mit einem dicken Bonnard-Buch.« Ich brachte es nicht über mich, ihr zu erklären, dass von meinem *dicken* Bonnard-Buch – hört sich ja an, als ob das irgendwas ist, wonach man mit Kokosnüssen schmeißen kann – noch nichts weiter existiert als die Hälfte des mutmaßlichen ersten Kapitels und ein Notizbuch voller unorigineller, halb garer Möchtegern-Aperçus. Was aber auch nichts ausmacht. Es gibt genug andere Dinge, die ich tun kann. Ich kann nach Paris gehen und malen. Oder ich kann mich zurückziehen in ein Kloster, meine Tage in stillen Betrachtungen über die Endlichkeit zubringen oder dort eine große Abhandlung schreiben, eine Vulgata der Toten, ich sehe mich schon in meiner Zelle, mit langem Bart und Feder in der Hand und Hut und einem zahmen Löwen, und durch das Fenster neben mir dort in der Ferne zwergenkleine Bauern bei der Heumahd, und über meinem Haupt leuchtet die Taube. Oh ja, das Leben strotzt nur so von Möglichkeiten.

Das Haus werde ich vermutlich auch nicht verkaufen dürfen.

Miss Vavasour sagt, dass ich ihr fehlen werde, sie aber meint, dass ich *richtig handle*. Dass ich die *Zedernvilla* verlasse, kann kaum als mein eigenes Handeln bezeichnet werden, erkläre ich ihr, man zwingt mich dazu. Darüber muss sie lächeln. »Ach, Max«, sagt sie, »ich glaube nicht, dass Sie ein Mensch sind, den man zu irgendetwas zwingen kann.« Das lässt mich innehalten, nicht, weil sie meine Willenskraft gelobt hat, sondern ob der Tatsache, dass sie mich, wie ich mit leisem Erschrecken vermerke, eben zum ersten Mal mit meinem Namen angesprochen hat. Was allerdings wohl immer noch nicht heißt, dass ich sie Rose nennen darf. Eine gewisse höfliche Distanz ist schon nötig für die Aufrechterhaltung der guten Beziehung, die wir in den vergangenen Wochen miteinander geknüpft haben, neu geknüpft. Bei diesem Anflug von Vertrautheit kommt jedoch die alte, ungefragte Frage wieder vorgeprescht. Ich würde sie gern fragen, ob sie sich die Schuld gibt an Chloes Tod – ich glaube, ich kann sagen, freilich ohne irgendeinen Beweis, dass Chloe als Erste unterging und Myles ihr folgte und versuchen wollte, sie zu retten – und ob sie wirklich überzeugt ist, dass das gemeinsame Ertrinken der beiden in der Tat ein Unfall war, oder nicht vielleicht doch etwas anderes. Wahrscheinlich würde sie es mir sagen, wenn ich sie fragen würde. Sie ist nicht sehr verschwiegen. Über die Graces hat sie ganz schön viel geredet, über Carlo und Connie – »Ihr Leben war natürlich zerstört« – und dass sie ebenfalls gestorben waren, nicht lange, nachdem sie die Zwillinge verloren hatten. Als Erster Carlo – Aneurysma –, dann Connie – Autounfall. Ich frage, was das für ein Unfall war, sie wirft mir einen Blick zu. »Connie war nicht der Typ, der sich umbringt«, sagt sie und verzieht ganz leicht die Lippen.

Sie waren gut zu ihr, danach, sagt sie, nie ein Vorwurf oder eine Andeutung, dass sie sie beschuldigt hätten, ihre Pflicht verletzt zu haben. Sie haben ihr die Stellung hier in der Pension *Zu den Zedern* verschafft, sie waren mit Duttys Familie bekannt, haben die Leute überzeugt, sie anzustellen, damit sie hier im Hause nach dem Rechten sieht. »Und ich bin immer noch hier«, sagt sie mit einem grimmigen kleinen Lächeln, »nach all den vielen langen Jahren.«

Oben bewegt sich der Colonel, macht diskrete, aber eindeutige Geräusche; er ist froh, dass ich gehe, das weiß ich. Ich bedankte mich für seine Hilfe letzte Nacht. »Wahrscheinlich haben Sie mir das Leben gerettet«, sagte ich, und plötzlich schoss mir der Gedanke durch den Kopf, dass das wohl sogar stimmte. Viel Gebrummel und Geräusper – pff, och was, *Sir, hab doch nur meine verdommte Pflicht und Schuldigkeit getonn!* – und eine Hand, die rasch meinen Oberarm drückt. Er holt sogar ein Abschiedsgeschenk hervor, einen Füllfederhalter, einen Swan, der genauso alt ist wie er selber, will mir scheinen, noch in der Originalschachtel, auf einem Bett aus vergilbtem Seidenpapier. Diese Worte hier kritzele ich mit ihm, er macht seine Sache mit Grazie, weich und flüssig, und nur hin und wieder gibt es einen Klecks. Wie kommt der Colonel zu so einem Stück, frage ich mich. Ich wusste gar nicht, was ich sagen sollte. »Nichts zu danken«, sagte er. »Habe ihn selber nie gebrauchen können, bei Ihnen ist er besser aufgehoben, für Ihre Schreiberei und so.« Dann macht er, dass er wegkommt, und dabei reibt er seine weißen alten trockenen Hände aneinander. Mir fällt auf, dass er seine gelbe Weste anhat, obwohl gar nicht Wochenende ist. Nun werde ich nie erfahren, ob er wirklich ein alter Offizier ist oder doch ein Schwindler. Auch so eine Frage, die ich Miss Vavasour gern stellen würde und es einfach nicht übers Herz bringe.

»Der Einzige, der mir fehlt, ist sie«, sagt Miss V. »Connie, ich meine, Mrs Grace.« Offenbar starre ich sie an, und da wirft sie mir noch so einen mitleidigen Blick zu. »Um *ihn* ist es nie gegangen, jedenfalls nicht mir«, sagt sie. »Das haben Sie doch wohl nicht geglaubt, oder?« Ich dachte daran, wie sie dort unten stand und schluchzte, damals an dem Tag, unter den Bäumen, daran, wie ihr Kopf auf der Platte ihrer perspektivisch verkürzten Schultern saß, an das zerknitterte Taschentuch in ihrer Hand. »Oh nein«, sagte sie, »niemals, doch nicht um *ihn*.« Und ich dachte auch an den Tag des Picknicks und daran, wie sie hinter mir im Gras gesessen und wie auch sie dorthin geschaut hatte, wohin ich so gierig schaute und etwas sah, das nicht für mich bestimmt war, keinesfalls.

Anna starb, bevor es hell wurde. Ich war, ehrlich gesagt, nicht dabei, als es geschah. Ich war vor das Haus gegangen, stand auf den Stufen vor dem Eingang der Klinik und sog die schwarze, glänzende Morgenluft tief ein. Und in diesem Augenblick, der so ruhig war, so trübe, musste ich an einen anderen Augenblick denken, vor langer Zeit, in der See in jenem Sommer in Ballyless. Ich war allein schwimmen gegangen, ich wusste nicht, warum, oder wo Chloe und Myles sein mochten; vielleicht waren sie mit ihren Eltern irgendwohin gefahren, das wäre dann einer der letzten Ausflüge gewesen, die sie zusammen machten, vielleicht der allerletzte. Der Himmel war dunstverhangen, kein Lüftchen bewegte das Wasser der See, an deren Ufer sich in einer langen Linie die kleinen Wellen lustlos brachen, um und um, wie ein Saum, den eine schläfrige Näherin wieder und wieder wendet. Es waren nur wenige Leute am Strand, und diese wenigen waren weit von mir entfernt, und irgendetwas in der dichten, reglosen Luft machte, dass es so schien, als kämen ihre Stimmen von noch weiter her. Ich stand bis zur Taille im Wasser, das vollkommen durchsichtig war, sodass ich unter mir ganz deutlich den gewellten Sand des Meeresbodens sehen konnte und kleine Muscheln und zerbrochene Krabbenscheren und meine Füße, fahl und fremd, wie Präparate unter Glas. Und während ich dort stand, ging plötzlich, nein, nicht plötzlich, eher wie ein allmähliches Heranwallen, ging da ein Wogen durch die ganze See, und das war keine Welle, sondern ein sanft rollendes Ansteigen, das aus den Tiefen heraufzukommen schien, als hätte sich dort unten ein gewaltiges Etwas geregt, und ich wurde kurz hochgehoben und ein Stückchen näher zum Ufer hin getragen und abgesetzt und stand wieder auf meinen Füßen, als wäre nichts geschehen. Und es war wirklich nichts geschehen, ein bedeutungsschweres Nichts, nichts als einfach nur wieder einmal ein gleichgültiges Achselzucken der großen Welt.

Eine Krankenschwester kam heraus, um mich zu holen, und ich drehte mich um und folgte ihr ins Haus, und es war, als ginge ich in die See.